D1725077

Ellen Braunger

Tratsch und Klatsch mit der griechischen Antike

novum
VERLAG

Bibliografische Information der Deutschen Nationalbibliothek:
Die Deutsche Nationalbibliothek verzeichnet diese Publikation in der Deutschen Nationalbibliografie. Detaillierte bibliografische Daten sind im Internet über http://www.d-nb.de abrufbar.
ISBN 978-3-85022-249-5

© 2008 novum Verlag GmbH, Neckenmarkt · Wien · München
Lektorat: Mag. Sandra Zoglauer

Gedruckt in der Europäischen Union auf umweltfreundlichem, chlor- und säurefrei gebleichtem Papier.

www.novumverlag.com

Oh Muse! Große Göttin! Um deinen Beistand bitte ich, damit mir gelingen möge, was mir am Herzen liegt und wonach mein Sinnen strebt! So wie vor unendlich langer Zeit, als du in einer wahrlich göttlichen Laune deine Gaben so unendlich verschwenderisch und in deiner grenzenlosen Großzügigkeit über das Volk der Hellenen streutest, in ihren Herzen die Sehnsucht nach Höherem, nach Göttlichem sich zu regen begann und ihr Blick sehnsuchtsvoll alles Schöne suchte und nicht genug davon bekommen konnte in einem Maße, wie es vorher und auch nach dem Untergang der griechischen Freiheit nie mehr in der Menschheitsgeschichte den so unvollkommenen und sterblichen Menschen zuteil wurde.

Uranos, der Himmel, hasste seine Kinder, die er mit Gaia, der Erde, gezeugt hatte. Er hasste sie so sehr, dass er sie in der Tiefe der Erde, im Tartaros, verbarg. Mit seinem riesigen Phallos stieß er sie immer wieder zurück. Gaia gefiel dies überhaupt nicht – sie stiftete ihre Söhne an, den Vater zu bekämpfen. Diese erschraken. Aber einer ihrer Söhne, Kronos, fasste Mut und erklärte sich bereit, den Kampf aufzunehmen. Seine Mutter Gaia gab ihm eine riesige Sichel – und[1] während sie bei Uranos lag, fasste Kronos mit der linken Hand die Schamteile seines Vaters, mit der rechten schlug er ihm diese ab und warf sie hinter sich ins Meer und gerade dort, wo noch heute die Touristen hingeführt werden, zu dem im Süden der Insel Zypern vorgelagerten Felsen, dort ergossen sich das[2] Blut und das Sperma des Uranos in die aufbrausende Woge, die sich am Felsen brach.

Und plötzlich geschah es: Aus dem aufschäumenden Wasser stieg sie empor, die herrliche Aphrodite, alles überstrahlend im Glanze ihrer Schönheit. Sie war das Schöne, im Uranos Verborgene, befreit aus der ewigen Finsternis durch den Mut des Kronos. Von nun an herrschte sie – die Schönste aller Göttinnen, die in allen Göttern und allen sterblichen Lebewesen süßes Verlangen weckte. Sie brachte alles Leben hervor und täuscht auch unsere Sinne, um ihr Ziel zu erreichen – jawohl, Schönheit ist göttlich und ein göttliches Geschenk und der Dienst an ihr war damals ein heiliger Kult, der die hellenische Seele heiß durchglühte.

Natürlich ist die hellenische Schöpfungsgeschichte nicht einheitlich. In einer Kultur, in der die Vielheit in der Einheit, von der auch heute so viel die Rede ist, im griechischen Stadt-Staatensystem von Anbeginn an ein fixer Bestandteil und ein Ausdruck des kulturellen Reichtums und des stark ausgeprägten Individualismus war, war es nur zu selbstverständlich, dass neben der herrlichen Aphrodite auch ihr ebenso herrlicher Sohn Eros existierte. Dieser Eros wurde zwar als ihr Sohn verehrt und genoss bereits in grauer Vorzeit eine tiefe Verehrung als Gott der Fruchtbarkeit, aber bei Hesiod, dem Dichter, der als Erster eine Schöpfungsgeschichte in seiner Theogonie niederschrieb, heißt es:[3] Zu Beginn war Chaos, doch nur wenig später entstanden Gaia und Tartaros und zugleich mit Gaia ging der himmlische Eros hervor, wahrlich der Schönste und Mächtigste, der „Gliederlösende" im Kreis der unsterblichen Götter, der Herr der Weltschöpfung überhaupt.

In der Frühzeit wurde dieser herrliche Eros zwar noch nicht erwähnt, aber er wurde schon in uralter Zeit als Hauptgottheit verehrt. Vor allem im Böotien wurden ihm zu Ehren musische und gymnische Wettkämpfe abgehalten.

Diese herrliche Aphrodite und ihr ebenso herrlicher Sohn Eros herrschten lange nebeneinander – sie, die Göttin der Liebe und Schönheit, mit welcher sie all die vielfältige, lebendige und sich immer wieder erneuernde Natur hervorbrachte und Eros, der merkwürdigerweise zwar als ihr Sohn bezeichnet wird, aber als der Erste und Älteste aller Götter mit seiner Herkunft aus dem Chaos das wahre und letzte Geheimnis seines Ursprunges nicht preisgibt. Aber ab dem 7. Jhdt v. Chr. begann dieser Eros seine Herrschaft auf die Seelen der Menschen auszuweiten – denn dieser Eros, der, wie Platon schreibt, nicht nur der Schönste, Zarteste und Empfindsamste aller Götter ist, lässt sich nur dort nieder, wo er Schönheit findet. Das Hässliche meidet und flieht er, schmerzverzerrt ergreift er die Flucht und sucht ein neues Ziel.

Dieser Eros begnügte sich nicht mehr mit der sich immer wieder erneuernden Natur, nein, die Seele, die auf dem Boden der Realität nicht mehr zufrieden sein konnte und nach Höherem sich zu sehnen begann, nach großen, schönen und bedeutenden Werken und Taten, die an der Ewigkeit teilzuhaben, gestatteten, die die Zeiten überdauerten und vom Hauch des Göttlichen berührt würden, das war das Ziel dieses Eros und er begann seine Herrschaft. Die Menschen begannen den Blick nach oben zu richten, hin zu den Sternen, dorthin, wo göttliche Ordnung sich zeigte, und man suchte einen Abglanz dieser Ordnung auf dieser Erde, wo allem Grenzen gesetzt waren, wiederzufinden. Mit noch nie da gewesenem Eifer wurde verbessert und verschönert, mit unglaublicher Geduld begann man alles zu hinterfragen – nicht nur die reale Welt und die von Menschen geschaffenen Werke bedurften einer ständigen Weiterentwicklung, auch der Mensch selbst musste ständig edler, besser, tüchtiger und vor allem schöner werden. Denn der Blick in das Antlitz eines geliebten Menschen, vor allem aber, wenn dieser schön und von edlem Charakter war, war göttlich, denn gerade durch diese Schönheit, die griechische „Arete", wurde man teilhaftig am Eros und dieser zwang den Menschen, noch größere und schönere Taten und Werke zu vollbringen, durch die man Teil des Unvergänglichen wurde.

Hellas wäre nicht das geworden, was es war, ohne diesen Eros, der wahrlich der Älteste und Mächtigste aller Götter war. In älterer Zeit wurde er auf Vasenbildern als schöner Jüngling dargestellt. Der bedeutendste Bildhauer des 4. Jahrhunderts v. Chr., der große Praxitiles, schuf nicht nur die bedeutendste Aphrodite-Statue der Antike – die Aphrodite von Knidos, die so schön gewesen sein soll, dass jeder, der die Statue sah, von leidenschaftlicher Sehnsucht erfüllt wurde –, noch schöner soll seine Eros-Statue nach seinen eigenen Worten gewesen sein. Später[4] wurde die Statue von den Römern nach Rom gebracht, wo sie beim Brand von Rom zur Zeit des Kaisers Nero zerstört wurde.

In alexandrinischer Zeit zog sich dieser herrliche Eros bereits zurück – es gefiel ihm offensichtlich nicht mehr so gut auf dieser Erde. Er wurde zum neckischen Knaben, der nicht sehr wählerisch war und seine Pfeile willkürlich verteilte. In römischer Zeit genoss er als Amor eine sehr irdische Verehrung. Mit dem Ende der Antike verschwand er. Aber im Verborgenen war er noch immer vorhanden und ist es noch immer, denn die Götter sind unsterblich. Wenn heute von Erotik gesprochen wird, dann erglüht nur mehr ein kleiner goldener Funke aus dieser fernen Zeit in unsere Tage herüber …

Nicht nur ihr ständig unzufriedenen und sterblichen Hellenen suchtet so voll Hingabe das so ferne Ziel der Schönheit (to kallos – die Schönheit). Kein Wort wurde so häufig von euch verwendet! Aber auch die unsterblichen Götter suchten die Schönheit – denn die herrliche Aphrodite herrschte auch über diese, obwohl diese schöner, größer, mächtiger und vor allem allwissend waren – auch sie trugen diese Sehnsucht in ihrem Herzen. Besonders hilflos ausgeliefert dieser Sehnsucht war der Oberste aller Götter, der Wolkenerzürner Zeus – so wie damals, als sein Blick auf die wunderschöne Spartanerkönigin Leda fiel … Zärtliches Sehnen begann ihn zu quälen. Und was tat er? Um nicht von seiner stets eifersüchtigen Gemahlin Hera ertappt zu werden, verwandelte er sich ganz einfach in einen stattlichen und leidenschaftlichen Schwan, flog hinab von den Höhen des Olymp nach Sparta, eilte durch das Fenster in ihren Thalamos, ihr Schlafgemach, knabberte schüchtern, eben nach Schwanenart, an ihren Fingerspitzen und zupfte zärtlich an ihren Nackenhärchen. Da plötzlich, da erkannte sie Zeus in diesem herrlichen Tier. Süßes Verlangen erfasste sie, sie ließ ihn gewähren … Und er stillte seine Sehnsucht in ihr.

Oh, erhabener Zeus, du Mächtigster aller Götter! Welch Unheil brachte dieses Abenteuer über die Hellenen! Die schöne Leda legte ein Ei, dem entsprang die noch um vieles schönere Helena! Gewiss war dieses Mädchen die schönste Frau, die jemals unter griechischer Sonne heranwuchs. Aber nicht genug damit, erhabener Zeus! Eines Tages – es war während des Hochzeitsmahles des Peleus und der Thetis und du hattest verabsäumt, die Göttin des Streites, Eris, einzuladen – rächte diese sich, indem sie unsichtbar anwesend war und aus Rache einen goldenen Apfel mit der Aufschrift „Für die Schönste" unter die feiernden Götter warf. Dieser rollte vor die Füße der drei mächtigsten Göttinnen. Jede der drei Unsterblichen, deine Gemahlin Hera, Pallas Athene und Aphrodite, wollte ihn aufheben. Wie wurde da plötzlich gezankt und gestritten! Jede der drei vermeinte die Schönste zu sein.

Was aber tatest du, erhabener Zeus? Der unschuldige Prinz Paris, der im Ida-Gebirge bei Troja als Hirte lebte (bei der Geburt war dem armen Prinzen prophezeit worden, den Untergang Trojas herbeizuführen, daher schickte man den armen Knaben in diese schreckliche Einsamkeit), wurde von dir auserwählt zu urteilen. Dort, fernab von jeder Verlockung, standen plötzlich die drei Göttinnen, völlig unverhüllt sich seinen Blicken preisgebend, vor ihm und baten diesen noch so unschuldigen Jüngling um sein Urteil. Hera, die Beschützerin der Ehe, versprach ihm Macht, Athene unendliche Weisheit, Aphrodite aber die schönste Frau Griechenlands, die schöne Helena, welche in der Zwischenzeit die Gemahlin des Menelaos geworden war. Und wie war die Entscheidung dieses Jünglings? Er gab den Apfel der süß lächelnden Aphrodite, der Göttin der Liebe und Schönheit! Sie überstrahlte alles mit ihrer Anmut und Schönheit, selbst die neben ihr stehenden Hera und Pallas Athene. Die Bäume schienen plötzlich dichteres Laub zu tragen, die Weide erstrahlte auf einmal im Blau der Veilchen und Hyazinthen, die – was für ein Wunder nur! – zu sprießen begannen und sie in einen betörenden Duft hüllten. Sogar die Schafe und Ziegen, die Paris hütete, erschienen plötzlich niedlicher. Dieser arme Prinz konnte sich nicht dem Zauber solch herrlicher Schönheit entziehen …

Paris reiste nach Sparta, missbrauchte dort das heilige Gastrecht und entführte die schöne Helena nach Troja. Dies war die Ursache dieses schrecklichen Krieges, der zehn Jahre wütete …

[5]Ob die schöne Helena tatsächlich lebte, diese Frage zu klären, ist gewiss nicht von Bedeutung. Aber diese ganze so unglaubliche Geschichte ist eine wunderschöne Erklärung für die hellenische Seele mit ihrer fast unstillbaren Sehnsucht nach einer Schönheit, wie sie in dieser Welt nicht möglich ist und immer nur Sehnsucht bleiben muß, für die kein Preis zu hoch war und auch für die Macht der Schönheit, in diesem Fall für die schönste Frau.

Die schöne Helena war Halbgöttin, alterslos und unsterblich. Als ihr Vater Zeus ihr irdisches Dasein erfüllt sah, holte er sie dorthin, wo die unsterblichen, ewig seienden Götter wohnen, im gleisenden, strahlenden Glanz, wo niemals eine Wolke den Himmel trübt, auf die Insel der Seligen, ins Elysion. Dort verweilt sie noch heute mit Menelaos, ihrem Gemahl.

Die Gestalt der schönen Helena ist nur eine Form dieser hellenischen Sehnsucht. Die gesamte homerische Dichtung ist viel mehr als nur eine Schilderung des trojanischen Krieges – sie ist die Sehnsucht nach Vollendung in allen Bereichen. Es ist das gleisende Licht des olympischen Glanzes, welches vor dem geistigen Auge diese herrlichen Bilder entstehen läßt und selbst das schrecklichste Elend und tiefste Verzweiflung erscheinen noch erhöht.

Das hellenische Verständnis für Schönheit leitete sich von der vollkommenen Harmonie der Formen, Farben und Proportionen zueinander ab und nur wo eine innere Ordnung herrsche, könnte sich diese in der äußeren Form zeigen. So ist auch der griechische Tempel mit seinen vollkommenen Proportionen zu verstehen, der im Parthenon auf der Akropolis einen einzigartigen Höhepunkt darstellt, später nie mehr erreicht wurde und vielleicht auch nicht mehr gewollt war. Aus dem anfänglichen Chaos, das zu Beginn allen Seins vorhanden war, einen geordneten Kosmos zu schaffen, um der Vollkommenheit, die von den Göttern kam, näher zu sein – diesem fernen Ziel galt die hellenische Sehnsucht.

Gewiss gab es zur Zeit der griechischen Antike bereits gewaltige Tempel und ähnliche Bauwerke, wie z. B. die grandiosen Tempelanlagen im heutigen Luxor, aber diese waren immer ein Ausdruck irdischer Macht, die mit dem Mantel der Religion umgeben war. Erst in griechischer Zeit begann der Mensch als Individuum in den Mittelpunkt zu rücken. Damit wurde auch der Grundstein sowohl für die Dichtung als auch für alle anderen Künste gelegt. In dieser mythologischen Vorzeit beschränkte sich die Schönheit noch auf alles Sichtbare, aber bis zum goldenen Zeitalter erfasste sie alle Bereiche des Menschseins und erreichte bei Platon im Reich des Geistig-Seelischen seinen Höhepunkt.

Bereits die großen Denker wie Pythagoras, Thales und Demokritos, glaubten nicht wirklich an die Götter – (viel ist aus dieser frühen Zeit leider nicht überliefert, aber doch einiges, was ein ausreichender Beweis dafür ist) – aber sie zeigten ihre Zweifel nicht ganz offen; denn an die Götter nicht zu glauben, der „Asebie", galt noch zur Zeit des Perikles als das schlimmste Verbrechen und wurde in der Regel mit dem Tode bestraft. Selbst der bedeutendste griechische Denker, der große

Platon, wählte immer einen herrlichen Mythos, wenn die Worte – oder ganz einfach unser menschliche Verstand – nicht ausreichten den Schleier zu lüften.

Die heutige moderne Wissenschaft, die alles seziert und analysiert, die so manches geklärt und so manchen Irrtum aufdecken konnte, bestätigt vieles, was gedacht wurde – man denke nur an die Atome des Demokritos. Aber bereits vor dieser, noch im Dunklen liegenden Frühzeit, aus welcher nur so manches Fragment ein bewegendes Zeugnis ist, war alles Denken und alle Sehnsucht von diesem Urdrang nach Schönheit erfüllt, der in der griechischen Sprache, bereits vorab in der homerischen Dichtung, eine hohe Vollendung erreichte.

Wie unzufrieden, kritisch, alles hinterfragend und oft auch grüblerisch in dieser Frühzeit das hellenische Dasein gewesen sein mag – Ursache war dieses ständige Suchen nach der Vollkommenheit. Erhabene Göttin, welch grausames Spiel erlaubtest du dir! Diese Sehnsucht, alles besser, schneller machen zu wollen und vor allem alles zu verschönern und zu ordnen, andererseits eine daraus entstehende ständige fatale Unzufriedenheit, ein nicht enden wollendes Streiten, Kämpfen, Zerreden, diese zahllosen Bündnisse, die von keiner Beständigkeit waren, und dieses ständige sich Messen mit dem anderen, eben dieser edle Agon, der euch Hellenen das ganze Leben begleitete, gerade all diese Unausgeglichenheit führte eure Taten und Werke in eine vorher noch nie da gewesenen Höhe, trug aber bereits von Anbeginn an den Keim des Unterganges in sich – denn auch die Götter sind neidisch. Noch nie zuvor zeigte es sich so offen wie damals, in dieser grauen Vorzeit der Geschichte ... Der Mensch als Einzelwesen, mit all seinen Sehnsüchten, trat plötzlich aus dem Dunkel hervor, mit einem Drang nach persönlicher Freiheit und Selbstbestimmung in einem Maße, wie es vorher nicht möglich war."

Dieser Drang nach Selbstbestimmung, wie man heute sagt, löste eine tiefe Abneigung gegenüber jedem orientalischen Despotismus aus. Jawohl, so war es: damals, als der Perserkönig Xerxes den Entschluss fasste, diese aufmüpfigen und so gar nicht unterwürfigen Hellenen zu unterwerfen, leider nur dieses eine Mal, konnte Hellas die Kraft aufbringen zur Einigkeit! Sogar euer so liebenswürdiger Geschichtsschreiber Herodot (er wird nicht nur als der Vater der Geschichtsschreibung genannt, er ist auch ein sehr liebenswürdiger Anekdotenerzähler) schilderte sehr anschaulich die Ereignisse während dieser entsetzlichen Perserkriege, die endlich, nach fast 100 Jahren, im Jahre 480 v. Chr. in der Schlacht bei Salamis und 479 v. Chr. bei Plataiai ihr Ende fanden. Nur dieses eine Mal, wie die nachfolgende Geschichte zeigte, wurde die Notwendigkeit zur Einheit erkannt! Xerxes trat gedemütigt seinen Rückzug nach Persien an – die größte Flotte der damaligen Zeit war zerstört. Wenn man Herodot glauben soll, starben sechs Millionen Menschen. Xerxes kehrte ohne Armee, nur in Begleitung einiger Diener, in die Hauptstadt Persiens, Susa, zurück. Ganz Hellas und Athen waren zerstört und geplündert. In noch nie da gewesener Eile und Begeisterung wurde Athen wieder aufgebaut, noch viel herrlicher und schöner.

Das Bewusstsein, die persische Bedrohung endgültig abgewehrt zu haben, ließ den schon immer vorhandenen Drang nach aller Herrlichkeit und Schönheit in allen Bereichen der Kunst und Wissenschaft in einem solchen Maße erblühen wie noch nie zuvor in der Geschichte. In diesem 5 Jahrhundert v. Chr., heute spricht man vom „goldenen Zeitalter", war die Zeit bereit für die wohl gewaltigste schöpferische Eruption, die jemals stattgefunden hat. In dieser Zeit wurde der Grundstein für die heutige westliche Zivilisation gelegt.

Hochberühmte Hetären! Es ist wirklich nicht einfach, über euch zu reden, über eure Lebensführung, eure Aktivitäten oder wie auch immer man eure Umtriebigkeit nennen mag, über die Art und Weise, wie ihr den Lebensunterhalt finanziertet – oder ganz einfach gesagt: Was ist eine Hetäre eigentlich? Am besten geraten ist es, in guter Gesellschaft dieses Wort überhaupt nicht zu erwähnen, um sich selbst nicht in einen zweifelhaften Ruf zu begeben und damit die Fantasie der Angesprochenen in Aufruhr zu versetzen. Viel wurde über euch geredet und es gab eine sehr reiche Literatur, die sich mit euch auseinandersetzte, vieles wurde bewusst vernichtet – man denke nur an die „mittlere Komödie", die fast zur Gänze verloren ist. Aber wenn man ehrlich sein möchte: Sehr wenig ist, offen gesprochen, aus der Antike bis in die heutige Zeit von euch überliefert, aber doch einiges, über das man nicht allzu gerne spricht und wenn, dann nur im vertrauten Kreis, der die Sicherheit gewährt, nichts von dem mit vorgehaltener Hand Gesprochenen nach außen zu tragen. Der eine wird sich, wenn das Gespräch auf Hetären kommt, peinlich berührt abwenden, aber genau so viele, wie sich abwenden, werden von einem Eifer erfasst, der eine klare Sprache spricht. Aber keine Angst – die Bezeichnung „Hetäre" ist nicht die Sprache des 21. Jahrhunderts und überdies: Die Hetären sind bereits seit mehr als 2000 Jahren von der großen Weltbühne abgetreten.

Es ist egal, ob man über Lais, Phryne oder Glycera spricht, weit über Hellas hinaus reichte euer Ruhm – bis nach Ägypten und Kleinasien –, selbst in römischer Zeit noch, als Hellas schon längst seine Freiheit verloren hatte, aber griechischer Geist die Römer voll und ganz und alleine durch seine Überlegenheit fest im Griff hatte. Sogar damals wirkte euer Dasein noch befruchtend auf so manche Dichterseele, obwohl eure große Zeit längst vorbei war. Man denke nur z. B. an einen Alkiphron, welcher so um 200 n. Chr. lebte. In nostalgischer Sehnsucht schrieb er die berühmten Hetärenbriefe, die in Altphilologenkreisen bis heute ihre Bedeutung nicht verloren haben, die in einer Zeit geschrieben wurden, als das Altgriechische bereits eine tote Sprache war. Aber die Sehnsucht nach einer vergangenen großen Zeit versuchte, dieses goldene Zeitalter, das auch das große Zeitalter der Hetären war, wieder lebendig werden zu lassen.

Auch wenn es so manchem schwer fällt, dies einzugestehen: Diese Zeit war jene Epoche, die nicht nur in allen Bereichen der Kunst und Wissenschaft eine unglaubliche Entfaltung ermöglichte – und wie hätte es auch anders sein können! Auch die Frauen leisteten ihren indirekten Beitrag zu dieser Entwicklung, in einer Art und Weise natürlich, wie sie damals anders nicht möglich war. Denn die Hetären, vor allem die Hetären der obersten Klasse, waren jene, die die nötigen Voraussetzungen mitbrachten durch ihre Schönheit und Bildung, gepaart mit einem unvergleichlichen Raffinement und einem geheimen Wissen, welches nur ihrer Zunft bekannt war, welches nicht selbstverständlich war und eine lange Tradition voraussetzte.

Später versuchte man jede Erinnerung und jedes Zeugnis über euch auszulöschen. Dies gelang aber nicht gründlich genug. Das eine oder andere Zitat oder auch so manches Epigramm, welches sogar von den größten und bedeutendsten Köpfen stammt, konnte die Zeiten überdauern …

Aber wie war es nur möglich, dass ihr, hochberühmte Hetären, einen derartigen Einfluss auf die gesamte geistige Elite von Hellas ausüben konntet?

In der griechischen Frühzeit, die im Dunklen liegt, zur Zeit Homers, nahm die Frau eine geachtete Stellung ein. Man bewunderte und schätzte ihre weiblichen Tugenden, zu denen die Schönheit zählte, aber vor allem ihre wertvollen Fähigkeiten einen Haushalt zu führen, einen gleichmäßigen Wollfaden zu spinnen und den Webstuhl zu bedienen, sich um die Gesundheit der Angehörigen und des Hauspersonals zu kümmern und natürlich ihre Treue. Das schönste Beispiel dafür sind der Held Odysseus und seine Penelope. Sie ist der Prototyp der rechtschaffenen, treu waltenden und liebevollen Ehefrau. Homer setzte ihr ein ewiges Denkmal in seiner grandiosen Dichtung! So war es für lange Zeit, als Hellas nur am Rande der großen Machtspiele eine bescheidene Rolle einnahm, die Norm. Wahrscheinlich waren es Einflüsse aus dem Osten, dem damaligen Kleinasien und Phönizien, aus jenen Ländern, mit denen ein florierender Handel betrieben wurde, die eine derartige Veränderung der Sitten herbeiführten. Bei Homer jedenfalls gibt es zu diesen Dingen nicht die geringste Andeutung.

Hochverehrter Solon! An dich muss ich mich wenden, da du derjenige warst, der seine Heimat Athen mit ganzer Seele liebte und alles für diese tun wollte. Von adeliger Geburt, aber leider durch unglückliche Umstände verarmt, reistest du als Kaufmann viel in der Welt herum, lerntest dabei die Sorgen der Menschen und ihre Hilflosigkeit kennen, wenn es darum ging, einem oft grausamen Schicksal gegenüber sich behaupten zu müssen … Du warst entsprechend deiner Zeit ein gebildeter Mann mit hohen Idealen.

In deiner Heimat Athen herrschten damals schreckliche Zustände. Die politischen Parteien waren zerstritten und der erwerbstätige Teil der Bevölkerung verarmte immer mehr, aber vor allem auch durch unglückliche kriegerische Auseinandersetzungen herrschte Hoffnungslosigkeit. Drakon war vor deiner Zeit jener gewesen, der mit harten Maßnahmen versucht hatte der willkürlichen Gerechtigkeitspflege der Archonten und der führenden Familien ein Ende zu bereiten. Seine Gesetze waren von außerordentlicher Strenge gewesen: Fruchtdiebstahl, Arbeitsunwilligkeit oder auch Beraubung eines Tempels waren mit dem Tode bestraft worden. Außerdem hatte er das bereits bestehende Schuldrecht verschärft, was eine noch schlimmere Verschuldung der Massen verursacht hatte.

In dieser ausweglos scheinenden Lage kamst du, verehrter Solon, deiner Heimat zu Hilfe. Es soll im Jahre 594 v. Chr. gewesen sein ...[6] In aller Heimlichkeit schriebst du deine Elegien. Nicht nur als Gesetzgeber, auch als Dichter wurde dir ewiger Ruhm zuteil! Mit der Kraft der Sprache warst du bemüht, einen Gesinnungswandel herbeizuführen. [7]Mit einer Filzkappe auf dem Kopf, in ein schäbiges Himation gewickelt, so verkleidet standest du im Schatten einer großen Platane auf der Agora, deine Elegien rezitierend. Wenn man späteren Berichten Glauben schenken kann, dachte die herumstehende Menge, du seiest ein Verrückter, denn nur zu genau wusstest du: Nur ein Narr darf die Wahrheit sagen.

Weiser Solon, du hattest nicht hilfreich die Medien unserer Zeit zur Seite. Deine Stimme war wohlklingend und hallte kräftig über die von Platanen beschattete Agora, klang aber nicht darüber hinaus. Eine dunkle Melancholie und Trauer liegt über deinen Versen, von denen 120 uns noch heute, nach 2500 Jahren, tief berühren. Trotz aller Wehmut, deine Worte verfehlten nicht ganz ihre Wirkung. Man bestellte dich zum Archon und räumte dir unumschränkte Vollmacht ein.

Jawohl, mit Eifer schrittst du zur Tat. Zunächst wurden eine Wirtschaftsreform sowie eine Münzreform von dir durchgesetzt, als nächstes Ziel die Aufhebung der Schulden[8] aller Überverschuldeten und das Allerwichtigste: die Verfassungsreform, die die politischen Rechte der Bürger nach ihren Leistungen an den Staat neu regelte.[9] Besonderes Augenmerk legtest du natürlich darauf, dass den Massen nur so viel an Privilegien eingeräumt würden, wie sie benötigten, ihnen aber nichts von den bereits bestehenden Rechten genommen würde. Bei all diesen Reformen warst du bestrebt, eine höchstmögliche Ausgeglichenheit der Kräfte zu erreichen. Wie die Geschichte aber leider zeigt, war deine Mühe vergeblich. Die Tyrannis wurde von dir vorausgesagt und diese brach kurz nach deiner Zeit über Athen herein.

Obwohl du nach bestem Wissen eine größtmögliche Ausgeglichenheit der sozialen Schichten anstrebtest, betrieben deine politischen Gegner die übliche Gegenoffensive.[10] Sie behaupteten, du hättest nichts gegeben und auch nichts genommen, du hättest nach der Macht, die dir geboten worden war, nur gegriffen, da du das Geld liebtest. Dein Auftreten sei von Arroganz geprägt und nur widerstrebend seist du bereit gewesen, deine Lebenserfahrungen dem allgemeinen Wohl zur Verfügung zu stellen. Und dabei warst du derjenige, der als Erster ein humanes Handeln anstrebte, obwohl der Begriff der Humanität sowie das Wort selbst in jener Zeit unbekannt waren!

Plutarch überlieferte von dir den Ausspruch:

[11] *„In allen bedeutenden Angelegenheiten ist es schwierig zu gefallen.“*

Oder auch:

[12] *„Das Meer ist von Stürmen aufgewühlt. Wenn es aber nicht bewegt wird, ist es das ausgeglichendste aller Dinge.“*

Jeder, der in seiner Jugend jemals Griechisch lernte oder auch lernen musste, da man es gut mit ihm meinte, kennt wohl diesen Ausspruch:
„Älter werdend lerne ich stets.“[13]

Dies ist ein wahrhaft weiser Spruch. Deine tiefe Lebenserfahrung und die Erkenntnis, wie sehr wir alle unseren Wünschen, Sehnsüchten und Träumen ausgeliefert sind und nicht wirklich klar sehen, da wir alle nur Menschen sind, dies alles liegt in diesen Worten …

Verehrter Solon, in dieser für Athen so schweren Zeit, in der aber bereits ein reger Handel mit den im Osten liegenden Ländern gepflegt wurde, kamen noch die Verlockungen eines freien Marktes hinzu, der schon zu deiner Zeit alle Vor- und Nachteile zeigte …

Man sprach nicht offen darüber, denn als zu peinlich wurde auch zu deiner Zeit dieses Thema empfunden. Mit Abscheu erwähnt Herodot nur ganz kurz: [14]„Bei den Barbaren werden schöne Knaben kastriert und für viel Geld verkauft“ und soll man Athenaios glauben, wenn er schreibt [15]„Junge Männer auf Wegen irrten, die sich nicht geziemten …“ Diese bedauernswerten Geschöpfe wurden also, wie es scheint, auch in Athen zum Kauf angeboten!

Für dich, einen gebildeten Athener, der vom hohen Ideal der Arete erfüllt war, die Tüchtigkeit, Besonnenheit, also Vortrefflichkeit an Geist, Körper und Schönheit erforderte – dieser Begriff geht viel weiter als der christliche Begriff der Tugend –, für dich also, verehrter Solon, einen freien und selbstbewussten Hellenen, der auch seine kräftige männliche Natur nicht verheimlichte, war es zutiefst unmenschlich, was sich damals abspielte.

Wie es scheint, wurde dieser schreckliche Missbrauch tatsächlich aus dem Orient eingeschleppt, denn nichts dergleichen wird aus früherer Zeit überliefert. Bei Homer ist Derartiges unbekannt. Dieser Missbrauch darf nicht mit der sogenannten „Knabenliebe" verwechselt werden, denn diese war bei den Dorern eine heilige erzieherische Pflicht des Mannes dem Knaben gegenüber, die aus der Notwendigkeit des Kriegslebens heraus entstanden war.

Wohlhabende Athener Bürger kauften diese armen Geschöpfe also und missbrauchten sie. Sie lebten mit ihnen im gemeinsamen Haushalt, neben ihren Ehefrauen und Kindern und sonstigen zum Haushalt zählenden Mitbewohnern. Jawohl, so war es, auch wenn es schmerzlich ist einzugestehen: Die Stadt Athen war damals krank! Sehr krank sogar …

Kurze Zeit darauf waren die Auswirkungen bereits spürbar – es wurden weniger Kinder geboren und der Stellenwert der Frau war nicht mehr so wie früher. Um der Frau die ihr zustehende Würde zu sichern, wurde von dir sogar die Mitgift abgeschafft. [16]„Nicht Geldes wegen soll die Ehe geschlossen werden … nur Zuneigung und Liebe soll Mann und Frau zusammen führen" – natürlich führte man später die Mitgift wieder ein.

Wie es scheint, war unter solchen Umständen vor allem die männliche Jugend diesem Unwesen ausgeliefert und musste geschützt werden. Ein frei geborener Knabe durfte nur mehr in Begleitung eines „Pädagogen", seinem Knabenführer, auf die Straße, der für seine Sicherheit verantwortlich war und auf gutes Benehmen achtete.

In der Hoffnung, diesem schrecklichen Zustand mit Erfolg entgegenwirken zu können, wurde von dir ein sehr strenges Gesetz zum Schutz der heranwachsenden Jugend erlassen. Der Redner Aischines, der ca. 250 Jahre nach deiner Zeit lebte, überlieferte den Gesetzeswortlaut, den er auf dich zurückführte, in seiner Rede gegen Timarchos:

„Die Lehrer der Knaben dürfen einerseits die Unterrichtsräume nicht vor Sonnenaufgang öffnen, andererseits müssen diese vor Sonnenuntergang geschlossen werden. Weiters darf keine Person, die älter ist als die Knaben, während der Anwesenheit der Knaben eintreten, es sei denn, es ist der Sohn des Lehrers, der Bruder oder der Mann der Tochter. Falls eine Person gegen dieses Verbot verstößt, wird sie mit dem Tode bestraft." (Gegen Timarchos 12)

Weiser Solon, dieses Gesetz ist wahrlich von außerordentlicher Härte!

Hochverehrter Solon! Mit meiner linken Hand fasse ich jetzt ganz fest mein Herz, damit der Mut mir nicht entweiche, und mit meiner rechten Hand nehme ich dich am Kinn und frage dich: Stimmt es, was man sich so erzählte? Es geht um gewisse Dinge, über die der Schleier der Diskretion gelegt wurde – aber wie bereits kurz vorher angedeutet und jetzt in Ergänzung berichtet Athenaios davon in seinem 13. Buch. Der Komödiendichter Philemon schrieb in seinem Stück „Die Brüder" – die Komödie selbst ist verloren, aber seltsamerweise, diese Verse gerieten nicht in Vergessenheit:

[17] *„O Solon, da du die Stadt voll junger Männer sahst,*
Die, vom Bedürfnis der Natur getrieben,
Auf Wege irrten, die sich nicht geziemten,
Da kauftest Frauen du und stelltest sie
Geschmückt an Orten auf, für alle gleich"

Was Philemon schrieb, kann man glauben oder auch nicht glauben …

Weiser Solon, du schweigst. Aber ich glaube dich trotzdem zu verstehen. Nichts anderes wolltest du; nur zum Schutz der Ehe und vor allem zum Schutz der Frau wurde von dir das erste Dikterion (Dikte = kretische Bezeichnung für Aphrodite) in Athen eingerichtet. Nichts anderes, als mit den Möglichkeiten deiner Zeit diesem scheußlichen Treiben ein Ende zu setzen. Auf Staatskosten wurden junge Pornai, das sind ausländische Sklavinnen, gekauft, der Staat übernahm die Sorge für die Verpflegung und sogar ein Arzt kümmerte sich um deren Gesundheit.

Dort lebten also diese Pornai. Es waren Sklavinnen, die einerseits vom Staate die notwendige Versorgung erhielten, aber andererseits dort isoliert lebten. Das Betreten der Straße war ihnen untersagt. Eine derartige Einrichtung erschien dir offensichtlich als die einzig richtige, um diesem schrecklichen Treiben mit Gegenmaßnahmen begegnen zu können und es verbarg sich dahinter auch sicher die Hoffnung, sie seien wirksam, da der Mann erst ab dem 35. Lebensjahr reif für die Ehe sei und auch bereit, Verantwortung zu übernehmen – wie du ja selbst in deinem Gedicht über die Lebensalter schreibst:

[18]*„Ist der Knabe noch unreif und ohne Erfahrung, wechselt er*
Seine Zähne zum ersten Male bis zum siebenten Jahr.
Ließ ein Gott die folgenden sieben Jahre verstreichen,
Erscheint der Körper in kraftvoller Jugendblühte.
Im dritten Jahrsiebent zeigen sich die schwellenden Glieder,
Bartflaum zeigt sich und kräftiger färbt sich die Haut.
Wenn das vierte Jahrsiebent erreicht gewinnt er die beste Stärke
Und mit dieser erreicht der Mann die höchste Leistung und
hohen Erfolg.
Während des Fünften gedenke der Mann auf Vermählung
Und suche, das Geschlecht in Kindern für die Zukunft zu
sichern.
Während des Sechsten festigt sich der Geist des Mannes,
Nicht mehr zu wollen und tun, was unerlaubt ist.
Während des Siebenten und Achten, also vierzehn Jahre,
Gewährt sein Geist das Beste an Einsicht und Redegewalt.
Noch im Neunten ist er bei Kraft, aber zu höchster
Leistung taugen Geist und Sprache nicht mehr.
Wenn aber jemand vollendet das zehnte Jahrsiebent,
Nicht vorzeitig möge ihn das Schicksal des Todes erreichen. "

Jeder unverheiratete Athener hatte Zutritt ins Dikterion.
Mit dem Überschreiten der Schwelle legte er seinen
Namen ab, damit auch seine Persönlichkeit, und brachte der Aphrodite sein Opfer. Mit nur 1 Obulos, der zu
entrichten war, wolltest du eine Gleichstellung unter
allen Bürgern erreichen. In dieser Einrichtung sahst du
eine gewisse Hoffnung jenen Teil der männlichen
Jugend, der dir so schwere Sorgen bereitete, von diesem
widernatürlichen Treiben fernzuhalten. Dies gelang, wie
die Zukunft zeigte, nur zum Teil.

Unter solchen Umständen waren die Hetären sehr
willkommen … Und sie kamen aus dem jonischen
Hellas, wo wahrscheinlich bereits zu Homers Zeiten

eine verfeinerte Lebensart gepflegt worden war – vor allem aus Milet, das in der Nähe des heutigen Bodrum lag, und von der Insel Lesbos. Dort gab es bereits eine lange Tradition, die sich der Ausbildung von Hetären widmete.

Eines Tages aber wolltest du frei sein. Du warst müde geworden, vielleicht erkanntest du die Unmöglichkeit, jeden zufriedenzustellen. [19]Dein Entschluss, Athen für zehn Jahre zu verlassen, stand fest. Du wolltest nicht erleben, wie deine geliebten Athener deine Gesetze nicht befolgten. Dein Weg führte dich nach Zypern und Ägypten und du wurdest hoch geehrt …

Sappho

Hochberühmte Sappho! Du bist die bedeutendste Dichterin der Antike. [1]Platon bezeichnete dich nicht nur als „die Schöne", du bist für ihn auch die zehnte Muse. Dies allein sagt bereits genug darüber aus, welchen Zauber deine Dichtung auf den Hörer ausübte und noch heute ausüben würde, wenn deine Zeit nicht so lange zurückliegen würde, denn das 6. Jahrhundert v. Chr. war die große Zeit griechischer Lyrik, die bis zu Beginn des 4. vorchristlichen Jahrhunderts hineinreichte.

Entsprechend der Tradition deiner Zeit wurden auf der Insel Lesbos die jungen Mädchen für ihr Leben als Frau und für die Ehe entsprechend vorbereitet und erzogen, und zwar in von erfahrenen Frauen geleiteten Mädchenkreisen, in denen die Mädchen bis zu ihrer Verheiratung lebten. Diese Kreise waren die Quelle deiner Poesie, hochberühmte Sappho. Hier erfuhren die jungen Geschöpfe so manche Dinge, wie z. B. über die Geheimnisse der weiblichen Kunst die von der Natur verliehenen Reize noch zu erhöhen, die Körperpflege, und auch der „Erotik" wurde zu deiner Zeit der gebührende Platz zugewiesen. Dazu gehörte auch mit Sicherheit die Fähigkeit, einen Haushalt zu führen und Kindererziehung.

Dies alles war begleitet von Gesang und Tanz, denn in jener Zeit war alles noch von einem tiefen religiösen

Gefühl getragen, dessen Ziel es war, dem Göttlichen – und damit auch dem Schönen – näher zu sein und nur durch eine entsprechende Lebensführung war dies zu erreichen. Um diesem Umstand gerecht zu werden, wurde das Mädchen bei seiner Verheiratung von dir mit einem „Epithalamon", einem Hochzeitsgedicht, in die Ehe entlassen, von denen einige wunderschöne Reste erhalten geblieben sind.

Nicht nur Platon bewunderte dich, auch der große römische Dichter Ovid war dein echter und ehrlicher Bewunderer. Er bezeichnet deine Lieder in seiner „Liebeskunst" als die [2]erotischste Dichtung überhaupt und empfiehlt deine Dichtung als Lektüre für junge Leute, zur Einstimmung … Jawohl! Der große Ovid war ein Kenner der weiblichen Seele, er kannte die Sehnsüchte der Frauen, er war ihr großer Freund und natürlich hatte auch er seine Erfahrungen mit Frauen, worüber man auch in römischer Zeit nicht offen zu reden wagte und den Gerüchten war dadurch Tür und Tor geöffnet … Dieser Ovid hatte daher großes Verständnis für dich und deine Situation, denn auch du wurdest ja bereits kurz nach deiner Zeit nicht mehr verstanden, da die Stellung der Frau innerhalb der Gesellschaft zu allen Zeiten sich änderte und ganz besonders in der griechischen Antike ungeheuren Veränderungen innerhalb kürzester Zeit sich gegenüber sah. Die notwendige Anpassung an die sich ständig ändernden Sitten kann nicht reibungslos vor sich gehen und war daher zu allen Zeiten der Ursprung so mancher Missverständnisse zum Leid der Frauen.

Dieser große Ovid widmete dir also einen seiner [3]Heroinen-Briefe, in dem er unverhüllt seine männliche Fantasie schweifen lässt. Er war offensichtlich sehr um deine Reputation bemüht, denn auch in römischer

Zeit stand man deinem Werk trotz aller Schönheit mit zwiespältigen Gefühlen gegenüber – und daran hat sich nichts geändert bis in die heutige Zeit.

Auf der Insel Lesbos, deiner Heimat, war der Name „Sappho" sehr häufig und es gab mehrere Dichterinnen mit diesem Namen. Vielleicht nahm die eine oder andere deinen Namen einfach nur an, um sich leichter Gehör zu verschaffen. [4]Ovid jedenfalls machte aus zwei Sapphos eine Sappho. Die eine warst natürlich du, die zweite war nicht die große Dichterin, sondern eine Hetäre, die sich aus unerfüllter Liebe zum wunderschönen Jüngling Phaon vom Leukadischen Felsen ins Meer gestürzt haben soll.

Hochverehrte Sappho! Ovid wollte damit für alle Zeiten mit allen Missverständnissen und Gerüchten Schluss machen, die bereits kurze Zeit nach deinem Tode ihr Gift zu verbreiten begannen, da die nachfolgenden Generationen deine Gefühle und die Zärtlichkeit, die in deinen Gedichten, die zum Teil an deine Schülerinnen gerichtet sind, nicht mehr verstanden. Dazu kommt noch, dass die Frau gerade in deiner Heimat, der Insel Lesbos, ein freies Leben führte. Man sehnte sich nach gebildeten Frauen.

Musische Bildung, zu der Gesang, Tanz, Eloquenz und eine kultivierte Lebensart gehörten, galt als erstrebenswert. Der Dienst an der Schönheit war religiös geprägt, ein Dienst an die Göttin Aphrodite, die damals die gesamte menschliche Existenz erfüllte. Dieses göttliche Strahlen war überall dort, wo Schönheit sich zeigte, und deine Bewunderung für die eine oder andere deiner Schülerinnen ist auch so zu verstehen. Sie ist das Gegenstück zur Knabenliebe bei den Dorern, die später ebenfalls nicht mehr verstanden werden konnte und missbraucht wurde.

Die Frau wurde damals in deiner Heimat als gleichwertiges Mitglied der Gesellschaft, eben in ihrer Eigenschaft als Frau, geliebt. Die Voraussetzung, um all diese den Alltag bereichernden Fähigkeiten zu erwerben, war ihre Wertschätzung, die über ihre Pflichten als Ehefrau weit hinausgingen. Diese Sonderstellung hatte offensichtlich zu deiner Zeit bereits eine lange Tradition, denn bereits bei [5]Homer wurden dem Helden Achilleus sieben Frauen, ausgestattet mit allen Attributen der Bildung und Schönheit, geschenkt.

Zu deiner Zeit, verehrteste Sappho, blühte in deiner Heimat Lesbos und auch im jonischen Hellas, der heutigen türkischen Westküste, eine Hochkultur. Eine verfeinerte Lebensart und vor allem die Dichtung und die Musik wurden gepflegt und der Alltag war davon durchdrungen. Aber auf der anderen Seite der Ägäis, in Athen, herrschten zu deiner Zeit schreckliche Zustände. Drakon versuchte mit härtesten Maßnahmen der Willkür begegnen zu können – ohne Erfolg. Erst der große Solon konnte Athen mit neuen Gesetzen eine gewisse innere Festigkeit geben. Dies gelang ihm nicht in dem Maße wie von ihm beabsichtigt. Erst durch die Einflüsse aus dem östlichen Hellas setzte eine Besserung ein und nach der siegreichen Beendigung der Perserkriege wurde Athen zum geistigen und kulturellen Zentrum für die damalige Welt – was bis in die heutige Zeit wirksam ist.

In den hintersten Teil des Hauses verdrängt, dort lebte im damaligen Athen eine ideale Ehefrau, zurückgezogen, zeigte sich niemals in der Öffentlichkeit, erhob niemals ihre Stimme. Bildung bei der Ehefrau war unerwünscht, ihre Fürsorge um die Angehörigen war eine heilige Pflicht und hatte nicht unbedingt etwas mit

Zuneigung zu tun. Ihr Einfluss war auf religiöse Feste beschränkt, die zum Teil zum Aufgabenbereich der Ehefrau zählten. Wie bereits erwähnt, herrschten damals in Athen entsetzliche Zustände. Der große Solon zog sich verbittert zurück, nachdem er Athen neue Gesetze gegeben hatte.

Dass unter diesen Umständen ab dem 5. Jahrhundert v. Chr. gerade das Hetärenwesen in Athen derart an Bedeutung gewann, ist nur allzu verständlich, denn der gebildete Athener langweilte sich an der Seite seiner Ehefrau … Sein anspruchsvoller und beweglicher Geist, der Befriedigung suchte, die weit über den äußeren Reiz, der natürlich eine Voraussetzung für die Faszination der Hetäre war, hinausging, konnte von der Ehefrau nicht zufriedengestellt werden. Im Gegenteil: Es herrschte die Ansicht, die Fähigkeiten einer Hetäre könnten mit den Pflichten einer Ehefrau nicht in Einklang gebracht werden. Unter solchen Umständen ist es nur allzu verständlich, dass eine Frau mit Bildung, die diese auch zeigte, als sittenlos galt und dem Gerede und Spott ausgeliefert war – ausgenommen eine Hetäre, deren Stellung eindeutig war und die mit ihren Fähigkeiten vor allem nach der Zeit der Perserkriege ungeheure Summen erwerben konnte. Man denke nur an die berühmte Aspasia, die Gefährtin und spätere Gemahlin des großen Perikles …

Hochverehrte Sappho! Unter diesen Umständen konnte man dich bereits kurz nach deinem Tode und vor allem außerhalb der Insel Lesbos einfach nicht mehr verstehen und gerade die Gedichte, die zum Teil an deine Schülerinnen gerichtet sind, trugen dazu bei, dich ins Gerede zu bringen. Deine Zärtlichkeit für deine Schülerinnen mag vielleicht das gewohnte Maß überschritten haben und ich muss gestehen, auch für mich klingt so manches ungewohnt – erst recht für jene, die mit Eifer auf Spurensuche gehen, um deine Dichtung in ein diffuses Licht zu tauchen, in welchem der Fantasie keine Grenzen gesetzt sind! Eines aber scheint sicher zu sein, schon in deiner frühen Jugend sehntest du dich nach Liebe und Zärtlichkeit, vielleicht viel mehr als andere Mädchen deines Alters, und Ursache war gewiss eine innere Einsamkeit und deine ewige Suche nach Liebe, die in deiner kurzen Ehe mit einem gewissen [6]Cercylas aus Andros, einem Adeligen, der bald starb, nicht die Erfüllung gewesen sein mag, obwohl dir eine Tochter, Kleis, geschenkt wurde.

Dazu muss man bedenken, du warst mit drei Brüdern, Larichos, Eurugios und Charaksos aufgewachsen. Dies kann gerade in diesem frühen Alter und gerade für eine so empfindsame Seele wie die deinige problematisch werden, da der heranwachsende Jüngling mit seiner erwachenden männlichen Natur, die ein göttliches Geschenk ist, zunächst den richtigen und würdigen Umgang erlernen muss, wofür eine verständnisvolle Erziehung im rechten Augenblick erforderlich ist. Diese ist leider nicht immer zur Stelle. Nichtsdestoweniger, du liebtest deine Brüder trotz allem, besonders deinen Bruder Charaksos. Er bereitete dir ständig Sorgen, vor allem wegen seiner Leidenschaft für die Hetäre Rodopis, dem Rosengesicht. Als wohlhabender Weinhändler kam er auch nach Naukratis in Ägypten, wo sie ihm begegnete.

Diese [7]Rodopis muss von außergewöhnlicher Anmut gewesen sein, denn der Überlieferung nach ist sie die Urform des späteren Aschenputtels, Cendrillon oder Cinderella. Eines Tages, als sie auf ihrer Terrasse saß, stürzte plötzlich im Steilflug ein Adler herab, schnappte nach der neben ihr auf dem Boden liegenden Sandale, verschwand mit dieser in den Lüften und legte sie vor die Füße des [8]Pharaos Amarsis. Der Pharao konnte nicht glauben, dass ein Fuß so zierlich sein könnte, um in dieser Sandale Platz zu finden. In ganz Ägypten ließ er nach diesem Füßchen suchen … Man fand es. Amarsis holte Rodopis zu sich und war mit ihr glücklich.

Dass diese anmutige Rodopis bis zu ihrem Tode bei Amarsis blieb, ist unwahrscheinlich, denn als dein Bruder Charaksos nach Naukratis kam und ihr begegnete, wollte er nicht mehr ohne diese anmutige Rodopis leben. Für viel Geld kaufte er sie frei. Übrigens soll sie auch die Schwester des Fabeldichters Äsop gewesen sein, der ein Sklave war. Sie war daher ebenfalls eine Sklavin, aber mit außergewöhnlichen weiblichen Fähigkeiten, die sie gezielt einzusetzen verstand.

Nun, dein Bruder Charaksos bereitete dir Sorgen. Du erwähnst ihn mehrmals in deinen Gedichten, von denen leider nur Bruchstücke vorhanden sind, wie dieses hier:

[9] *„Kypris und Nereiden,*
gebt, dass mir der Bruder heil zurückkehre,
Alle seine Wünsche mögen erfüllt werden!
Möge der Unsterbliche (Gott)
alles Frühere beseitigen,
Gewähre Dank seinen Freunden
und Verderben seinen Feinden
sowie uns nicht wieder Kummer zu bereiten!
Er möge bereit sein,
seiner Schwester Ehre zu bereiten …
Sie litt so sehr. "

Das Ende des Gedichtes ist nur verstümmelt überliefert.

In einem anderen Fragment heißt es:

[10] *„Kypris möge dich grausam finden,*
Prahle aber nicht mit ihrem Werk, Doricha!
(andere Bez. für Rodopis)
Da sie dich, von irgendwoher,
zum zweiten Mal zur Liebe führte. "

Dein Bruder fuhr also noch einmal nach Naukratis und brachte Rodopis in seine Heimat.

Verehrte Sappho! Deine leidenschaftliche und empfindsame Seele erfuhr auf diese Weise bereits in früher Jugend ein schmerzliches Beispiel der realen Welt, in der die Momente des Glückes ungleich verteilt sind. Dein Entschluss, sich der Erziehung und Bildung junger Mädchen zu widmen, um diesen den Weg ins Leben zu erleichtern und vorzubereiten, war sehr edel und ist auch leichter zu verstehen, wenn man den Weg zu kennen glaubt, der dich dorthin geführt haben mag.

In der Antike gab es von dir neun Bücher. Der Großteil ging verloren oder wurde auch bewusst vernichtet. Nur ein einziges Gedicht ist vollständig erhalten, es war wahrscheinlich das erste Gedicht des ersten Buches.

[11] *„Buntstrahlende, unsterbliche Aphrodite,*
Tochter des Zeus, Listenreiche, zu dir flehe ich!
Lähme mir mit Trübsinn nicht und Trauer
Den Mut, Gebieterin.

Sondern komm hierher, wie früher schon,
Als du meine Stimme von ferne vernehmend
Mich hörtest und das goldene Haus des Vaters verließest
Und kamst,

Den goldenen Wagen angeschirrt: schöne Sperlinge
Zogen dich über die schwarze Erde,
Schnell mit den Flügeln schlagend vom
Himmel mitten hindurch, herab,

Sogleich langten sie an. Du aber, Selige,
Lächelnd mit deinem unsterblichen Anlitz,
Fragtest, was ich wieder erlitten und was
Wieder ich riefe,

Und was ich mir am meisten ersehne
Mit rasendem Herzen. „Welche, begehrtst du
Soll Peitho wieder deiner Liebe zuführen? Wer, Sappho,
Tat dir Unrecht?

Auch wenn sie flieht, bald wird sie folgen,
Wenn sie keine Geschenke nahm, sie wird sie geben,
Wenn sie aber nicht liebt, bald wird sie lieben,
Auch wenn sie nicht will. "

Komm nun zu mir, erlöse mich aus dem schweren
Kummer, um mir zu erfüllen, was das Herz ersehnt,
Vollende! Du aber selbst sei
Meine Mitstreiterin. "

Dieses wunderschöne Gedicht, das eigentlich ein Gebet an die Aphrodite ist, ist eindeutig an eine Frau gerichtet, denn der letzte Buchstabe des letzten Wortes der vorletzten Strophe ist im griechischen Original ein a, also ein feminines Partizip. Der Wohlklang und Zauber liegt in der Verbindung und Weichheit der Zusammenfügung und ist ein Zeugnis eines sehnsuchtsvollen Herzens.

In einigen orientalischen Gesellschaften, wo die Welt des Mannes und der Frau zwei völlig getrennte Welten sind und die vorgegebenen Sitten keinen Spielraum erlauben, in welchem zwischen Mann und Frau ein wirkliches sich Näherkommen möglich wird – dies war zu deiner Zeit nicht viel anders als heute –, da mag es schon immer vorgekommen sein, dass Frauen sich sehr nahe kamen und auch leidenschaftliche Gefühle füreinander entwickelten, da der sittliche Rahmen keine andere Möglichkeit gestattete. Aber dies ist nicht zu vergleichen mit der Liebesglut eines Mannes. Der größte Held der Griechen, der göttliche Achilleus, wusste genau, trotz seiner schweren Hand, die das Schwert zu führen gewohnt war, was seine Briseis von ihm erwartete, wenn er bei ihr lag ... Gewiss, Achilleus war ein Held, blond gelockt, schön und gebildet, [12] er konnte singen und wusste die Lyra zu spielen. Du meinst, Achilleus war ein Halbgott? Allerdings, Achilleus war ein Halbgott ...

Verehrte Sappho! Begegnete dir niemals die Liebesglut eines leidenschaftlichen Mannes? Dein Dichterkollege Alkaios warb doch um dich, aber du lehntest ihn ab.

Der große Aristoteles überlieferte folgendes Fragment als Beispiel, wie sich ein Mann nicht einer Frau nähern darf:

[13] *„Alkaios: Ich möchte dir etwas sagen, doch mich hindert*
    Die Scheu.

Sappho: *Wenn du Verlangen hättest nach Rechtem und*
    Schönem
    Und würde die Zunge nicht ein schlimmes Wort reden,
    So würde sich nicht die Schamlosigkeit in deinen
    Augen zeigen,
    Sondern du sprächest von dem, was recht ist."

Du mochtest ihn nicht. Gewiss, er war Soldat und soll von sehr kleinem Wuchs gewesen sein, war der Melancholie verfallen, hatte aber eine leidenschaftliche Seele. Er schrieb traurige Lieder über mangelndes Kriegsglück und Unfreiheit, aber auch Trinklieder, die seinen Kummer für kurze Zeit vergessen ließen.

Du konntest nicht ohne Schönheit leben und dieser arme Alkaios entsprach so ganz und gar nicht einem schönen Mann … Du warst von adeliger Geburt, dazu auch wohlhabend und wolltest dich nicht mehr in die Abhängigkeit einer Ehe begeben, mit all den Pflichten einer Ehefrau, vor allem nicht, wenn der Ehepartner nicht die Kraft aufzubringen vermochte, um in der realen Welt sich zu behaupten. Was eine Ehe bedeutete, war dir ja nicht unbekannt. Du warst Mutter einer [14]Tochter, Kleis, wurdest aber bald Witwe und dein Entschluss, dein Leben mit deinen Schülerinnen zu verbringen, war damit entschieden.

Wenn man die verbliebenen Reste deiner Dichtung kennt, war dein Leben eine einzige Sehnsucht nach Liebe und Schönheit wie in diesem Gedicht, welches zu den berühmtesten der Weltliteratur zählt.

[15]*„Den Göttern gleich scheint mir der Mann,*
Der dir gegenüber sitzt und sich zu
Dir hinab beugt und nahe bei dir dein
Süßes Geplauder hört

Und dein seliges Lachen. Dies aber
Erschreckte wahrlich im Busen mein Herz.
Denn wie ich nur kurz zu dir hinblicke, wie
Versagt mit völlig die Stimme,

Denn die Zunge ist mir wie gelähmt, plötzlich
Aber unterläuft ein Feuer mir die Haut,
Mit den Augen sehe ich nichts,
Ein Dröhnen erfüllt mir die Ohren,

Schweiß rinnt mir hinab, ein Zittern
Befällt mich als ganzes, bleicher bin
Ich als Gras, ich scheine kurz dem Tode
Nahe zu sein, Agallis.

Aber das alles ertrage ich, da …"

Das Ende des Gedichtes fehlt. Was versetzte dich, verehrte Sappho, in diesen Zustand? Waren es die so unendlich süßen Schauer, die dich erfassten und blind machten für diese Welt beim Anblick des göttergleichen Mannes? Oder sind vielleicht das Mädchen und Agallis nur eine Person? Was geschah?

Der römische Dichter Catull machte eine Nachdichtung, aber leider nicht bis zum Ende. Er hatte wohl seine Gründe, denn in römischer Zeit wurdest du sehr geachtet. Damals bereits bewunderte man dich als die größte Dichterin und du wurdest viel gelesen. Aber damals gab es bereits Bereiche deiner Dichtung, die nicht mehr verstanden wurden, da die Stellung der Frau in römischer Zeit eine andere war als im 6. Jahrhundert v. Chr. auf der Insel Lesbos. Horaz bezeichnete dich als [16]„maskuline Sappho" und [16a]Athenaios behauptete, der göttergleiche Mann sei dein Bruder Charaksos und das Mädchen sei das Rosengesicht Rodopis, die du angeblich liebtest …

Du siehst, spätere Schreiber hatten ihre Probleme mit deinem Charakter. Sogar als Hetäre wurdest du bezeichnet, da du zu offen deine Empfindungen preisgabst. Griechische Komödiendichter behaupteten, dein

Ehemann Cercylas sei eine Erfindung und dein [17]Äuße-
res sei nicht anziehend genug, um einen Mann zu bezaubern. Dein Blick ist jetzt sehr traurig – und du
schweigst …

Trotz aller Vermutungen und Spekulationen, das
Gedicht ist eine Beschreibung höchster Liebesleiden-
schaft und versetzt in Erstaunen wegen der fast patho-
logischen Beschreibung der Details, die in ihrer Ein-
heitlichkeit die Außergewöhnlichkeit und Schönheit
des Gedichtes bewirken.

Der französische Philosoph und Dichter Voltaire
versuchte sich später ebenfalls an einigen Nachdichtun-
gen dieses Gedichtes. [18]Antike Leser, die noch dein gesamtes Werk zur Verfügung hatten, bewunderten die
Süße und Weichheit deiner Sprache als auch den Wohlklang.

Du warst geboren zur Leidenschaft, deine Dichtung ist
echt, wahr und frei von allem Gekünstelten, von größter Natürlichkeit und dazu von vollendeter Form, die
nur im griechischen Original in ihrer ganzen Schönheit
zu uns herüberklingen kann, aber auch in der Übersetzung eine Erschütterung des Herzens und aller Sinne
bedeutet. So wie dieses Fragment, das nur aus einem
halben und einem ganzen Vers besteht:

[19]*„Eros erschütterte meine Sinne wie ein Sturm,*
der die Berge herab auf die Eichen sich stürzt"

Wahrlich – Erato, die Muse der erotischen Dichtung,
war stets an deiner Seite. Sie überschüttete dich mit
ihren Gaben und liebte dich.

Mit dir brach die große Zeit griechischer Lyrik an. Sogar mit Pindar und Homer wurdest du auf die gleiche Stufe gestellt. [19a]Selbst Plutarch wird poetisch, wenn er von dir spricht: „Es ist wahr, ihr Gesang ist von Feuer durchdrungen und ihre Lieder steigen wie Flammen aus der Glut des Herzens empor …"

[20]*„Eile herbei, göttliche Kypris, schütte Nektar gemischt mit*
Den süßen Freuden an meine Freunde in die Becher,
Die auch die deinen sind…"

Manchmal bricht die Leidenschaft mit Gewalt hervor und bedauert zugleich:

[21]*„Ich bedaure, dann aber ersehne ich …"*

[22]*„Meine Gedanken sind geteilt, ich aber weiß nur,*
Ich kann nicht anders …"

Oder, wenn die Verzauberung dich erfasst:

[23]*„Du stehst vor mir, mein Freund, und die Anmut*
Deiner Blicke erfasst mich …"

[24]*„Dein Antlitz ist wie mit Honig vergoldet …"*

Aber es ist stets die Liebe, die drängt:

[25]*„Mögen die Winde den Herumirrenden bringen,*
Der mir Kummer bereitet …"

[26]*„Ladet doch den schönen Menon, soll*
Das Fest mir gefallen …"

Wer war der schöne Menon? Du hattest Sehnsucht nach ihm …

Manchmal überwältigt dich die Sehnsucht, so wie hier:

[27] *„Komm, meine göttliche Lyra und sprich mit*
deiner Stimme …“

[28] *„Die Nachtigall schlägt die Flügel wie ein*
Sanftes Flattern gleich der Glut des Sommers,
Und streicht über die Schnitter und sie verbrennen
(und auch ich singe, brennend vom Hauch der Liebe …)“

[29] *„Der Mond ist versunken und*
Die Pleiaden. Die Mitte der Nacht
Ist vorbei und die Stunden verstreichen,
Ich aber liege alleine …“

Dieses Fragment ist von großer Schlichtheit und Schönheit, wie ein einfaches Volkslied, und schmerzlichster
Ausdruck der Einsamkeit und der Sehnsucht nach dem
anderen Ich, um vollkommener zu werden.

Hier erfasst dich die Angst, verlassen zu werden:

[30] *„Die Liebe, die wieder meine Glieder erfasst,*
Bewegt mich wieder, quält mich süß und grausam
Und ich kann mich nicht wehren … Atthis, du
Hasst meine Erinnerung und du eilst zu Andromeda? …“

[31] *„Ich glaube nicht, dass meine Lieder den Himmel*
Berühren, der Himmel ist taub …“

Verehrte Sappho! Dies ist der Ausdruck quälender Leidenschaft, die dich dramatisch bewegte und quälte, du
warst von Angst gepeinigt …

[32] „Süße Mutter, ich kann den Webstuhl nicht schlagen, die schlanke Aphrodite erfaßt mich durch den Blick des Knaben mit Sehnsucht …"

Wie alle wahren Dichter liebtest du die Natur, ihr gehörte deine ganze Bewunderung:

[33] *„Eine frische Brise und heiliges Rauschen ringsumher unter*
Den Ästen des Apfelbaumes, dessen glänzende Blätter zum
Schlafen laden"

Dein neuntes Buch war eine Sammlung deiner Epithalama. Das Epithalamon, ein Brautgedicht, mit dem die Braut in die Ehe begleitet wurde, war zu deiner Zeit in Mode. Es war eine Huldigung an das junge Mädchen, das an der Schwelle ihrer von Natur bestimmten Aufgabe stand und sollte es begleiten. Eines dieser wunderschönen Gedichte ist, leider nur unvollständig, überliefert:

Chor der Jünglinge:

[34] *„Schlage das Gebälk ein!*
O Hymenaios! (Hochzeitsgott)
Hebt es hoch, Zimmerleute!
O Hymenaios!
Der Gemahl nähert sich, gleich dem Ares! (Kriegsgott)
O Hymenaios!
Er ist viel größer als ein großer Mann!
O Hymenaios!"

Chor der jungen Mädchen:

[35] *„Wie ein süßer Apfel, der auf dem hohen Ast*
Auf der höchsten Spitze sich findet,
aber die Apfelpflücker vergaßen ihn –

Wahrlich sie vergaßen ihn nicht,
sondern sie konnten ihn nicht erreichen. "

Für den Menschen von heute ist es nicht einfach, deine Zeit zu verstehen. Heute leben wir in einer christlichen Kultur mit christlichen moralischen Werten. Zu deiner Zeit aber, Hochverehrte, herrschte der Eros, diese herrliche Kraft, die alles vorantreibt, die ohne die wahrnehmbare Schönheit, die uns alle so entzückt, nicht möglich ist …

Zu deiner Zeit aber begann dieser älteste und mächtigste aller Götter die Poesie zu erfassen, die große Zeit griechischer Lyrik nahm ihren Anfang. 200 Jahre später, als mit dem großen Platon der Eros seine Macht auch über die Seelen voll und ganz ausbreitete, behielt zwar die sichtbare Schönheit, ohne welche kein Hellene leben konnte, ihre Bedeutung, wurde aber, da man erkannte, es gibt nicht nur eine sichtbare, sondern auch eine nicht sichtbare, nämlich die innere Schönheit, die Seele, die uns erst zu einem echten Menschentum macht, zur Einheit von schön, gut und wahr, zur herrlichen Kallokagatie, dem hohen hellenischen Ideal eines gebildeten und kultivierten Menschen.

Dieser Platon war also dein großer Bewunderer, er verstand dich, denn auch er sehnte sich nach der vollendet schönen Seele, die den menschlichen Körper veredelt … Mit Sicherheit ist er dir in der Zwischenzeit begegnet, dort, im Elysion, im Reich des ewigen Glücks im Jenseits, dort, wo keine Wolke den Himmel trübt, dort, wo alle wirklich Großen sich einfinden … Niemals mehr wurde so voll Inbrunst und Sehnsucht nach Liebe gesungen, so ehrlich und so offen.

Die Bewunderung und Zuneigung zu deinen Schülerinnen führe ich auf deine persönlichen Lebensumstände zurück und ich verurteile dich nicht. Später wollte man dich einfach nicht mehr verstehen. Man bewunderte deine Lieder einerseits, aber andererseits wurdest du das Opfer späterer Komödiendichter und ihres billigen Spottes.

Auch der große römische Dichter Ovid hat dir, da bin ich ganz sicher, seine Aufwartung gemacht. Er ist zwar keine stattliche Erscheinung, aber hochgebildet, kultiviert und ein Weltmann. Auch ihn traf das harte Los, nicht verstanden zu werden und er fiel in Ungnade – er wurde in die Verbannung geschickt. Dort starb er tieftraurig und geplagt von Heimweh nach seinem geliebten Rom. Sein wohl bekanntestes Werk, seine „Liebeskunst", hat er dir gewiss mitgebracht. Zur Unterhaltung natürlich … Er schrieb diese für die römische Jugend, damit die jungen Leute leichter mit den herrlichen Gaben der Aphrodite den richtigen Umgang finden würden.

Mit Sicherheit ist dir auch unser so sehr geliebter W. A. Mozart bereits begegnet. Für dich ist er gewiss eine etwas seltsame Erscheinung in seinem roten Just' au corps, mit Puderperücke und Schnallenschuhen herausgeputzt. Seine Ausdruckweise mag dir vielleicht etwas derb erscheinen, aber auch er erfuhr den göttlichen Kuss, der das Tor öffnet in eine andere Welt, die nicht von dieser ist und die nicht rational für uns Menschen zu verstehen ist: Es ist seine Musik. Sie ist eine Gnade und ein Geschenk des Himmels. Glaube mir, dieser Mann verstand die Frauen!

Auch der österreichische Dichter Franz Grillparzer zählte zu deinen Bewunderern. Er schrieb eine Tragödie, „Sappho". Er sah dich mit den Augen des 19. Jahrhunderts. Ich bin sicher, im Geiste stand er dir sehr nahe …

Man sollte dich in Ruhe lassen, denn du gibst deine Geheimnisse nicht preis. Die Reste deiner Dichtung sind ein Gruß aus einer längst vergangenen, großen Zeit, die erfüllt war von Schönheitssehnsucht – damals, als noch Aphrodite und Eros herrschten …

Erst wenn man weiß, welche Gewalt der Eros auf den Hellenen ausübte, ist es für den heutigen Menschen zu verstehen, dass überall, wo Schönheit sich zeigte, die Seele entflammte und man zu deiner Zeit nichts Verwerfliches darin sah, wenn eine Frau einer Frau nahe stand, vor allem nicht in deiner Heimat Lesbos, wo es den Frauen erlaubt war, ein freies Leben zu führen, sich an der Poesie zu erfreuen, zu tanzen und den Musen zu dienen. Der Begriff der Homo-Erotik sowie das Wort selbst, wie es im heutigen Sprachgebrauch üblich ist, war zu deiner Zeit unbekannt.

Mit dem Verbum „lesbizein" verstand man in klassischer Zeit eine verfeinerte Erotik und vor allem eine kultivierte Ausdrucksweise, denn gerade dort werden die so süßen und herrlichen Gaben der Aphrodite reichlich, in üppiger Fülle verteilt. Lukian, der 700 Jahre nach deiner Zeit lebte, also während der römischen Kaiserzeit, schrieb: [36]„Es sind nicht die Männer, die Lesbierinnen lieben" – Diese Bezeichnung findet sich also erst bei Autoren, die lange nach dir lebten, in einer Zeit, in der die Sitten bereits entartet waren.

Warum ist gerade die Insel Lesbos der Ort, wo die herrlichsten Blüten der Dichtung so reichlich auf fruchtbarem Boden ihre ganze Pracht entfalten konnten?

Orpheus, die Idealgestalt des gotterfüllten Sängers schlechthin, ist nichts anderes als die Sehnsucht nach dem göttlichen Gesang. Er verlor am Hochzeitstag seine geliebte Eurydike – eine Schlange biss sie in die

Ferse und sie entwich in den Hades. Jawohl, die Götter neiden höchstes Glück, verehrte Sappho! Sein Schmerz war grenzenlos. Die Götter hatten Mitleid mit ihm und gewährten ihm, in den Hades hinabzusteigen, um Eurydike ans Tageslicht zurückzuführen – unter einer Bedingung, er müsse seine Sehnsucht bändigen und dürfe seinen Blick nicht auf sie richten. Der Arme war zu schwach, nur kurz drehte er sich um, seine Augen blickten sehnsuchtsvoll nach ihr – da aber entschwand sie. Für immer … Die Götter bestraften den Armen mit noch größeren Schmerzen der Wehmut, sein Gesang wurde noch herrlicher, noch süßer. Wilde Tiere lauschten in Verzückung und wurden zahm und selbst die Steine verloren ihre Härte … Und erst die Frauen! Rasende Liebestollheit erfasste sie. Jede forderte die Liebe des Orpheus, aber er weigerte sich, denn er liebte nur seine Eurydike … Keine konnte sich mir ihr vergleichen. Da rissen sie den Armen in Stücke, warfen ihn in die Ägäis, die Meereswogen aber spülten den zerfetzten Orpheus an die Ufer der Insel Lesbos, wo er in Gestalt der Lyrik den Weg ins Leben zurückfand …

Verehrte Sappho! Auch in dir fand ein Stück dieses so unglücklichen Orpheus seine Auferstehung. Und auch der von dir abgewiesene Alkaios, Anakreon und noch andere beschenkten die Welt so reich mit ihrer Kunst …

Bis ins 4. Jahrhundert n. Chr. war dein gesamtes Werk von insgesamt neun Büchern erhalten.[37] Aber leider, mit dem Erstarken der neuen Religion wurde bewusst der größte Teil deines Werkes, nicht nur deines, sondern auch vieler anderer Dichter, zerstört, wie jene von Menander, dem Komödiendichter, von Diphilos, Apollodor, Philemon, Alexis und den Lyrikern Erinna, Anakreon, Mimneros, Bion, Alkman und Alkaios. Die christlichen

Priester erlangten durch die Verbrennung der fast gesamten erotischen Dichtung der Griechen beim byzantinischen Kaiser hohes Ansehen …

Eine Reiseleiterin aus Heraklion erzählte mir vor einigen Jahren, in orthodoxen Klöstern lägen noch heute antike Schriftrollen, die aber bewusst zurückgehalten würden … Vielleicht würde sich dort das eine oder andere verloren Geglaubte von dir wiederfinden. Bis in unsere Tage blieben leider nur wenige dieser Herrlichkeiten vollständig erhalten, der Großteil sind oft nur einige Verse oder auch nur Wortfetzen, die durch antike Autoren wie zufällig in unsere Tage herüberklingen.

Abb.1

Themistokles
Römische Kopie nach einem griechischen Original, Ostia.

Die Herme ist höchstwahrscheinlich nach einer Porträtstatue aus Bronze entstanden, die noch zu Lebzeiten oder nach seiner Verbannung aufgestellt wurde.

Themistokles

Großer Themistokles! Du zählst neben dem großen Perikles, der auch der „Olympier" genannt wird, zu den bedeutendsten Staatsmännern und Strategen von Hellas. Dich darf man nicht übergehen! Im Gegenteil, du bist zu würdigen, denn du stelltest die Weichen, damit Hellas das erreichen konnte, womit dieses so kleine Land die Welt so reich beschenkte und was das größte Geschenk für die Menschheit wurde. Mit aller Deutlichkeit wird dies gerade jetzt, im 21. Jahrhundert n. Chr., bewusst. Die Globalisierung – um in der Sprache von heute zu sprechen – ist im Begriff, die gesamte Erde zu erfassen. Ohne die umwälzenden und einmaligen Leistungen des antiken Hellas würde die Welt heute eine andere sein.

Um die als „Perserkriege" in die Geschichte eingegangenen Ereignisse besser zu verstehen, bedarf es einer kurzen Schilderung der damaligen Umstände.

Zu Beginn wurde der Expansionsdrang des riesigen Perserreiches, das zur Zeit Daraios I. bis an die Grenzen des jonischen Griechenlandes reichte, nicht als bedrohlich empfunden. Aber gerade diese jonischen Stadtstaaten hatten schon sehr früh eine blühende Kultur. Nicht umsonst war der größte Dichter aller Zeiten, Homer, ein Jonier … Dort lebten auch die frühen Denker, wie Thales von Milet und Herakleitos von Halikarnassos sowie Demokritos u. a. Aber leider muss gesagt werden, die griechische Unfähigkeit im entscheidenden Augenblick zur Einigkeit zu finden, deren Ursache der Drang nach persönlicher Freiheit ohne Kompromissbereitschaft war, machte es den Persern leicht, diesen östlichen Teil von Hellas sich einfach tributpflichtig zu machen. Zunächst bäumten sich die Jonier freilich gegen die persische Macht auf, zu Beginn sogar mit Erfolg. Selbst die persische Hauptstadt Sardeis fiel in griechische Hand, aber der Rückschlag kam … Nicht nur Milet, die schönste dieser herrlichen Städte, wurde völlig und für immer zerstört, auch die übrige jonische Kultur wurde für Jahrhunderte zurückgeworfen.

Dem griechischen Volk stand ein tiefgläubiges Volk mit einer hoch entwickelten Kultur gegenüber, das von den hohen Lehren des Zoroasters erfüllt war. Aber die autokratische Staatsform, die auf einen mit göttlichen Ehren verherrlichten Herrscher in Form einer straff organisierten Hierarchie zugeschnitten war, war den freiheitsliebenden Griechen zutiefst zuwider. Die Übergröße des Reiches selbst, das in dieser Zeit bis in den Süden Ägyptens und an die Grenzen Indiens reichte und durch den Expansionsdrang seiner Könige eine Vielzahl von Völkern unterwarf und tributpflichtig machte, beeindruckte die Griechen überhaupt nicht.

Die Griechen empfanden dieses Riesenreich als unmenschlich und barbarisch, da es nach hellenischem Ermessen nicht überschaubar war. Der einzelne Mensch war bedeutungslos. Diese geistig so unbewegliche Welt, in der seelische Spannungen keinen Platz hatten, nein, das war unerwünscht, dieses ganze starre System ließ diese auch gar nicht zu, und diese leidenschaftlichen Sehnsüchte der Griechen nach Schönheit und Harmonie konnten in einer so beschaffenen Welt keinen Platz finden.

Diese oft mit maßloser Üppigkeit und Prunk aus-
gefüllte Leere war in der Frühzeit des Griechentums befruchtend, aber im 6. Jahrhundert wurde all dies bereits
als unangenehm empfunden. Dies zeigte sich auch in der
Bekleidung. Diese erfuhr eine Vereinfachung. Die Naht
und die Hose wurden als „unhellenisch" abgelehnt. Direkt am Körper trug man einen „Chiton", dies war ein
rechteckiges Stoffstück in unterschiedlicher Länge, das
mit Spangen und einem Gürtel gehalten wurde. Darüber
wurde von den Männern das in Falten gelegte „Himation" getragen. Wenn es heiß war, war dieses oft ausreichend. Beim Reiten oder auch auf Reisen und im Krieg
wurde um die Schultern eine „Chlamus", die nur bis zu
den Knien reichte, getragen. Die Frauen hüllten sich
über den Chiton in einen „Peplos", der den Körper zur
Gänze bis zu den Füßen bedeckte. Die griechische Welt
war eine von Farben durchglühte, strahlende Welt. Mit
Indigo, Safran und Zinnober wurde die Wolle hauptsäch-
lich eingefärbt. Purpur war sehr teuer und daher nur den
Reichen vorbehalten. Das Spinnen der Wolle und die
Weiterverarbeitung auf dem Webstuhl war eine Haupt-
beschäftigung der Ehefrau.

Niemals mehr zeigte sich das Übergewicht eines in sich
erstarkten Selbstbewusstseins und der Wille zur Unabhängigkeit für jeden Einzelnen so stark wie damals bei
den Hellenen gegen die rohe Gewalt. Ein vom Rausch
der Macht erfüllter Mensch strebt nach immer mehr
Macht … Die Angst, diese so herrliche Macht zu verlieren, drängt nach noch größerer Macht. Sie ist die
schlimmste Droge der Menschheit und wie es scheint –
unausrottbar. Jedes Mittel, um diesem Wahn zu dienen,
wird eingesetzt. Da aber die Gefräßigkeit dieses Unge-
heuers unstillbar zu sein scheint, ist Macht so gefährlich.
Die Hellenen setzten diesem Drang auf ihre Art Gren-

zen. Sie schufen „nomoi" d. h. Gesetze. Sie dienten dazu, den Schwächeren zu schützen. Dies bedeutete einen ungeheuren Fortschritt des humanen Denkens. In jener Zeit wurde bereits der Keim der Demokratie gesetzt, die kurze Zeit später in aller Herrlichkeit gerade in Athen erblühen sollte.

Es war ein entscheidender Kampf zwischen Morgenland und Abendland. Damals ging es nicht nur um die persönliche Freiheit, es war vor allem auch eine sittliche Entscheidung. Man muss bedenken. Für damalige Verhältnisse stürmte ein ganzer Erdteil auf das kleine Hellas zu. Einige Tausend tapfere Männer leisteten aber einen erfolgreichen Widerstand. Dazu kam noch eine fanatische Liebe zur Heimat und es waren auch die Überzeugung der geistigen Überlegenheit und der tiefe Glaube an den Sieg, die sie antrieben. Den größten Anteil an diesem hatte, wie die Zukunft zeigte, Athen.

[1]Großer Themistokles, vielleicht lag es an deiner Herkunft? Dein Vater Neokles war zwar ein Adeliger, aber deine Mutter Abrotonon war eine Hetäre aus Thrakien, also eine Ausländerin – und dies war zu deiner Zeit offensichtlich ein angeborener Makel. Heute, im 21. Jahrhundert n. Chr., ist eine uneheliche Geburt kein Fehler mehr, aber damals sah sich im Jahre 594 v. Chr., also fast 100 Jahre von deiner Zeit, der große Gesetzgeber Athens, Solon, genötigt, vor der aus dem Osten eingeschleppten Sittenlosigkeit mit strengen Gesetzen die Ehe zu schützen, auch wenn die Ehefrau eine völlig untergeordnete Rolle spielte. Aber davon soll jetzt nicht die Rede sein.

Deine Mutter war mit Sicherheit eine außergewöhnliche Frau. Vielleicht gab sie dir all diese Fähigkeiten, die dich so sehr auszeichneten und durch welche du das wurdest, was zum Wohl und Ruhm deiner Heimat führte, in die Wiege mit.

Im Jahre 493 v. Chr. wurdest du zum Archon bestimmt. Mit deinem Scharfsinn erkanntest du die Notwendigkeit, dass Athen zur bestimmenden Seemacht in der Ägäis werden musste. Als Stratege war es dein wichtigstes Ziel, die Flotte Athens auszubauen. Rechtzeitig erkanntest du die drohende Gefahr aus dem Osten. Die jonischen Griechen östlich der Ägäis waren bereits unterworfen, jetzt drängte es den Perserkönig Daraios I. auch die westliche Seite der Ägäis seinem Riesenreich einzuverleiben.

Die Bedrohung spitzte sich immer mehr zu, bis es 490 v. Chr. zur ersten Schlacht auf dem griechischen Festland kam. Das persische Heer landete bei der Strandebene von Marathon. Die Athener erkannten die drohende Gefahr. Nur unterstützt von einem Häuflein Kriegern aus Plataiai zogen sie gegen die Perser …

Herodot schildert: [2]„Der Athener Miltiades wurde zum ersten Strategen gewählt … Der Abstand zwischen den beiden Heeren betrug nicht weniger als acht Stadien … Die Athener griffen im Laufschritt an, ohne durch Reiter und Bogenschützen gedeckt zu sein … Sie waren die Ersten, die den Anblick der Meder und der Männer in dieser Tracht auszuhalten vermochten …, denn bis dahin war schon der bloße Name ‚Meder' für die Hellenen ein Schrecken, wenn sie ihn hörten … Die Schlacht währte lange, bis die Perser die Flucht zu ihren Schiffen ergriffen … Die Griechen setzten ihnen nach und trieben sie unter großem Gemetzel ins Meer … Sieben Schiffe fielen den Athenern in die Hand, mit dem Rest stachen die Perser wieder in See … Von den Barbaren starben etwa 6400 Mann, von den Athenern waren 192 Gefallene zu beklagen …"

Die Geschichte von dem Läufer Pheidippides, der nach Athen lief und mit dem Ausruf „Nenikekamen" („Wir haben gesiegt") tot zusammenbrach, wird von Herodot nicht erzählt.

Mit dem Sieg bei Marathon war der erste Ansturm der Perser abgewehrt.

Daraios I. starb 486 v. Chr. Sein Nachfolger Xerxes I. bereitete seinen nächsten Feldzug gegen Hellas einige Jahre lang sorgfältig vor. [3]Seine Überlegung war es, einem Griechen müssten 1000 Perser gegenüberstehen. Gegen eine so gewaltige Übermacht wäre jeder Widerstand zwecklos, diese so aufmüpfigen Hellenen müssten unter allen Umständen unterworfen werden.

[4]Xerxes I. sammelte volle vier Jahre ein gewaltiges Heer. Alle tributpflichtigen Völker mussten ihm Kontingente schicken, sogar die bereits unterworfenen jonischen Griechen mussten gegen ihre westlichen Landsleute ziehen. Nachdem das gewaltige Heer sich in Kleinasien gesammelt hatte, zog es weiter zum Hellespont. Dort musste eine Brücke geschlagen werden.

[5]Der erste Versuch, eine Brücke aus Weißflachs zu legen, scheiterte an einem Sturm, der alles zerschlug und zerriss. Xerxes I. zürnte dem Hellespont auf seine Art. Er ließ ihn mit 300 Geiselschlägen „auspeitschen", zusätzlich ließ er Fußfesseln versenken, um ihn wegen seines Ungehorsams zu „versklaven". Ein Henker musste zu den Peitschenschlägen folgende frevelhaften Worte sprechen: „Du bitteres Wasser, diese Züchtigung verhängt dein Herr über dich, weil du dich gegen ihn vergangen hast, obwohl er dir nichts getan hatte. Und Xerxes, unser König, wird über dich hinschreiten, ob du willst oder nicht …" Die Männer, die die Brücke errichtet hatten, wurden zur Strafe geköpft. Dies erzählt Herodot.

[6]Der zweite Versuch gelang. Zwei Brücken wurden geschlagen. Eine Brücke bestand aus 360 Fünfzigruderern, die andere aus 340 Schiffen, die aneinandergebunden und verankert wurden. Auf die Schiffe wurden Holzbalken gelegt, darauf Erde, die festgestampft wurde.

Über diese Brücken zog das gewaltige Heer des Xerxes I. sieben Tage und sieben Nächte lang, ohne Unterbrechung. Wie ein Heuschreckenschwarm brach diese Menschenmasse über Hellas herein. [7]Das Landheer von 1 700 000 Kriegern, 80 000 Reitern, 20 000 Kamelkämpfern und der riesigen Nachhut mit der gleichen Anzahl von Menschen und unzähligen Tieren zog zunächst in Richtung Westen, dann in Richtung Süden. Die Flotte von 1207 Schiffen mit einer Besatzung von 517 610 Mann befuhr zur gleichen Zeit die Ägäis in Richtung Süden. Wenn man Herodot glauben soll, gelangte zu Wasser und zu Lande eine Menschenmasse von 5 283 220 Kriegern bis nach Athen.

Verehrter, hoch geschätzter Herodot! Du wirst als Vater der Geschichtsschreibung bezeichnet. Dein ziemlich umfangreiches Werk ist eine wirklich bewundernswerte Leistung, wenn man bedenkt, wie bescheiden die Möglichkeiten der Information zu deiner Zeit waren. Gewiss waren es oft nur mündliche Überlieferungen, denn Schriftliches gab es nur sehr wenig. Dabei wird sogar noch die eine oder andere Anekdote von dir erzählt. Deine so bewundernswerte Absicht war es, die Menschen sollten doch endlich aus der Vergangenheit lernen, damit so schreckliche Kriege sich nicht mehr wiederholten. Leider blieb dies nur ein wunderschöner Traum. Der große Perikles belohnte dich ja sehr reichlich mit einer angemessenen Geldsumme für deine für damalige Zeit große Leistung. Wahrscheinlich hoffte auch er, aus deinem Werk würden die Menschen vielleicht doch etwas lernen.

Aber was die Größe des Perserheeres betrifft: Erlagst du hier nicht einem Irrtum? Die Militärhistoriker des 20. Jahrhunderts können dir nicht glauben …

Alle Völker, auf die Xerxes I. auf seinem Weg stieß, mussten mit ihm ziehen. Um sein Ziel zu erreichen, Hellas endlich zu unterwerfen, setzte er jedes Mittel ein. Die berühmte [8]Hetäre Thargelia aus Milet – sie war berühmt für ihre Schönheit und vor allem für ihre Bildung und dem dazugehörigen Raffinement – wurde von ihm als politisches Werkzeug eingesetzt. Wahrscheinlich hatte sie keine andere Wahl, denn die jonischen Städte waren alle inzwischen Persien gegenüber tributpflichtig. Sie hatte den delikaten Auftrag, die Strategen der griechischen Städte für sich zu entflammen, um diese von ihrer eigentlichen Aufgabe abzulenken und sie zu bewegen, keinen Widerstand zu leisten. Zum Teil hatte sie ihren Auftrag offensichtlich erfolgreich durchgeführt. Von 14 Feldherren soll sie sehr liebevoll empfangen und deren Geliebte geworden sein … Aber ihre eigentliche Aufgabe, diese zu einem kampflosen Übertritt zum persischen König zu bewegen, dies gelang ihr nicht. Plutarch ist gegenteiliger Meinung: Durch ihren Umgang mit den einflussreichsten Männern von Hellas habe sie diese für den Perserkönig gewonnen. Tatsache ist, die schöne Thargelia ließ sich in Larissa nieder und heiratete dort den König von Thessalien …

Die gewaltige Menschenmasse des riesigen Heeres von Xerxes I. überrollte die griechischen Städte einfach bei seinem Vordringen in den Süden. Sie wurden gezwungen, für die Verpflegung dieser riesigen Anzahl von Menschen und Tieren zu sorgen.

Es hieß zwar, der Kriegszug des Xerxes sei nur auf Athen gerichtet, aber in Wahrheit wurde ganz Hellas getroffen. [9]Alles Essbare und Trinkbare wurde aufgebraucht, sämtliche Vorräte. Der Wasserverbrauch soll so gewaltig gewesen sein, dass ganze Flüsse leer getrunken wurden …

Die Hellenen beschlossen, bei den Thermopulai dem gewaltigen Ansturm Einhalt zu gebieten. [10]Dort lagen 4000 Peleponnesier und 1100 Böotier.

Die Engstelle bei den Thermopulai, dem „Heißen Tor", war für Attika und die Peloponnes ein strategisch wichtiger Ort und musste daher unter allen Umständen gehalten werden. Dort, wo die engste Stelle sich befindet, gab es damals eine Mauer, die zu Verteidigungszwecken errichtet wurde. [11]Hinter dieser Mauer lagen 300 Spartaner, die bereits Kinder hatten und ihr König Leonidas. Der enge Raum machte es den Spartanern zunächst leicht, ihre Stellung zu halten. Sie sahen, [11a]wie die persischen Krieger mit Geißeln in die Engstelle getrieben wurden, wo sie sich gegenseitig durch den Platzmangel behinderten und viele ihrer Krieger fielen, da sie von den eigenen Leuten getötet wurden. Einige Tage währte der Kampf um die Mauer, doch sie konnte von den Spartanern gehalten werden. Dann aber geschah das Entsetzliche …

[12]Es war ein dort geborener Grieche, ein gewisser Epialtes, der dem persischen König aus Geldgier seine Dienste anbot. Dieser Mann verriet Xerxes I. den Fußpfad, der über das Gebirge nach den Thermopulai führt. Für diesen Verrat erhoffte er sich eine große Geldsumme.

Mit Einbruch der Nacht zogen die Perser den Pfad hinauf. Sie konnten ungesehen die Wachen umgehen. In den frühen Morgenstunden wurden die auf der Anhöhe liegenden 1000 Wachen der Griechen von einem

Pfeilhagel überrascht und sie ergriffen die Flucht. Alle flüchteten, bis auf die 300 Spartaner mit ihrem König Leonidas. [12a]Xerxes I. wartete nur auf diesen Augenblick. Sofort rückte er mit seinem Heer heran. Alle 300 Spartaner sowie 20 000 Perser starben.

An der Stelle, wo die Spartaner diesen sinnlosen Tod starben, wurden sie bestattet. Auf dem Denkmal, das dort errichtet wurde, war die berühmte Inschrift des Dichters Simonides zu lesen:

[13]*„Wanderer, den Spartanern ist zu verkünden, hier Liegen wir, da wir den Gesetzen jener gehorchten."*

Heute befindet sich an der Straße, die nach Athen führt, ein wunderschönes Denkmal mit dem König Leonidas – zur Erinnerung an diese schrecklichen Ereignisse.

Xerxes I. wollte auch das Heiligtum in Delphi einnehmen und es seiner Schätze berauben. [14]Folgendes soll sich dort ereignet haben: Als die persischen Krieger zum Tempel der Athene Pronaia kamen, fuhren plötzlich Blitze auf sie herab, zwei Felsgipfel des Parnassos brachen los und stürzten mit gewaltigem Krach auf diese herab. Der Rest der Perser ergriff die Flucht.

Als Xerxes I. hörte, dass der Siegespreis in Olympia, wo alle vier Jahre die bedeutendsten panhellenischen Spiele abgehalten wurden, ein Kranz aus Ölzweigen sei, soll er ausgerufen haben: „Gegen was für Männer ziehen wir in den Krieg, die nicht um Besitztum wetteifern, sondern um den Preis der Tapferkeit …?"

Xerxes I. zog ungehindert nach Athen weiter. Ganz Attika wurde verwüstet.

Als die schreckliche Nachricht vom Fall der Thermopulai Athen erreichte, beschloss der Aeropag in Athen die Räumung der Stadt. Frauen, Kinder und Schätze wurden auf die umliegenden Inseln gebracht. Die Perser kamen, brannten die Stadt und die Tempel der Akropolis nieder …

Großer Themistokles! Du kanntest noch den alten und so ehrwürdigen Athene-Tempel auf der Akropolis. Der herrliche Parthenon überstrahlte noch nicht die Stadt mit seinem Glanz, der Nike-Tempel mit seiner jonischen Eleganz zwang noch nicht den Blick nach ihm zu richten, es gab noch nicht den Prachtbau der Propylaien … Es war die Zeit vor den großen Tragödien-Dichtern Aischylos, Sophokles und Euripides, die der Welt das Geschenk des Theaters machten. Sokrates war noch nicht überall in der Stadt unterwegs – es war noch das alte, altväterliche Athen am westlichen Rand der damaligen großen Welt.

Es herrschte bereits reges geistiges Leben, aber der Alltag der Athener war noch von Schlichtheit geprägt. Die Männer trugen die Haare noch lang, zu Zöpfen geflochten, die um den Kopf gelegt wurden. Mit dieser Haartracht schmückte der Bildhauer noch die herrliche Poseidon-Statue, die heute im National-Museum in Athen zu bestaunen ist. Der Chiton der Frauen wurde noch mühsam in steife Falten gelegt. Der überirdische Glanz ruhte noch im Herzen der Hellenen und vor allem im Herzen der Athener – der Augenblick der großen Freiheit, dieser in Wahrheit so kurzen Zeit, war noch nicht gekommen …

Bei Marathon wurden von dir, großer Themistokles, bereits Beweise deiner Tapferkeit geliefert und du konntest Erfahrungen sammeln. Mit deinem unglaublichen Weitblick erkanntest du, jetzt muss die Vernunft zur Einigkeit führen, und tatsächlich, dir gelang dieses Wunder. Die nördlichen Stadtstaaten waren bereits in persischer Hand – der Widerstand gegen diese Übermacht war zum Teil gering gewesen. Das riesige Heer Xerxes I. lag zum Großteil in der thessalischen Ebene und die persische Flotte war bereits südlich von Attika. Diese verlor zwar 400 Schiffe während eines Seesturmes beim Kap Artemision (die ans Ufer gespülten Schätze sollen so groß gewesen sein, dass einige Bewohner dieser Gegend sehr wohlhabend wurden), dieser Verlust wurde aber durch inzwischen übergelaufene und unterworfene griechische Stadtstaaten teilweise ausgeglichen.

Athen konnte noch rechtzeitig evakuiert werden. Da kam die Nachricht, dass Attika vom Feind mit Feuer verwüstet würde. [14a]Die Akropolis sei erstürmt und ebenfalls in Brand gesetzt worden. Als das athenische Heer von der Zerstörung der Stadt hörte, wollte man auf die umliegenden Inseln flüchten. Es wäre dann zu keiner Schlacht gekommen. Jetzt aber, großer Themistokles, zeigten sich deine außergewöhnlichen Fähigkeiten: Im letzten Augenblick konntest du mit einer leidenschaftlichen Rede die Strategen überzeugen, in der Bucht bei Salamis zu bleiben. Dort lagen nämlich die 180 Schiffe der Athener und die 200 Schiffe der Verbündeten. Wenn es auf diesem begrenzten Raum mit den wenigen griechischen Schiffen zur Schlacht käme, würde Hellas siegen. Aber auf offener See wären die Perser mit ihrer großen Flotte im Vorteil. Alle Strategen konntest du überzeugen, bis auf die Peloponnesier. Diese wollten ihre Schiffe zurückziehen, da sie an keinen Sieg glaubten. Sie fürchteten die Schlacht zu verlieren und die Peloponnes wäre dann schutzlos ausgeliefert.

[15]Als du dies sahst, entferntest du dich still aus der Versammlung. Den Erzieher deiner Kinder, einen ge-

wissen Sikinnos, ein skythischer Sklave, schicktest du mit folgender Botschaft mit einem Boot zu den Führern der feindlichen Flotte: „Mich sendet der Führer der Athener ohne Wissen der anderen Hellenen; denn er hält es in seinem Herzen mit dem König und will lieber, dass ihr den Sieg erringt als die Hellenen. Ich soll euch kundtun, dass die Hellenen verzagt sind und auf Flucht denken, und so könnt ihr jetzt den allerherrlichsten Sieg gewinnen, wenn ihr sie nur nicht entrinnen lasset. Denn sie sind in Zwietracht untereinander und werden euch keinen Widerstand leisten, sondern ihr werdet sehen, dass die einen, die es mit euch halten, und die anderen, die gegen euch sind, sich untereinander bekämpfen." – Diesen Wortlaut überlieferte Herodot …

Die feindlichen Führer glaubten dem Sikinnos. Im Morgengrauen sahen die Griechen vom Süden her die persische Flotte aufziehen. Es musste zur Schlacht kommen. Großer Themistokles! Bevor die Schiffe bestiegen wurden, hieltest du noch eine aufmunternde Rede, dann stach man in See.

Die Barbaren griffen sofort an. Die Griechen waren im Seekampf sehr geübt. Sie kämpften in geschlossener Front und konnten diese halten. Die Perser hingegen gerieten rasch in Unordnung und verloren den Überblick, denn die immer stärker nachdrängenden Schiffe behinderten sich gegenseitig. [15a]Xerxes I. hatte auf dem der Bucht von Salamis gegenüberliegenden Berg Skaramango sein Lager aufgeschlagen. Auf seinem goldenen Thron sitzend mußte er zusehen, wie seine Flotte zum Großteil vernichtet wurde.

Kenterte ein griechisches Schiff, sprangen die Hellenen ins Wasser und schwammen an Land. [16]Die Perser waren durchwegs Nichtschwimmer und ertranken. Die Griechen kämpften betend und singend und verloren nur wenige Schiffe. Und das Unglaubliche geschah: Sie vernichteten fast die gesamte riesige persische Flotte. Die Schlacht hatte elf Stunden getobt.

Am nächsten Morgen wurden die Toten und die Wrackteile an Land gespült. [17]Nicht nur Hellas war zerstört und niedergebrannt, die gesamte Küste war gezeichnet von der Hand des Todes und dem Elend des Krieges.

[18]Plutarch erzählt noch eine rührende Geschichte. Der Hund des Xanthippos, des Vaters des Perikles, wollte nicht allein gelassen bleiben. Da er nicht auf die Triere durfte, schwamm er neben dieser bis Salamis - dort verendete er vor Erschöpfung.

Es ist die schrecklichste Tragödie in der Menschheitsgeschichte – die wirklich großen Entscheidungen wurden immer auf dem Schlachtfeld entschieden. Durch den Sieg der Griechen bei der Seeschlacht bei Salamis wurden die Weichen für die Entwicklung der geistigen und persönlichen Freiheit gesetzt. Es brauchte nicht mehr lange, kurze Zeit darauf erreichte in Athen die Demokratie ihre volle Entfaltung.

[19]Geschlagen trat Xerxes I. auf dem Festland seinen Rückzug an. In Thessalien ließ er 300 000 Perser zurück. Sein Feldherr und Ratgeber Mardonios riet ihm dazu. Er selbst erreichte nur mit einem kleinen Häuflein die persische Hauptstadt Sardeis.

Die Seeschlacht bei Salamis zählt zu den weltgeschichtlich bedeutendsten Entscheidungen. Größte Bewunderung zollte man diesem Ereignis auch zur Zeit des römischen Kaiserreiches. Im Kolosseum füllte man die Arena mit Wasser, darauf wurde mit Schiffen die Seeschlacht bei Salamis nachgestellt – das römische Publikum suchte Unterhaltung um jeden Preis …

Großer Themistokles! Dein Ruhm verbreitete sich rasch. Über ganz Hellas hallte der Ruf: „Werdet würdig der Freiheit!" Das verbrannte, zerstörte Athen feierte den großen Sieg – da nichts mehr vorhanden war, eben mit nichts. [20]Vier Hetären, es sind sogar ihre Namen überliefert – es waren Skyone, Lamia, Satyra und Nanion – sollen sich nackt vor deinen Wagen gespannt haben, in dem du in der Bekleidung des Herakles lagst. So fuhrst du vom Piräus nach Athen! Dies wird von Athenaios berichtet und soll von dem Historiker Idomeneus behauptet worden sein. Er drückt sich nicht eindeutig aus. Saßen die Hetären auf deinem Wagen oder zogen sie diesen tatsächlich?

Verehrter Themistokles! Es ist ja kein Geheimnis, die Hetären spielten in deinem Leben wirklich keine unbedeutende Rolle. Deine Mutter war eine Hetäre, vielleicht war auch die Mutter deiner Kinder eine Hetäre – es ist nichts Näheres überliefert. Aber dieser Ausspruch, der dir zugeschrieben wird, spricht für sich: [21]„Mein Sohn herrscht über Griechenland; denn er herrscht über seine Mutter, diese über mich, ich über Athen, Athen aber über Hellas." Deine Familie bedeutete dir offensichtlich sehr viel.

Es gibt von dir eine Porträt-Statue. Dein Antlitz war aber nicht das eines rauen Kriegers, obwohl du das Elend des Krieges sehr gut kanntest – natürlich, man darf nicht vergessen, du warst ja ein Hellene.

[22]Auch dieser Ausspruch wird dir zugeschrieben: „Ich kann zwar nicht Lyra und Harfe spielen, aber eine rechtlose kleine Stadt erobern und diese groß und ruhmreich machen" – Er wird heute gern in den Schulbüchern für Griechisch zitiert.

Um den heroischen Sieg der Hellenen besser zu verstehen, ist vielleicht eine kurze Beschreibung des Heerwesens nützlich. Im 5. Jahrhundert v. Chr. gab es in Athen eine Art Bürgerwehr. Die Waffenpflicht dauerte vom 18. bis 60. Lebensjahr. [23]Die wehrpflichtigen Männer waren in Listen (Katalogoi) verzeichnet. Kam es zum Krieg, wurden auf Säulen die Namen der Wehrpflichtigen bekannt gegeben, die sich zu melden hatten.

Die Schlagkraft beruhte auf dem Kontingent der Schwerbewaffneten, der „Hopliten". Die Rüstung des Hopliten bestand aus Helm mit Helmbusch, Brustpanzer (aus mehreren Lederschichten), Rundschild, Lanze und Schwert. In der Schlacht waren die Hopliten in einer „Phalanx" formiert. Die Tiefe der Phalanx betrug im Allgemeinen acht Mann, doch kam auch eine tiefere Staffelung vor. Die Hopliten waren Bürger, deren Vermögen mindestens so groß war, um die sehr teure Hoplitenausrüstung anschaffen zu können.

Die bedeutendsten Männer Athens verteidigten mit der Waffe ihre Heimat. Sophokles und Sokrates kämpften mit, Platon war bei der Reiterei, da er ein Adeliger war – denn Pferde waren sehr teuer und konnten nur von besonders Wohlhabenden gehalten werden. Die Reiterei, auf die Athen sehr stolz war, war aber nicht sehr leistungsfähig, da die Reiter weder Sattel noch Bügel verwendeten.

Die militärische Stärke Athens beruhte auf seiner Flotte, die von dir, verehrter Themistokles, zu einem militärischen Mittel ersten Ranges entwickelt wurde. Das klassische Kriegsschiff war die „Triere". An jeder Bordwand saßen schachbrettartig angeordnet 3 Reihen Ruderer. Die Länge einer Triere betrug 35 m, ihre größte Breite 5,5 m bis 6 m. Das leere Schiff wurde vom Staat bezahlt, ebenso der Sold für die Mannschaft. Die Ausrüstung des Schiffes und die Bemannung fiel durch Los dem „Triarchen" zu, der dann auch das Kommando über das Schiff führte. Die Mannschaft einer Triere bestand aus ungefähr 200 Mann; 170 Ruderer, 8 bis 10 Seeleute (zur Bedienung der Takelage, Steuerung usw.) und 10 und mehr „Epibaten" (Schiffsleute in Hopliten-ausrüstung).

Die erste Maßnahme nach der Zerstörung von Athen war es, die Stadtmauer so rasch wie möglich wieder zum Schutze der Bevölkerung in einen brauchbaren Zustand zu bringen. Großer Themistokles, dein Ver-trauen auf den so heiß erkämpften Sieg war nicht sehr groß, denn der persische Feldherr Mardonios war noch immer mit 300 000 Persern in Thessalien. Zwei-mal bot Persien Athen ein Bündnis und die Oberherr-schaft über Griechenland an – [24]„Solange die Sonne ihre Bahn zieht, werden wir niemals mit Xerxes unse-ren Frieden machen" berichtet Herodot. Die Athener wollten nur eines – ihre Freiheit. Zweimal lehnte Athen ab und mußte mit einer nochmaligen Zerstö-rung der Stadt büßen.

Im September des Jahres 479 v. Chr. kam es in der Ebene von Plataiai zur letzten entsetzlichen Auseinander-setzung. Die Thessalier und Böotier waren inzwischen mit den Persern ein Bündnis eingegangen. Die letzten Kräfte wurden zusammengezogen. Athen mit dem Rest der Staaten, die sich nicht auf die Seite der Perser gestellt hatten, sammelte ein Heer von 110 000 Mann.

Diese Schlacht war ein letztes schweres Ringen und wurde bewusst wie eine heilige Entscheidung geführt. Das persische Heer wurde vernichtend geschlagen, Mardonios fiel. [25]In seinem Zelt wurden ungeheure Reichtümer vorgefunden – seine Pferde fraßen ihren Hafer aus einer goldenen Futterkrippe, dies nur so nebenbei … Der Rest der Perser floh in Richtung Norden. Hellas hatte von jetzt an diese schreckliche Be-drohung für immer abgewehrt.

Die Militärhistoriker sind überzeugt, Herodot habe sich wieder geirrt, wenn er die griechische Streitmacht mit 110 000 Mann beziffert. Nur eines ist vielleicht noch erwähnenswert, was Herodot noch berichtet, [26]Kallikrates, der schönste Mann im Heer von allen Hellenen, starb nicht im Kampf, sondern wurde während eines Opfers von einem Pfeil getroffen. Sterbend soll er gesagt haben, es schmerze ihn nicht, für Hellas den Tod zu erleiden, sondern er hätte so gerne eine Tat vollbracht, die seiner würdig wäre …

Großer Themistokles! Unsterblicher Ruhm wurde dir zuteil! Dein Name steht für alle Ewigkeit in den Annalen der Geschichte. Aber gerade dieser herrliche Ruhm – trübte er nicht wie ein Nebelschleier ein wenig deinen Blick? Du wurdest maßlos … Abordnungen wurden von dir zu den Inseln geschickt, um Geld einzufordern. Packte dich die Gier nach Geld? Auch Sparta blickte missmutig nach Athen und fürchtete um die Hegemonie auf dem Festland. Den Spartanern gefiel es überhaupt nicht, wie Athen sich mit einer starken Mauer umgab, die auf dein Bestreben hin weiter ausgebaut wurde. Zusätzlich wurde von dir die Notwendigkeit erkannt, die Mauern vom Piräus nach Athen fertigzustellen. Außerdem wurde von dir der Attische Seebund vollendet. Dieser war die Basis für Athen, in der Agäis die endgültige Vorherrschaft zur See zu erreichen.

Aber – vielleicht blickte der Neid der Götter auf dich herab? Es waren deine politischen Gegner, die mit größter Wahrscheinlichkeit von Sparta unterstützt wurden und dich wegen Hochverrats anklagten. Du seist den Spartanern bei den Thermopulai nicht zur Hilfe gekommen! Im Jahre 467 v. Chr. wurdest du aus Athen verbannt. Der Perserkönig Artaxerxes I. nahm dich auf, da er glaubte, in dir ein geeignetes Werkzeug gegen Hellas zu finden – und du nahmst dieses Angebot an! Legtest persische Kleidung an und lerntest Persisch! Nur um dein Leben zu retten, wurde von dir dieses Angebot angenommen! Und zu guter Letzt kämpftest du gegen deine eigenen Landsleute.

Artaxerxes I. gab dir eine Statthalterschaft in Magnesia. Das Jahr 459 v. Chr. war dein Todesjahr – und wie es heißt, du starbst eines nicht natürlichen Todes.

Später errichteten dir deine Söhne auf der Akropolis eine Statue – deine Heimat ehrte dich weiterhin … als den großen Befreier.

Höchst verehrter Aischylos! Neben Sophokles und Euripides bildest du das grandiose Dreigestirn der griechischen Tragödiendichter. Du wirst gerne als der Schöpfer der Tragödie bezeichnet, obwohl diese bereits eine lange Tradition hatte. Von dir wurde der zweite Schauspieler eingeführt, der das Schauspiel, so wie wir es kennen, erst möglich machte, welches aus dem Dionysos-Kult entstanden war, diesem heiligen Rausch, in dem man allem Göttlichen sich näher fühlte. Der Legende nach soll dir als junger Mann Dionysos selbst im Traum erschienen sein mit der Aufforderung, ihm zu dienen? Deine herrlichen Götter, Heroen und mythischen Gestalten sind nicht frei von menschlichen Konflikten und Sehnsüchten, ihrer Verzweiflung und Hilflosigkeit. Sie sprechen in deiner grandiosen Sprache, mit der du ihr grausiges Schicksal sichtbar werden lässt. Bereits zu deiner Zeit wurdest du gerne auch als moralische Instanz bezeichnet, da gerade deine Gestalten die allzu menschlichen Schwächen offen zeigen. Du lebtest in einer Zeit, in der noch alles tief religiös empfunden wurde und als echter Hellene kleidetest du all dies in die schönste und herrlichste Form, trotz aller Irrungen – die aber stets aus der Sehnsucht nach Wahrheit als solche erkannt werden.

Der harte Lebenskampf war dir vertraut sowie das Elend des Krieges. Bei Marathon kämpftest du an der Seite deines Bruders, der dort fiel, und ebenso ist deine

Teilnahme in der Schlacht bei Salamis überliefert. Dies veranlasste dich, die Tragödie „Die Perser" zu schreiben, die im Jahre 472 v. Chr. mit dem 1. Preis bei den Dionysien, dem bedeutenden musischen Agon, der jährlich in Athen stattfand, ausgezeichnet wurde.

Hier geht es nicht um Götter und mythische Gestalten, hier geht es um tatsächlich gelebte Geschichte, um den herrlichen und grandiosen Sieg, den deine Heimat gegen den Überfall des persischen Heeres errungen hatte – und gerade hier zeigt sich das hellenische Menschentum in seiner Einmaligkeit. Hier zeigst du das Grauenvolle des Krieges und das Leid der Hilfslosigkeit der Zurückgebliebenen. Diese Tragödie ist keine einseitige Verherrlichung des griechischen Sieges. Sie ist ein warnender Zeigefinger gegen den Krieg, die die Tragödie und die Verzweiflung des geschlagenen persischen Volkes zeigt, das der Übermacht eines willkürlichen und ruhmsüchtigen Herrschers ausgeliefert war, und die Demütigung eines tapferen Volkes, dem die freie Rede des freien Mannes unbekannt war und das dem Größenwahn eines Herrschers dienen musste ...

Das goldene Zeitalter

Die Insel Lesbos hatte in der Antike wohl zu Recht den Ruf, die Heimat hervorragender Weine zu sein, aber nicht nur der Weine, sie war auch die Heimat schöner Frauen. Gelegen auf dem Schnittpunkt der Handelswege zwischen Kleinasien und Europa, entwickelte sich ein Schmelztopf der gegenseitigen Befruchtung, der Dank des milden Klimas, eines fruchtbaren Bodens, dem strahlenden Licht des Südens die Seele weit machte und aufnahmebereit für alles Schöne und auch die Sehnsucht danach weckte. Dies alles lockte schon von alters her Seeleute, Händler und unterschiedlichste Reisende an die Ufer dieser von Göttern so reich beschenkten Insel – die Sehnsucht nach verfeinerter Lebensart und Genuss, ganz einfach die Freuden des Lebens mit allen Sinnen zu erleben. Es ist nur allzu verständlich und es konnte auch gar nicht anders sein, all diese Umstände weckten das Verlangen nach geselliger Unterhaltung, nach Festen, die mit Gesang und Tanz gefeiert wurden, bei denen auch die Frauen ihre Rolle spielten, die auch in allen Bereichen, welche das Leben schöner machten, ausgebildet worden waren.

Mit Sicherheit gab es bereits in der Frühzeit auf der Insel Lesbos Hetärenschulen – wo bereits in vorgeschichtlicher Zeit junge Mädchen die Gelegenheit gefunden hatten, sich dahin gehend ausbilden zu lassen. Im Besonderen wurden dort schon sehr früh die Poesie und vor allem auch der Gesang gepflegt.

In Milet hingegen, der berühmtesten jonischen Kolonie, wuchsen die bewundernswertesten Tänzerinnen und Flötenspielerinnen heran. Gewiss: bezaubernde Frauen gab es überall aber es war ihre Erziehung und Ausbildung sowie ihr Wissen in allen Bereichen des Lebens und Alltags, was sie heraus ragen ließ. All diese Vorteile begünstigten ihre Sonderstellung Es war dort, an der jonischen Küste, der Heimat Homers, wo nicht nur die Dichtung eine Hochblüte bereits in vorhistorischer Zeit erreicht hatte. Auch alle anderen Bereiche des Lebens wurden hier kultiviert und, wie hätte es auch anders sein können, auch der Tanz durfte dort mehr sein als Bewegung und die Sinne mit seiner Anmut erfreuen. Der religiöse Kult sei der Ursprung und der geheiligte Tempelbezirk der Aphrodite der Ort, wo schon immer Tänzerinnen ausgebildet worden waren – ähnlich unseren heutigen Ballettschulen –, um mit ihrer Anmut und Schönheit im Tanz ein Gebet an die Göttin zu senden. Der Tanz war zugleich eine Huldigung an die Göttin der Liebe und Schönheit, eine Bitte um Großzügigkeit ihrer Geschenke, damit sie diese Gaben reichlich unter die Menschen verteilen möge, um diese ein wenig an dieser herrlichen Welt der Götter teilhaben zu lassen.

Der Tanz nahm seine Anfänge im religiösen Kult und drang vor bis nach Kleinasien, wo er im Kult um die Liebesgöttin Aphrodite weiter kultiviert wurde. Dessen weiche Bewegungen leben bis heute, in veränderter Form natürlich, vor allem im Orient und bei uns in der westlichen Welt als orientalischer Tanz fort.

Hochberühmte Aspasia! Die berühmteste aller Hetären bist du! Der Ruf deiner Schönheit, die veredelt wurde durch deine außergewöhnlichen Fähigkeiten und Eigenschaften, zu denen der Wohlklang deiner Stimme, deine kultivierte Ausdrucksweise und vor allem deine Gabe, den Augenblick zu erkennen, wann und vor allem wie etwas gesagt werde, ermöglichte dir einen derartigen Einfluss, der von dir mit Sicherheit nicht beabsichtigt war. Aber es war deine Bestimmung.

Zum richtigen Zeitpunkt kamst du nach Athen. Wie Plutarch berichtet, in [1]Begleitung deines Vaters Axiochos und einiger deiner Schülerinnen. Deine Ankunft muss vor dem Jahre 455 v. Chr. gewesen sein und Athen war zu diesem Zeitpunkt bereits eine herrliche, aufstrebende Metropole, wo schon seit einiger Zeit unglaubliche, noch nie da gewesene Veränderungen sich ereigneten …

Als du nach Athen kamst, waren die herrlichen Prachtbauten noch nicht errichtet. Aber Athen war bereits damals eine Weltstadt. Unglaublicher Wohlstand herrschte damals durch die kluge Politik des Perikles und den blühenden Handel. Und man liebte Feste und festliche Aufzüge. Wohlhabende Bürger spendeten für öffentliche Feierlichkeiten religiöser Natur große Summen und das gesellige Beisammensein wurde gepflegt wie noch nie zuvor.

Der große Perikles, der ein Visionär wie kein Zweiter war, hatte damals seine Vorstellungen bereits zum Teil verwirklicht. Die attische Demokratie, sein politisches Ideal, war bereits vollendet – doch davon etwas später. Bevor ich weiter über Athen und deine Zeit mich unterhalten möchte, ist es – vor allem auch dir zuliebe – erforderlich, einige Dinge näher zu erklären, um das eine oder andere auch für den Menschen von heute leichter verständlich zu machen.

Es sind zwei Begriffe, die von Anbeginn an die hellenische Seele leidenschaftlich durchglühten. Die Rede ist vom „Philos" und „Hetairos" – die tiefe Sehnsucht nach seelischer Verbundenheit und auch Vereinigung. „Philos" bedeutet soviel wie der „Freund".

Dies wird am schönsten in der herrlichen Freundschaft zwischen Achilleus und seinem Freund Patrokolos in der Ilias erzählt. Beide werden gemeinsam groß-gezogen. Von früher Jugend an ist man vertraut. Man weiß alles voneinander. Achilleus kann sich ihm anvertrauen und auch Tränen des Schmerzes sind kein Zeichen von Schwäche. Ehrlich und offen zeigt und sagt man alles, was einem auf dem Herzen liegt; und – sie sind Männer, wie Männer zu allen Zeiten Männer gewesen sind. Achilleus teilt mit Patroklos sein Zelt während des Kampfes um Troja. Auf der einen Seite des Zeltes ruht Achilleus mit seiner [1a]Diomeda, die er im Kampfe eroberte, auf der anderen Seite lag Patroklos mit seiner Iphis, die Achilleus ihm schenkte …

[2]„Ein Freund ist eine Seele in zwei Körpern" – dieser wunderschöne Ausspruch stammt von niemand Geringerem als von Aristoteles. Im Freund erkennt man sich wieder. Es ist diese innige Vertrautheit, die bereits oft in der Kindheit ihren Ursprung hat und gewährt später die Geborgenheit vor der Einsamkeit in dieser Welt.

Dies war eine tiefe hellenische Sehnsucht, die in keiner anderen Kultur so stark ausgeprägt war und bereits in homerischer Zeit als ein hohes Ideal gepriesen wurde.

„Philos" bedeutete also „der Freund" und das schöne griechische Verbum „philein", d. h. „lieben", bedeutete eine tiefe innere Verbundenheit, bei der dann auch geküsst wurde. Für unser heutiges „küssen" kannte man zu deiner Zeit nämlich keine adäquate Bezeichnung. Aristophanes erwähnt zwar für Kuss das Wort „kuse", aber damit meinte er eher einen kräftigen Schmatz. Ich sehe, du lächelst jetzt ein wenig, schweigst aber. Jedenfalls schreibt doch der Grieche Plutarch – er lebte 500 Jahre nach deiner Zeit als Oberpriester in Delphi – in seiner Lebensbeschreibung über deinen geliebten Perikles: [3]„Wenn Perikles das Haus verließ und vom Markt wieder heimkam, küsste er sie zärtlich."

Verehrte Aspasia! Für dich ist es sicher nicht verständlich, aber wie sehr hat man doch diese Freundschaft zwischen Achilleus und Patroklos in einem falschen Licht gesehen – vor allem im 19. Jahrhundert. In jener Zeit wurde die Bedeutung des Griechentums erkannt. Eltern, die ihre Kinder liebten und es sich leisten konnten, sorgten dafür, dass diese Altgriechisch lernten. Man las Homer, die Tragiker, wusste, was Platon und Aristoteles dachten, aber trotz allem – das sittliche Verständnis jener Zeit war ein anderes! Und gerade das, was man Achilleus und Patroklos fälschlicherweise vorwarf, wurde zu deiner Zeit verabscheut und war für einen selbstbewussten und freien Griechen die tiefste Demütigung, eine unreine Sache. Und dabei ist bei Homer nicht der geringste Hinweis für Derartiges zu finden! Nur so ganz nebenbei möchte ich erwähnen – unsere so bewunderte Kaiserin Elisabeth bewunderte diesen Achilleus über alles. Sie bewunderte ihn so sehr, dass sie sogar Altgriechisch lernte und auf der Insel Korfu ihr Schloß „Achilleion" nach ihm benannte …

Um es kurz zu machen, diese für die hellenische Seele so typischen Männerfreundschaften wurden im Zerrspiegel jener Zeit gesehen. Gewiss, auch für den Menschen des 21. Jahrhunderts ist es nicht leicht zu verstehen – [4]der tote Patroklos erschien Achilleus im Traum und verlangte von ihm die Beisetzung seiner Asche in einer gemeinsamen Urne.

Verehrte Aspasia! Warum soll man auch über solche Dinge nicht sprechen? Heute spricht man von einer „passiven Homosexualität", wenn also ein Mann einem anderen Mann als Frau sich zur Verfügung stellt. Aber als wie zutiefst sittenwidrig dies damals empfunden wurde, zeigt das Gesetz, das der Redner Aischines in seiner Rede gegen Timarchos überlieferte und es ist sicher kein Fehler, dieses zu zitieren. Aischines sagte also:

[5]„Wenn erwiesenen ist, dass ein Athener für Geld Buhlerei trieb, dann darf er nicht als einer der neun Archonten gewählt werden, er darf nicht das Priesteramt übernehmen, er darf nicht Volksrichter werden, er darf auch kein anderes Amt in der inneren und äußeren Politik übernehmen, sei es gewählt oder erblich, er darf keine Meinung äußern, er darf nicht als Abgesandter tätig sein, er darf kein öffentliches Heiligtum betreten, er darf bei den Festen nicht den üblichen Kranz tragen, er darf nicht die für eine öffentliche Versammlung vorbereiteten Plätze betreten. Wenn ein Mann der Buhlerei überführt wurde und gegen das Verbot handelte, wird er mit dem Tode bestraft."

[6]Der angeklagte Timarchos „… verachtete nicht nur die Natur und mißbrauchte seinen Körper …" klagte

Aischines, sondern er verkaufte sich auch und nahm für seine Dienste Geld. So nebenbei ist es bemerkenswert, dass Aischines in dieser Rede auch das Gesetz zum [7]Schutz von Knaben und auch das Gesetz gegen Gewaltanwendung gegenüber Kindern, Frauen und Sklaven überlieferte. Diese Gesetze führte Aischines auf Solon zurück.

Auch Perikles hatte für Neigungen dieser Art kein Verständnis. Als er einmal gemeinsam mit dem großen Tragödiendichter Sophokles sich auf einem Kriegsschiff befand, bewunderte Sophokles in seiner Gegenwart einen jungen Mann. Perikles soll gesagt haben: [8]„Lieber Sophokles, ein Feldherr soll nicht nur die Hände, sondern auch die Augen sauber halten!"

Und der bedeutendste Komödiendichter der Antike, Aristophanes, mochte Männer mit derartigen Vorlieben überhaupt nicht, er verspottete sie rücksichtslos.

Der „Hetairos" hingegen war der Gefährte, mit dem gemeinsam man ein Stück des Weges ging. Er begleitete also, er verstand vielleicht nicht immer alles, aber er stand hilfreich zur Seite. So ist auch der Begriff der Hetäre zu verstehen – ja, verehrte Aspasia, du wusstest es, nur mit dem großen Unterschied, sie fesselte den Mann zusätzlich noch mit ihrer Weiblichkeit und Schönheit. Und geben wir es doch zu:Gerade diese Unterschiedlichkeit der Geschlechter ist es, die uns für den Mann so anziehend und unentbehrlich macht! Die Welt des Mannes ist durch seine von der Natur gegebenen Bestimmung eine andere – auch wenn wir es nicht gerne zugeben, wir verstehen nicht alles, ganz einfach deswegen, da wir Frauen sind. Umso beglückender sind die Augenblicke, wenn sein von Leidenschaft erfüllter Blick und der Glanz seiner Augen uns mitten ins Herz treffen so wie der Pfeil des Eros. Wir werden von seiner Glut erfasst und glauben zu vergehen und er möchte vor Seligkeit alles geben, für das, was wir ihm geben, wenn seine männliche Natur von uns Besitz ergreifen möchte und er sich dabei selbst gibt – und wir Frauen dabei klug genug sind, nicht unterzugehen. Ja, verehrte Aspasia, du wusstest genau, wie man gibt und wie man dafür geliebt wird, uns alles verspricht und uns dankt für alles, was wir geben.

In der Antike gab es eine sehr umfangreiche Literatur, die sich mit den Hetären beschäftigte. Vor allem die mittlere Komödie beschäftigte sich mit Eifer mit diesen Frauen, die ständig neuen Stoff zu liefern schienen. Ein [9]Machon sammelte ihre „Bon mots" und der Philologe Kallistratos schrieb Biographien über berühmte Hetären. Dies alles spricht für die Bedeutung dieser Frauen, die stets für reichlich Gesprächsstoff sorgten, auf den man so gar nicht verzichten wollte, wie es schien.

Der bedeutendste Redner der Antike, Demosthenes, war ein Bewunderer weiblicher Schönheit und von ihm stammt der Ausspruch: [10]„Wir haben Hetären zu unserem Vergnügen, Pallakai für den täglichen Gebrauch und Ehefrauen, um uns legitime Kinder zu geben und das Innere des Hauses zu bewachen."

Vor noch nicht allzu langer Zeit war es unmöglich und sogar gefährlich, über Hetären zu reden oder gar zu schreiben. Aber es war gerade in Frankreich des 19. Jahrhunderts, als ein Monsieur Dufour, ein Kunsthistoriker, den Entschluss fasste, ein Buch zu schreiben über ein damals unaussprechbares Thema „Histoire de la Prostitution chez tous les peuples du monde". Für die damalige Zeit war dies ungeheuerlich!

Dieses Buch wurde sehr umfangreich und er widmete den Hetären ein sehr ausführliches Kapitel. Mühselig versuchte er offensichtlich alles niederzuschreiben, was zu seiner Zeit noch an antiken Überlieferungen über Hetären vorhanden war. Dieses Buch ist natürlich im Geist seiner Zeit geschrieben und beim Lesen spürt man seine ständige Furcht, etwas Verbotenes zu tun. Er veröffentlichte es unter einem Pseudonym, aber es wurde trotzdem verboten. Erst viele Jahre später wurde es veröffentlicht.

Ebenso schrieb in der Mitte des 19. Jahrhunderts ein Monsieur Emile Deschanel ein Buch „Les Courtisanes Grecques". In diesem Buch stand nichts, das einem heranwachsenden jungen Mann oder einem Mädchen einen Schaden zufügen hätte können. In Frankreich war dieses Buch zwar nicht verboten, aber im übrigen Europa.

Es kam nicht von ungefähr, dass gerade in Frankreich man diesem Thema offener gegenüberstand; denn der Begriff der „Courtisane" hatte gerade in Frankreich eine lange Tradition. Nur – eine Courtisane darf nicht mit einer Hetäre gleichgestellt werden. Die Courtisanen waren Geschöpfe ihrer Zeit. Die höfischen Sitten entwickelten in den adeligen Kreisen eine nach Genuss strebende und auch verfeinerte Lebensart, die mit den sittlichen Forderungen der Kirche nicht übereinstimmte. Die Courtisane kam diesem Bedürfnis nach immer neuen Genüssen entgegen. Sie verstand es, die oft durch übermäßigen Genuss überreizten Sinne mächtiger und reicher Männer immer aufs Neue zu entflammen – und einige erwarben ungeheure Reichtümer und auch Macht. Ob sie auch gebildet waren, sei dahingestellt. Aber sie besaßen das notwendige Kalkül, ihre Ausstrahlung und ihre Fähigkeiten zu ihrem persönlichen Vorteil einzusetzen.

Die griechische Hetäre war, im Nachhinein gesehen, eine einzigartige Erscheinung in der Menschheitsgeschichte. Nur damals, in dieser so kurzen Zeitspanne von vielleicht 100 Jahren, hatte sie ihren Platz in der Gesellschaft und wirkte fruchtbar. Hinzu kommt noch das Problem eines Bedeutungswandels dieses Begriffes, der durch den Wandel der Sichtweise sich ebenfalls ändern musste. Vom 5. Jahrhundert v. Chr. bis in die Mitte des 4. vorchristlichen Jahrhunderts v. Chr. war die Hetäre entsprechend der Bedeutung dieses Begriffes eine Gefährtin, aber bereits gegen Ende dieses Jahrhunderts wurde die Hetäre anders verstanden.

Verehrte Aspasia! Egal, wie die Erscheinung der Hetäre im Laufe der Epochen gesehen wurde – gemessen an den sittlichen Werten späterer Zeiten bleibt sie eine Prostituierte, da sie ihre äußeren Reize und ihre Erscheinung massiv einsetzte und zum Teil auch „zur Schau stellte", auch wenn diese durch Bildung entsprechend den Wünschen jener Zeit noch gehoben wurden und sie damit sehr große Summen ihren Verehrern entlockte. Die Hetäre in der klassischen Zeit hatte zwar nicht unbedingt einen Preis, aber sie forderte Geschenke und ihre Anbeter waren sehr großzügig. Das wurde natürlich als zutiefst unsittlich empfunden. Dass diese Frauen aber auch einen starken indirekten Einfluss auf ihre Bewunderer ausübten, wird dabei außer Acht gelassen, da in späteren Zeiten auf weibliche Bildung nicht mehr dieser Wert gelegt wurde.

Weibliche Schönheit in Verbindung mit Bildung war zu allen Zeiten eine explosive Mischung und erregte auf unterschiedlichste Weise die Gemüter.

Dein Einfluss in Athen konnte vor allem deshalb so wirksam werden, da der bedeutendste Staatsmann der Antike, dein geliebter Perikles, seine Hand schützend über dich hielt. Er selbst war ja hochgebildet und gerade deswegen fühlte er sich zu dir hingezogen.

Verehrte Aspasia! Antike Autoren berichten davon – und warum sollte man es nicht glauben – eure Verehrer zahlten ungeheure Summen für diese Seligkeit, die sie durch euch erfuhren. Dies ist auch der Grund eures so schlechten Rufes …

Verehrteste, du musst zugeben, all dieser Zauber, diese Faszination, diese Betörung kommt nicht von ungefähr. Natürlich weiß man es, aber man spricht nicht darüber – in deiner Heimatstadt Milet, im damaligen jonischen Hellas, gab es bereits eine lange Tradition, die sich der Ausbildung von Hetären widmete. Junge Mädchen, welche die Voraussetzungen für diesen Beruf mitbrachten, wurden schon von früher Jugend an vorbereitet, häufig durch die eigene Mutter, selbst eine Hetäre, um für ihre späteren Jahre Vorsorge zu treffen. Das kleine Mädchen erhielt bereits Tanzunterricht und musste sich einer gezielten Gymnastik, durch welche die weiblichen Formen sich harmonisch entwickeln konnten, widmen. Darunter verstand man nicht nur eine angenehme äußere Erscheinung, sondern auch wie man richtig schreitete, den Kopf anmutig wendete, das Gesicht zu keiner grässlichen Grimasse schnitt, wenn man gekränkt war, eine anmutige Haltung der Arme und Hände … Jedes Detail ist von Bedeutung. Die arrivierte Hetäre wusste dies natürlich.

Auch die Entwicklung und Kräftigung der inneren weiblichen Organe war von großer Wichtigkeit und wurde geübt, denn dies war die Voraussetzung und die Basis für die Gesundheit. Wenn man den überlieferten Berichten Glauben schenken kann, dann waren die Hetären sehr gesunde Frauen.

Hochberühmte Aspasia, zu deiner Zeit war es kein Geheimnis, deine Heimatstadt Milet war in ganz Hellas berühmt für die Olisboi, die dort hergestellt wurden. Mit weichem Leder überzogen waren sie für diesen

Zweck bestens geeignet – für dieses gezielte und auch überaus gesunde Training, das auch für die Beherrschung des Tanzes eine Voraussetzung war.

Wie ich sehe, ist es dir etwas peinlich, dass ich so offen darüber spreche. Aber die Vasenmaler deiner Zeit schmückten mit derartigen Darstellungen mitunter auch die Vasen, die ganz deutlich zeigen, wie sich Hetären mit einem Olisbos vergnügten. Der Komödienschreiber Aristophanes schildert ja mit der größten Selbstverständlichkeit in seiner „Lysistrate", der mutigen „Heeresauflöserin", wie sich die von ihren Ehemännern zurückgelassenen Ehefrauen, mit einem solchen [11]Ersatz zufrieden geben mussten.

Dies war die eine Seite der Hetären, die bis zu Beginn des 5. Jahrhunderts auch ausreichend war. Aber dann, hochberühmte Aspasia, änderten sich die Anforderungen wesentlich. Der Athener, im Bewusstsein seiner heiß erkämpften Freiheit, führte die Demokratie – d. h. die Macht geht vom Volke aus – ein. Dies war zu deiner Zeit eine noch nie da gewesene Verteilung der Macht. Damit änderte sich auch der Athener. Ein Hunger nach Wissen und Bildung regte sich wie noch nie zuvor. Die Volksbildung aller Schichten umfasste Lesen, Schreiben und Rechnen sowie eine umfassende musikalische Ausbildung, zu der das Spielen eines Instrumentes zählte. Bei den Gastmählern bekränzte man sich, nachdem Speisen gereicht waren, und huldigte dem Wein, aber stets mit Wasser gemischt. Trunkenheit galt als unkultiviert, also als zutiefst barbarisch – und man wollte sich angenehm unterhalten. Die Kunst des Gespräches war gefragt, dies aber erforderte Bildung. Die oberste Klasse der Hetären erkannte in diesem neuen Bewusstsein ihren großen Augenblick und du, berühmte Aspasia, wurdest ihre Königin.

Verehrte Aspasia, man sollte einige Worte darüber verlieren, wie ein „Symposion", das nichts anderes wie „Gemeinsames Trinken" bedeutet und eine sehr lange Tradition hatte, gepflegt wurde. Im antiken Hellas waren Gaststätten sowie Hotels bis zu deiner Zeit unbekannt – zumindest ist darüber nichts überliefert. Der Gastfreund hatte daher einen hohen Stellenwert und die heilige Gastfreundschaft wurde bereits bei Homer intensiv gepflegt. Dem Gast nur das Beste zu bieten war keine Frage, es war eine Selbstverständlichkeit.

Um Gäste zu laden, benötigte man natürlich einen geeigneten Saal, man bezeichnete diesen als „Andron", was so viel wie „Männerraum" bedeutete und einen gewissen Wohlstand voraussetzte. Und eines muss eingestanden werden: Zu einem Symposion zu laden war ein wesentlicher Teil einer aristokratischen Lebensführung, für jene also, die das gesellige Beisammensein mit Gesang, Tanz und vor allem Unterhaltung und Gespräch pflegten. Besonders im 5. Jahrhundert v. Chr. wurden mit zunehmendem Wohlstand diese privaten Trinkgesellschaften auch in bürgerlichen Kreisen sehr gepflegt. Die Teilnehmer bezeichneten sich damals als „Hetairoi", also Gefährten, und gehörten in der Regel zur gleichen gesellschaftlichen Schicht – man kannte sich also gut und vergnügte sich gemeinsam an den Freuden des Lebens. Frauen waren von diesen Geselligkeiten allerdings ausgeschlossen – außer den Hetären und Auletriden, die Flötenbläserinnen.

Im Andron waren, meistens entlang der Längsseiten, „Klinai" aufgestellt. „Kline" bedeutete so viel wie „zum Hinneigen". Neben der Kline stand ein Tischchen. Nachdem die Gäste eingetroffen waren, sauber gewaschen und gekleidet, den Bart sorgfältig gestutzt und entsprechend der jeweiligen Mode in Locken gelegt – der Athener war stolz auf seine Männlichkeit und der Bart war unter anderem auch ein Symbol für diese. [11a]Der Haar- und Bartschneider Sporgilos war daher stadtbekannt und ein Treffpunkt der athenischen Schöngeister. Aristophanes erwähnt ihn nur ganz kurz in den „Vögeln" – Nach einem umfangreichen Begrüßungsritual „neigte" man sich also endlich auf eine Kline, die in der Regel mit weichen Polstern bequem ausgestattet war, natürlich ohne Sandalen, die in einem Vorraum abgelegt wurden. Auf einer Kline hatten in der Regel zwei bis drei Personen Platz. Ein Diener verteilte Kränze und man schmückte den Kopf mit bunten Bändern. So festlich vorbereitet wurde anschließend ein „Symposiarch" – „Symposionsleiter" – bestimmt, der den Vorsitz übernahm und gemeinsam legte man die Mischung des Weines mit Wasser fest – meistens in einem Verhältnis von ⅓ Wein zu ⅔ Wasser. Wie bereits erwähnt, Wein wurde nicht unvermischt getrunken – ungemischter Wein war nur bei Nichthellenen üblich –, denn dieser verhinderte eine angenehme Unterhaltung.

Wenn all diese Vorbereitungen erledigt waren, wurden die Speisen gebracht. Man aß doch mit den Fingern, oder täusche ich mich? Nein, ich täusche mich nicht, du nickst nur leicht. Wenn das Mahl beendet war, brachte ein Diener einen „Krater", den damals üblichen Mischkrug. Mit einer „Oinochoe", einer Weinkanne, schöpfte man den Wein vom Mischkrug in die „Phiale", eine Trinkschale. Diese Phiale wurde im Kreis gereicht. Es galt als schicklich, die Phiale immer an der gleichen Stelle mit den Lippen zu berühren, ausgenommen, es waren Hetären anwesend. Der innere Boden der Phialen war häufig wunderschön bemalt mit Darstellungen, die die Fantasie anregen sollten oder die auch an die Vergänglichkeit aller irdischen Freuden ermahnten.

Zu diesen Geselligkeiten, bei denen nicht immer, aber doch recht häufig, Hetären zur Unterhaltung beitrugen, wurde natürlich gesungen und musiziert, denn fast jeder Hellene, dem eine gute Erziehung beschieden worden war, war es von Kindheit an gewohnt zu singen und die Lyra zu spielen oder auch beides. Musikalische Bildung war also ein wichtiger Bestandteil der Allgemeinbildung.

Verehrte Aspasia, Athenaios überlieferte ca. 500 Jahre nach der großen Zeit Athens einige wunderschöne attische Trinklieder, damit diese nicht ganz in Vergessenheit gerieten. Das Folgende war wohl eines der beliebtesten:

[12]„Im Myrtenzweige tragen will ich mein Schwert,
So wie Harmodios und Aristogeiton,
Da den Tyrannen sie erschlugen,
Gleiches Recht den Athenern schufen.“

Natürlich muss man erklären, wer Harmodios und Aristogeiton waren. Sie waren Freunde und wurden zur Ikone, da sie den Tyrannen Hipparchos ermordeten. Gewiss, mit dieser als grausam erscheinenden Tat schufen sie die Voraussetzung für die Entstehung der Demokratie.

Oder dieses hier:

[13]„Trinke mit mir, sei jung mit mir,
Liebe mit mir, trag Kränze mit mir,
Sei mit mir wild, bin ich wild,
Sei, bin ich brav, mit mir brav.“

Es gab auch Lieder, wie sie Männer lieben, wenn sie unter sich sind:

[13a] *„Die Sau hat eine Eichel, doch*
Sie möchte eine andere haben.
Ich hab ein schönes Mädchen, doch
Ich möchte eine andere haben. "

Alkiphron, der ca. 600 Jahre nach deiner Zeit lebte, verehrte Aspasia, zu einer Zeit, in welcher die große Zeit von Hellas nur mehr Geschichte war, aber die Sehnsucht nach vergangener Größe noch hell loderte, schrieb er seine „Hetärenbriefe". Nur eine Stelle möchte ich hier zitieren. Vielleicht sah Alkiphron in seiner Sehnsucht die Dinge etwas verklärt …

[14]Die Hetäre Megara schreibt an die Hetäre Bakchis:

„… was für ein Fest wurde uns geboten – werde ich dich jetzt nicht mitten in dein Herz treffen? Diese reiche Fülle an Lustbarkeiten, Trinklieder auf die Freiheit hörte man, zahllose Kränze und Näschereien gab es. Die Liege wurde von Lorbeerkränzen beschattet. Nur eine von uns fehlte, nämlich du und sonst nichts. Der Becher ging häufig im Kreise, es wurde aber nicht allzu viel getrunken. Dann aber wurde zu unserem größten Vergnügen ein heftiger Wettstreit angestiftet – nämlich, welche von beiden, Thryallida oder Myrinne, das Becken besser und anmutiger im Tanz beherrschte und man wollte sie beim Tanzen bewundern. Als Erste löste Myrinne den Gürtel … Der durchsichtige Chiton erlaubte den Blick auf das von innen erzitternde Becken … Wie Honigmilch schimmerte die Hüfte, dabei wendete sie den Blick nach rückwärts auf die Bewegung der Hüfte und ließ dabei einen so leisen und sehnsuchtsvollen Seufzer hören, dass es mich traf wie der Blitzschlag der Aphrodite … Thryallida gefiel die Darbietung, meinte aber, zu viel Schamhaftigkeit verhülle die Schönheit ihres Tanzes … ‚Denn nicht mit einem Schleier werde ich mich mit dir messen und nicht wie ein eitles Geschöpf, das ahnungslos ist‘, sagte sie, ‚sondern so, wie es bei der Gymnastik üblich ist. Man soll nicht zu voreilig bewerten.‘ Sie legte den Chiton ab und man sah die sanft nach oben sich rundende Hüfte. ‚Sieh nur die Farbe, Myrinne‘, sagte sie, ‚wie gleichmäßig diese ist, wie makellos und purpurgleich die Hüfte schimmert, ihre Neigung zu den Schenkeln hin … diese sind weder zu üppig noch zu schmal – und die kleinen Grübchen über den Rundungen! Aber bei Zeus, man muß sich ja wirklich nicht fürchten, diese lächeln ja heimlich ! Geradezu wie bei Myrinne !‘ …und sogleich wurden die so unvergleichlichen Kugeln von einem Zittern aus dem Beckeninneren erfaßt und dieses übergoß auch die kleinste Stelle des ganzen Leibes, dann aber verdoppelte sie ihr Spiel zu einem unbeschreiblichen Vibrieren mit einer derartigen Schnelligkeit, so dass alle in Begeisterung ausbrachen. Der Sieg wurde Thyrallida zugesprochen …"

Berühmte Aspasia … etwas möchte ich hier noch hinzufügen. Die Übersetzung des letzten Satzes ist, wenn man ehrlich sein möchte, nicht möglich. In den modernen Sprachen gibt es nämlich für gewisse Körperteile keine gleichwertige Bezeichnung. Ich habe mir daher bei M. Dufour seine Übersetzung ins Französische angesehen … und auch er hatte seine Schwierigkeiten. Er wählte als echter Franzose eine sehr blumenreiche Ausdrucksweise, an die ich mich ein wenig anlehnte …

Nun ja, verehrte Aspasia, du bleibst ruhig … Aber dies ist die einzige überlieferte Beschreibung eines Tanzes, wie man wahrscheinlich auch zu deiner Zeit tanzte, wenn Hetären geladen waren. Vielleicht aber übertreibt Alkiphron auch ein wenig und er ließ seine Fantasie schweifen …

Für die Unterhaltung engagierte man häufig „Unterhaltungskünstler" wie Akrobaten, Waffentänzerinnen und – Auletriden. Diese waren Flötenbläserinnen. Mit einem Lächeln auf den Lippen luden sie zur Heiterkeit ein, zum Vergessen der Sorgen und der Sorge um die Zukunft. Ihr Erscheinen rief stets einen Sturm der Begeisterung hervor. In der Regel waren sie, wie auch die Hetären, Ausländerinnen, da eine gebürtige Athenerin keine Tätigkeit ausüben durfte.

Hochberühmte Aspasia! Den Dichter Anakreon kanntest du nicht mehr. Er lebte noch in der zweiten Hälfte des 6. Jahrhunderts v. Chr.. Auf der Akropolis stand von ihm eine wunderschöne Statue neben der Statue des Xanthippos, des Vaters des Perikles. Von dieser Anakreon-Statue gibt es eine römische Kopie. Sie zeigt den Dichter, wie er seine Lieder selbst beim Trinkgelage vorträgt, mit leicht geöffnetem Munde und nach oben gerichtetem Blick, die Symposiastenbinde im Haar und seine Nacktheit. Das Zubinden der Vorhaut seines Gliedes mit einem Bändchen, spricht für Kultiviertheit und männliche Beherrschtheit. Ein wenig glaubt man die Weinseligkeit des Symposiasten zu spüren, denn Anakreon scheint vom Gott Dionysos erfasst zu sein, er ist im Zustand des „Enthousiasmos", der Verzückung und Begeisterung, dem richtigen Maß zwischen Nüchternheit und Trunkenheit und wirkt trotz allem zurückhaltend. Dieses Standbild ist ein schönes Beispiel für die „Kalokagathia", also einen Mann, der gut und schön ist, in seinem Verhalten vorbildlich und angemessen.

Anakreon war ein berühmter Dichter; er galt als Meister des Frohsinns und besang die Liebe …

„Bring Wasser, bring Wein her, Knabe, bring uns Blumenkränze, beeile dich; denn schwer ist der Kampf mit Eros"

Als Anakreon älter wurde, sang er wehmutsvoll:

„Leicht schon ergrauen sieht er mein Kinn und fliegt, Rauschend mit goldenen Schwingen, vorüber. "

Nachdem man ausreichend gefeiert hatte, zog man singend und tanzend in einem „Komos" durch die Straßen. Alle sollten es hören. Heiter und entspannt ging man nach Hause.

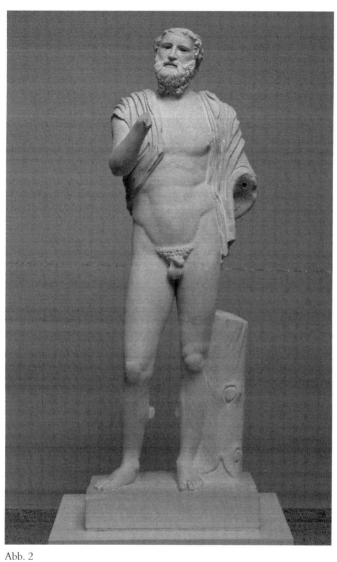

Abb. 2

Statue des Dichters Anakreon, Kopenhagen, Ny Carlsberg Glyptotek

Diese römische Kopie wurde nach einem griech. Original, das um 450/440 auf der Akropolis aufgestellt wurde und auch von Pausanias bei seinem Rundgang auf der Akropolis beschrieben wird, angefertigt.

In der linken Hand hielt er wahrscheinlich ein „Barbiton", ein Saiteninstrument, mit der rechten, angehobenen Hand schlug er die Saiten.

Anakreon wird hier nackt gezeigt, so, wie er sich nie in der Öffentlichkeit zeigte. Die griechische Nacktheit unterscheidet sich wesentlich von der, wie sie heute verstanden wird. Sie zeigt den Dargestellten in einem „erhabenen" Zustand und in idealer Schönheit, in einer entrückten, dem Göttlichen näheren Welt … Sie war ein Vorrecht bedeutender Mitmenschen, von Staatsmännern, Kriegern und Athleten – und auch Dichtern, die durch ihre außergewöhnlichen Leistungen auch nach ihrem Tode weiterlebten. Sie zeigen sich niemals lasziv und ihr Blick ist stets abwesend; sie sind entrückt, Teil einer anderen Welt. Standbilder durften daher erst nach dem Ableben des Geehrten errichtet werden. In klassischer Zeit wurde stets eine Ganzkörperstatue gefertigt. Hermenköpfe kamen aus Kostengründen und Platzmangel erst später in Mode.

Auch die berühmte Statue des Perikles, die der Bildhauer Ktesilas fertigte und die auf der Akropolis stand, zeigte den großen Staatsmann wahrscheinlich unbekleidet – nur mit Helm, als äußerem Zeichen seines Strategenamtes. Von dieser sind nur einige römische Hermenköpfe gefunden worden.

Hochberühmte Aspasia! Eine in der Menschheitsgeschichte noch nie da gewesene Blüte in allen Bereichen der Kunst und Wissenschaft wurde möglich, und auch du trugst deinen Teil dazu bei, da gerade zu deinem Kreis, der mit dir Umgang pflegte, die bedeutendsten Männer jener Zeit zählten … Für diese war der Zauber der äußeren Erscheinung die Voraussetzung, aber in den Bann gezogen wurden sie von deiner Bildung, deinem unnachahmlichen Raffinement, welches, obwohl es bewusst eingesetzt wurde, seine größte Natürlichkeit im Verhalten und Benehmen bewahrte. Eine allzu grelle und aufdringliche Erscheinung nämlich entsprach nicht der griechischen Vorstellung von Schönheit, die nach Harmonie strebte …

Verehrteste, warum sollte man nicht darüber sprechen – heute, zu Beginn des 21. Jahrhunderts haben die Menschen, zumindest in der westlichen Welt, wie man heute sagt, Probleme … Die Freuden der Liebe und somit auch der damit verbundene Genuss gehen trotz allen Fortschritts immer mehr verloren, die herrliche Göttin Aphrodite verstreut nicht mehr so großzügig ihre Gaben unter die Menschen. Die Frauen sehnen sich nach dem süßen Verlangen und finden es nicht, die Männer sind müde, oft schon in jungen Jahren … Die Hochglanzmagazine unserer Zeit sind voll mit Vorschlägen und man spricht offen darüber – seit einiger Zeit gibt es sogar ein Mittel, das sehr wirksam sein soll. Man schreibt viel darüber … hochberühmte Aspasia, es ist bedauerlich, aber gerade jetzt ist mir entfallen, unter welcher Bezeichnung dieses Mittel im Handel angeboten wird … Aber trotz allem, ich bin überzeugt, du wüsstest Rat und Hilfe, vielleicht solltest du eine kleine Broschüre verfassen, mit entsprechenden Ratschlägen. Aber wie ich sehe, du senkst den Blick und möchtest schweigen, deine Geheimnisse gibst du nicht preis ...

Aber wie war es nur für dich möglich, einen derartigen indirekten Einfluss zu nehmen in einer Zeit nämlich, in welcher von der Ehefrau völlige Zurückhaltung gefordert wurde? Gewiss, du wähltest den Beruf einer Hetäre. Aber du musst auch eingestehen – vielleicht kam auch durch dein Zutun das erwachende Selbstbewusstsein gerade der Ehefrau entgegen ... Es war dein außergewöhnlicher Liebreiz, deine Schönheit, das Wissen über den Mann schlechthin, wie sein nach Vorwärtsstreben, sein Drängen nach Macht und Einfluss, aber auch die Kunst, wie sein Blick für alles Schöne geöffnet und in eine Richtung gelenkt wird, die der Allgemeinheit zu Gute kommt, was dir diesen Enfluss ermöglichte? Das erste Mal in der Menschheitsgeschichte wurde es real fassbar und es gibt genügend Beweise dafür – man begann die weibliche Seele zu entdecken ...

Die Männerfreundschaften und Männergemeinschaften, in denen der Mann bisher vorwiegend seine Zeit verbrachte, genügten plötzlich nicht mehr. Dass diese Änderung im Empfinden des Mannes sich zu regen begann, war, da bin ich ganz sicher, auch dein Verdienst. Eines muss natürlich erwähnt werden: Dein geliebter Perikles war hochgebildet und er liebte alles Schöne. Die Geschichte gibt die klare Antwort, er war der bedeutendste Staatsmann der Antike.

Da fällt mir gerade eine so typisch hellenische Geschichte ein, die ich irgendwo gelesen habe. Ein Haufen von Kriegern gelangte während eines Feldzuges an einen Ort, wo die Frauen von außergewöhnlicher Schönheit waren. Die Männer legten ihre Waffen nieder, wurden ansässig und anstatt Krieg zu führen, errichteten sie Häuser, wurden sesshaft und begannen die Freuden des Lebens zu genießen ...

Hochberühmte Aspasia, sicher ist dir bekannt, dass, als der große Solon für seine geliebte Heimatstadt Athen 150 Jahre vor deiner Zeit die Gesetze neu verfasste, das Chaos herrschte. Er versuchte so gerecht wie möglich die Kräfte zu verteilen, um die verderbliche Ungerechtigkeit, die alles zerstörte und den Bürgern jede Hoffnung nahm, so gering wie möglich zu halten. Damals kamen, vor allem aus dem jonischen Hellas, die Hetären und waren willkommen. Denn, vor allem die männliche Jugend fröhnte einem zutiefst unmenschlichen Laster – damals brachten Händler kastrierte Knaben nach Athen … Ich will nicht weiter darüber reden. Der große Solon, ein wahrer Weiser, ordnete bei dieser Gelegenheit auch das Hetärenwesen, denn gerade die Hetären waren diejenigen, welche gegen diesen scheußlichen Missbrauch unschuldiger Kinder mit ihrer Anwesenheit und ihren Verführungskünsten ankämpften und dabei sehr erfolgreich waren. Sie waren so erfolgreich, dass Solon den [15]„Pornikotelos" einführte, eine Art Steuer, die an den Staat abgeführt wurde. Die abgeführte Steuer war so hoch, dass noch genügend für den Bau eines Tempels für die „Aphrodite Pandemos", „die Aphrodite des ganzes Volkes", blieb. Dieser Tempel stand gleich neben dem ersten Dikterion, das ebenfalls von Solon zum Schutze der Ehefrau eingerichtet wurde.

Im Laufe der Jahre entwickelten sich mit dem steigenden Wohlstand und den wachsenden Bedürfnissen auch mehrere Klassen unter den Hetären. Die Hetäre hatte nichts mit dem bedauernswerten Geschöpf, welches im Hafen von Piräus auf Freier wartete, oder in einem „Dikterion" arbeitete, zu tun. Dies waren in der Regel „Pornai", das bedeutete „ausländische Sklavinnen". Einer Athenerin war vom Gesetz her nämlich verboten, diese Tätigkeit auszuüben – Ausnahme war Verarmung, wenn niemand die Mitgift aufbringen konnte, die die Voraussetzung für eine standesgemäße Heirat war. Genauso war es gegen das Gesetz, wenn ein Bürger eine Ausländerin, d. h. eine Nichtathenerin heiraten wollte. Legitime Kinder waren also nur jene, deren Eltern gebürtige Athener waren.

Von der Ehefrau wurde zu deiner Zeit, verehrte Aspasia, völlige Zurückgezogenheit erwartet und ich sehe, du widersprichst nicht … Die Hetäre ist also eine einmalige Erscheinung in der Menschheitsgeschichte – je mehr sie alles durch ihren Glanz überstrahlten, umso größere Zurückhaltung forderte man von der Ehefrau …

Plutarch meinte, obwohl er 500 Jahre nach deiner Zeit lebte:

[16]*„Der Name einer ehrbaren Frau muss wie sie selbst in ihrem Hause eingeschlossen sein."*

Und auch das wird von Plutarch überliefert *„Man kann mit einem ehrbaren Weib nicht zugleich wie mit einer Hetäre leben".*
Der Historiker Thukydides, ein Zeitgenosse von dir:

[17]*„Die beste Ehefrau ist die, von der man weder Gutes noch Schlechtes hört."*

Die Hetären hingegen, vor allem jene der obersten Klasse, zeigten ganz ohne Scheu und mit größtem Selbstbewusstsein, welchen Wert sie hatten, gerade zu deiner Zeit, Verehrteste.

Entlang der äußeren Kerameikos-Mauer, dem Heldenfriedhof der Athener, dort beim Dipulon-Tor, befand sich der Markt der Hetären, nicht wahr? Dort promenierten sie und zeigten sich – je nach Kategorie, aufwendig gekleidet und geschmückt, oft in Begleitung einiger Diener. Einer von diesen trug einen aufklappbaren Schemel mit sich, damit seine Herrin sich bei Bedarf ausruhen könnte, ein anderer hielt einen Schirm über das sorgfältig frisierte und geschminkte Haupt, um den zarten Teint vor der Sonne zu schützen. Sportliche Bräune, so wie im 21. Jahrhundert, war zu deiner Zeit nicht gefragt. Nein, nein! Zarteste Pfirsichhaut mit erglühten Rosenwangen, dies liebte man.

Allzu viel ist leider aus dieser Zeit über die Art und Weise der Schönheitspflege nicht überliefert, aber eines weiß man mit Gewissheit: Die Kosmetik war hoch entwickelt und natürlich auch die damit verbundene Körperkultur. War die erste Jugendfrische verblüht, musste man zu Mitteln greifen, die die Schäden der Zeit und eines zu intensiven Lebenswandels verbergen mussten. Kein Mittel wurde gescheut, die Illusion musste um jeden Preis aufrechterhalten werden!

Die Schminkkunst war hoch entwickelt. [18]Aus Fischmehl und Bleiweiß wurde eine Paste zubereitet, die zum Auffüllen und Glätten der Falten verwendet wurde. Anschließend wurde mit „Paideros", einer Schminke aus der Akanthuswurzel und Essig, das Gesicht bemalt. Mit Bleiweiß hellte man den Teint auf, mit Zinnober wurden die Wangen zu Rosenblüten und mit Ruß wurden die Brauen und Lider betont. Angeblich erschien dann der Teint zart wie der eines Kindes. Es gab Maler, die ausschließlich damit beschäftigt waren, die Gesichter der Hetären zu bemalen. Darunter befanden sich sehr bekannte Künstler, die nicht nur wegen ihrer Tafelbilder berühmt waren; für diese war es unter anderem eine große Ehre, das Gesicht einer bekannten Hetäre zu bemalen.

Zeigten sich die ersten weißen Haare, wurde gefärbt oder man trug auch eine Perücke. Hetären trugen mit

Vorliebe blonde Perücken mit Goldfäden. Diese ließen das Haar, den Göttinnen gleich, erstrahlen.

Es gab Hetären, welche ihre strahlende Schönheit niemals verloren, andere wieder mussten erleben, wie die Zeit all diese Pracht zerstörte. Der große Platon hinterließ ein Epigramm über die Hetäre Archeanassa:

[19]*„Ich besitze die Hetäre Archeanassa aus Kolophon,*
Der listige Eros sitzt in jeder ihrer Runzeln –
Ach, ihr Feiglinge, ihr umschwirrtet jene,
als sie jung war
Und sie voran segelte, ihr kamt und verbranntet
an ihrem versengenden Feuer.“

Die Hetären waren in der Kunst der Körperpflege bestens ausgebildet – sie besaßen ein umfangreiches Wissen, das nicht preisgegeben wurde. Man kannte Mittel zur Empfängnisverhütung und wie man sich vor der Ansteckung mit Geschlechtskrankheiten schützen konnte – ein Wissen, welches den Ärzten und Hetären vorbehalten war. All dies war den Ehefrauen verwehrt. Es war die heilige Pflicht der Ehefrau, Kinder zu gebären. Kinderlosigkeit war für die Ehefrau eine Tragödie, für die Hetäre hingegen waren Kinder bei der Berufsausübung ein Problem. Außerdem herrschte die allgemeine Ansicht, dass eine Schwangerschaft der Schönheit nicht förderlich sei ... Aber es gab auch Ausnahmen – dein geliebter Perikles und du, ihr hattet ja einen gemeinsamen Sohn.

Dorthin, zur Kerameikos-Mauer, dorthin ging man also, um sein Glück zu suchen. Wollte ein Athener die Gunst einer Hetäre genießen, dann schrieb er an die Mauer ihren Namen unter Hinzufügung einiger schmeichelhafter Epitheta. Die Hetäre schickte am nächsten Morgen einen Diener aus, der die angeschriebenen Namen lesen musste. Wenn der ihrige sich darauf befand, dann brauchte sie sich nur in der Nähe hinzustellen … Dies war die einfache Art der Kontaktaufnahme.

Je schöner und gebildeter eine Hetäre war, umso höher war auch der Preis. In diesem Fall wurden über den Freier vorerst Erkundigungen eingeholt – über seine Zahlungsfähigkeit usw. War er genehm, dann schickte sie ihm durch einen Diener eine sehnsuchtsvolle Aufforderung, sich doch endlich einzufinden, so lange habe sie auf ein Zeichen seiner Bewunderung gewartet …

Verehrte Aspasia, als du mit deinem Vater im Alter von 20 Jahren, es muss vor dem Jahre 455 v. Chr. gewesen sein, und einigen jungen Mädchen nach Athen kamst und von dir eine Schule für die heranwachsende weibliche Jugend gegründet wurde, war dies natürlich eine ungeheure Neuerung, denn bis zu diesem Zeitpunkt war eine sorgfältige Erziehung ausschließlich der männlichen Jugend vorbehalten. Die Mädchen wurden in der Regel von der Mutter mit dem nötigen Wissen, dazu gehörte die Fähigkeit einen Haushalt zu führen, mit den Dienern den passenden Umgang zu pflegen und die täglichen Bedürfnisse zu erfüllen, vorbereitet. Bisher kannte der Mann nur eine Art des Umganges mit der Frau und auf dieser basierte die Ehe und das gesamte Verhalten der Ehefrau gegenüber.

Einige deiner Feinde, die sich sehr bald nach deinem Erscheinen etablierten und denen es überhaupt nicht angenehm war, dass eine Frau durch ihre Bildung einen derartigen Einfluss auf die bedeutendsten Köpfe auszuüben begann, behaupteten zwar, du hättest in Megara in einem Dikterion gearbeitet. Dies entspricht natürlich nicht der Wahrheit, da es sich um eine andere Aspasia handelte. Es war nämlich durchaus üblich, dass Hetären den Namen einer anderen berühmten Hetäre annahmen, um Neugierde zu wecken oder ganz einfach gesagt, um die Fantasie anzuregen. Andererseits aber sprach dies für deinen Ruhm, der sich rasch verbreitete …

Abb. 3

Aspasia und Sokrates, Archäologisches Museum Neapel

Wie schön die kluge und feinsinnige Aspasia wirklich gewesen ist, dies wird für immer im Dunkel der Jahrtausende verborgen bleiben; aber wie berühmt sie war, darüber gibt ein Bronzerelief, das bei den Ausgrabungen in Pompeji gefunden wurde und einst eine Truhe schmückte, ein beredtes Zeugnis. Aspasia sitzt und Sokrates, der wie ein Schüler ihr gegenüber steht, hört aufmerksam zu. Sie spricht über den geflügelten Eros, denn rasch eilte dieser herbei, stellte sich in die Mitte und aufmerksam schreibt er mit …

[20]Gerne würde ich dich fragen, vielleicht verrätst du es mir, wann ist eigentlich das erste Mal dieser Sokrates, Sohn des Bildhauers Sophronikos und der Hebamme Phainarete bei dir erschienen? Diese stadtbekannte Figur, mager, bleichgesichtig mit ungeschnittenen Haaren, ungebadet und ohne Sandalen herumlaufend ... jeden Morgen ging er zu Fuß die beachtliche Strecke von seiner Wohnung in Phaleron in die Stadt Athen, dort trieb er sich auf allen öffentlichen Plätzen, der Agora, der Palaistra, im Gymnasion und natürlich auch im Schatten der Stoia Poikile herum und bewunderte die männliche Jugend. Er erlernte von seinem Vater des Beruf eines Bildhauers und sein Blick für alles Schöne, vollkommene Proportionen und vollendete Formen war dafür offen und sehr empfänglich. Aber er durfte nicht lange Freude an dieser Tätigkeit verspürt haben, denn sehr bald wurde ihm die eigene Unvollkommenheit klar vor Augen geführt und er wurde ein vom Eros Getriebener.

Die Schönheit, die ihm selbst verwehrt war, suchte er mit nicht enden wollender Rastlosigkeit. Der so hellenische Drang nach Vollkommenheit, die mit dem Göttlichen gleichgestellt wurde, machte ihm die eigene Beschränktheit in seiner eigenen Körperlichkeit mit ihrer ganzen Grausamkeit bewusst. Ja, so ist es, verehrte Aspasia, glücklich sind nur jene, die nicht klar sehen, denen auch der Blick ins Innere verwehrt bleibt – und die leicht glauben können.

Dieser Sokrates war, wie gesagt, überall anzutreffen. Seine Methode war einfach – er verwickelte die jungen Männer in ein Gespräch, in welchem er mit einer gezielten Fragestellung diese zum Nachdenken zwang. Er machte dies so geschickt, dass sie tatsächlich allem gegenüber plötzlich kritischer wurden, vor allem auch den Autoritäten gegenüber. Dies war nun eine äußerst gefährliche Sache. Bei all seiner Umtriebigkeit bin ich überzeugt, dieser Mann tat nichts, was der Seele eines Jünglings Schaden zufügen hätte können. Dies sind Verleumdungen, du kanntest ihn ja selbst sehr gut.

Es war die „Jeunesse d'orée" deiner Epoche, die sich um diese Figur versammelte, die männliche Jugend fühlte sich zu diesem Mann magisch hingezogen. Er war der klassische „Paiderastes". Diese Bezeichnung begann bereits kurz nach deiner Zeit einen sehr verwerflichen Beigeschmack zu bekommen, der auch zu Recht bestand, da er missverstanden werden konnte. Ein an sich hohes Erziehungsideal wurde missbraucht und als Tarnung für eines der schlimmsten Laster verwendet. Es war doch das Volk der Dorer gewesen, nicht wahr? Als diese vom Norden her in Griechenland eingedrungen waren, waren sie ständig unterwegs gewesen, da sie sich immerzu mit kriegerischen Auseinandersetzungen abgemüht hatten. Unter solchen Umständen hatte es keine Einrichtung gegeben, in der die heranwachsende Jugend hätte erzogen werden können. So war es ganz natürlich und eine heilige Pflicht gewesen, dass sich ein reifer Mann eines Knaben angenommen hatte, sich um diesen gekümmert und ihn erzogen hatte, um ihm alles Notwendige für sein zukünftiges Leben mitzugeben. Diese Sitte wurde beibehalten.

Richtigerweise müsste man von einem „pädagogischen Eros" reden. Ein solcher Mann war von dem Drang erfüllt, aus dem Knaben einen vollendeten Mann zu machen und diesen der „Arete" zuzuführen, diesem hohen griechischen Ideal. Jeder, der jemals Griechisch lernte, kennt die Arete … sie wird gerne mit „Tugend" übersetzt, dies ist aber unzureichend. Die griechische Arete ist eher wie „Tüchtigkeit" zu verstehen, die Fähigkeit, innerhalb einer Gemeinschaft seine Handlun-

gen verantwortungsbewusst zu setzen, in allen Bereichen des Lebens das Beste zu wollen. Dies ging weit
über die heute übliche Vorstellung von Tugend hinaus.
Es waren daher alle Handlungen, die über die Zärtlichkeiten, wie sie zwischen Vater und Sohn üblich sind, hinausgingen, verboten! Dies war ein schwerer Missbrauch und verbrecherisch. Die zarte Seele des
Jünglings würde den größten Schaden durch ein derartiges Verhalten erlitten haben. Dies bedeutete natürlich
nicht, dass dies nicht vorgekommen sein mag … [21]Der
Redner Aischines spricht sehr klar darüber … „nur mit
Besonnenheit darf er den Knaben begleiten und darf
diesem keinen Schaden zufügen …“

Der Dichter Theognis, er lebte ca. 100 Jahre vor deiner
Zeit, kümmerte sich mit ganzer Hingabe um seinen
Kürnos. Weit über 1400 Verse sind heute erhalten. Sie
sind voll von Ermahnungen und Zeugnis einer ständigen Sorge um sein Wohlergehen. Als aber sein Kürnos sich eines Tages verehelichen wollte, da gab ihm
Theognis Folgendes auf seinen Weg mit:

[22]*„Nichts, Kürnos, ist süßer als eine gute Frau,*
Ich bin Zeuge; du aber bezeuge meine Wahrhaftigkeit.“

Die Gegenleistung des Jünglings war seine Tüchtigkeit
und der Anblick seiner Schönheit. Ja, verehrte Aspasia,
es handelte sich offensichtlich um eine sehr einseitige
Angelegenheit. Der große römische [23]Dichter Ovid
schreibt ganz offen, für diese sehr einseitige Art der
Hingabe habe er keinen Sinn, dazu wäre offensichtlich
nur ein Hellene fähig.

   Ja, es stimmt; bei keinem Volk wurde mit so großer
Begeisterung erzogen, wie bei euch Griechen. Das Ziel
war der vollkommene Mensch. Man war überzeugt,

durch richtige Erziehung sei alles möglich. Eltern gaben für die Erziehung ihrer Knaben viel Geld aus. Ein Pädagoge begleitete den Sohn in die Schule. Seine Aufgabe war es, ihn zu beschützen und vor allem auf richtiges Benehmen zu achten.

Verehrte Aspasia, dieser Sokrates, der so unermüdlich die männliche Jugend Athens bewunderte, hinter dieser ständig her war und den jungen Männern überall auflauerte und bemüht war, deren Geist zu „erwecken", wie er selbst unaufhörlich betonte und sich auch als „Geburtshelfer" bezeichnete – seine Mutter war nämlich Hebamme und Geburtshelferin kleiner Kinder, er aber half den „schönen Gedanken" den Weg in die Welt zu erleichtern –, dieser Sokrates suchte also auch deine Gesellschaft. Durch seine grenzenlose Neugierde, sein ewiges Fragen und seine unglaubliche Kontaktfreudigkeit – denn neue Kontakte eröffneten ihm auch neue Erkenntnisse und vielleicht auch so manche lang gesuchte Antwort – pflegte er auch einen recht intensiven Umgang mit der [24]Hetäre Theodote, der „Gottesgabe". Jedenfalls gibt es einige Hinweise dafür, obwohl, und dies darf unter keinen Umständen außer Acht gelassen werden, echte Beweise aus dieser Zeit für solche Behauptungen nicht vorhanden sind, vor allem, wenn die Sprache auf die Hetären kommt; denn mit Sorgfalt war man in nachfolgenden Epochen bemüht, alles, worüber gerade über die Hetären geschrieben worden war, zu vernichten.

Der Einfluss dieser Frauen war dem Mann, vor allem in den ersten Jahrhunderten n. Chr., äußerst unangenehm. Es ist überhaupt ein allgemeines Problem für die Altertumsforschung, aus vorchristlicher Zeit gibt es fast keine originalen schriftlichen Beweise, da durch Katastrophen, wie z. B. dem Brand der Bibliothek in

Alexandria zur Zeit der Königin Kleopatra, fast das gesamte Wissen der Antike verloren ging. Es gibt Abschriften aus dem Mittelalter. Diese sind, und es ist ja auch nicht anders möglich, meist unvollständig, schlecht lesbar und verstümmelt. Darüber hinaus ist die Überlieferung auch nicht übereinstimmend.

Wenn von Hetären die Rede ist, dann liefert der Komödiendichter Aristophanes in seinen Komödien einiges, wenn er mit seinem beißenden Spott sich über seine Zeitgenossen lustig macht. So mancher kleiner Hinweis, auch wenn nur versteckt, findet sich bei ihm. Plutarch und Athenaios, die ein halbes Jahrtausend nach deiner Zeit lebten und das eine oder andere überlieferten, hatten mit großer Wahrscheinlichkeit noch schriftliche Quellen zur Verfügung. Aus jener Zeit stammen auch noch die Hetärenbriefe des Alkiphron und die Dialoge des Lukianos sind zu erwähnen. Aber diese wurden bereits in einer Zeit geschrieben, als das römische Weltreich seine größte Ausdehnung erreicht hatte, das Griechische war bereits eine tote Sprache, wurde aber von der gebildeten Schicht gesprochen. Man sehnte sich nach dieser großen Vergangenheit, die vor allem in dem „Gelehrtengastmahl" des Athenaios zum Ausdruck kommt und eine reiche Quelle an Wissenswertem und an Unterhaltung bietet.

Manchmal gibt der ägyptische Wüstensand schriftliches Material aus der Ptolemäer-Zeit frei. Vor allem in Oxyrynchos, einer antiken Stadt 160 km südwestlich von Kairo gelegen, werden zahlreiche Papyrusfunde gemacht. Dort werden auf einer antiken Schutthalde seit über hundert Jahren antike Texte wieder gefunden. Von der berühmten Dichterin Sappho fand man einige Fragmente, aber vor allem einige vollständige Komödien des Komödiendichters Menander und noch anderes und man hofft, noch mehr zu finden.

Wirklich echte Beweise dieser grandiosen Zeit sind die Ausgrabungen, diese traurigen Reste. Der größte Beweis aber ist die griechische Sprache, die durch ihre Überlegenheit bis heute in allen westlichen Sprachen weiterwirkt und mit der Globalisierung im Begriff ist, über den ganzen Erdball ihre klaren, unauslöschbaren Spuren zu hinterlassen. Ich weiß, ich bin vom Thema abgewichen, aber der wackere Xenophon, ein Mann der Tat, allen Griechisch-Lernenden gut bekannt wegen seines schlichten und angenehmen Stils, ein Schüler des Sokrates, schreibt darüber und ich wollte es eigentlich nur kurz erwähnen: [25]Sokrates pflegte mit der Hetäre Theodote einen vertraulichen Umgang. Als er von ihrer Schönheit hörte, wollte er zunächst den Berichten keinen Glauben schenken. Dann wurde aber die Neugierde zu stark und er besuchte sie mit seinen Schülern. Er war von ihrer Erscheinung, ihrem Benehmen und dem Wohlstand, der sie umgab, sehr beeindruckt. Und diese wunderschöne Theodote fühlte sich zu dieser Stumpfnase Sokrates hingezogen. Da er aber über keine Mittel verfügte, um sie zu beschenken, erteilte er ihr mit unglaublicher Offenheit gute Ratschläge, um ihre Tätigkeit als Hetäre zu regeln; z. B.: Wie schürt man die Liebesglut eines Verehrers, ohne die Würde zu verlieren und vor allem diese so lange wie möglich zu erhalten. Denn eines darf eine Hetäre niemals vergessen, auch wenn sie persönliche Zuneigung und Bewunderung für einen Verehrer verspürte – ihre Tätigkeit war eine Existenzielle.

Voll Hochachtung und Bewunderung schreibt Xenophon von ihr: „Sie verkehrt mit dem, der sie zu gewinnen wusste." Denn einer Frau ihrer Zeit bot sich keine andere Erwerbsmöglichkeit, um ihren Lebensunterhalt zu finanzieren. Überdies waren die Hetären durchwegs „Ausländerinnen", d. h. keine geborenen

Athenerinnen, denn nur diesen erlaubte das Gesetz, eine Ehe mit einem Athener einzugehen. Und andere Möglichkeiten waren unbekannt. Verehrte Aspasia, nur so nebenbei ist es vielleicht erwähnenswert – der tüchtige Xenophon war ein Mann seiner Zeit mit seiner Bewunderung für die schöne Theodote, die aufrichtig zu sein scheint. Aber von seiner Ehefrau forderte er größte Schlichtheit und vollkommene Zurückhaltung …

Zur selben Zeit aber, als die schöne Theodote mit dem weisen Sokrates Umgang pflegte, entflammte auch der Komödiendichter [26]Aristophanes für diese Frau, wurde aber, wie es scheint, nicht erhört. Aus verschmähter Leidenschaft soll er die Komödie „Die Wolken" geschrieben haben. In diesem Stück wird Sokrates auf das Heftigste verspottet. Dies trug mit Sicherheit zu seiner Anklage und schließlich auch zu seiner Verurteilung bei.

Diese schöne Theodote bewunderte also den weisen Sokrates. Sie fühlte sich zu diesem Glatzkopf hingezogen und er bedankte sich für diese Gunst mit seinen Ratschlägen, die für sie sicher wertvoller waren als so manches Geschenk, das durch den Zahn der Zeit seinen Wert verlor. Dieser [27]Sokrates erschien also auch eines Tages bei dir, verehrte Aspasia, um von dir unterwiesen zu werden. Dies war, da bin ich überzeugt, zu deiner Zeit außergewöhnlich: Ein Mann sucht die Gesellschaft einer Hetäre, um die Kunst der Beredsamkeit zu erlernen oder besser ausgedrückt, diese in spielerischer und galanter Form zu vervollkommnen! Wenn man den überlieferten Zeilen glauben soll, dann war er von dir sehr beeindruckt und bedankte sich eben auf seine Art. Er [28]gab dir ebenfalls gute Ratschläge und brachte auch seine Freunde zu dir. Eine Frage drängt sich hier natürlich auf: War denn dein Perikles nicht eifersüchtig? Nein, ich erwarte wirklich keine Antwort. Denn eines

war auch für ihn klar – durch den großen Kreis von Verehrern, Schülern und Schülerinnen, der sich um dich
bildete, traf er auch viele bedeutende Persönlichkeiten
deiner Zeit.

Abb. 4

Perikles

*Römische Kopie nach dem berühmten Standbild des Kresilas,
das auf der Akropolis aufgestellt wurde, London.*

Perikles

Perikles war ein Visionär. Er träumte den großen Traum der Griechen, den sie seit den Tagen Homers träumten, den Traum von der Schönheit, wie er noch nie schöner geträumt worden war, und als er dir begegnete, hochberühmte Aspasia, wusste er, gemeinsam mit dir würde er diesen Traum verwirklichen.

[1]Die Eltern des Perikles stammten aus vornehmsten Geschlecht. Achariste, eine Nichte des Kleisthenes und Gemahlin des Xanthippos träumte im Jahre 490 v. Chr. kurz vor ihrer Niederkunft, sie werde einem Löwen das Leben schenken. Sie gebar des Perikles. Er war wohlgestaltet, hatte aber einen vorne länglichen und unverhältnismäßig großen Kopf, der den Komödiendichtern reichlich Anlass gab, ihn zu verspotten. Später, als Perikles auf dem Höhepunkt seiner Macht angelangt war und es hieß [2]„der meerzwiebelköpfige Zeus schreitet einher", wusste jeder, wer gemeint war … Der Lustspieldichter Kratinos sagte in seinen „Chironen": „Stasis (der Parteizwist) und der uralte Kronos erzeugten durch ihre Vermischung den größten Tyrannen, welchen die Götter den Köpfeversammler nennen" oder „Komme, gastlicher und großköpfiger Zeus". Über derartigen Spott schien Perikles erhaben gewesen zu sein, denn offensichtlich gönnte er dem Volk seinen Spaß. Die Künstler aber liebten und verehrten ihn, sie stellten ihren großen Gönner als

Strategen mit seinem nach oben geschobenen Helm auf dem Kopf dar.

Nicht, dass diese Auffälligkeit für den jungen Perikles selbst ein Problem gewesen wäre, aber möglicherweise war dies die Ursache seiner späteren, so typischen Lebensweise, wie sie Plutarch in der Lebensbeschreibung des Perikles erwähnt.

Da er einem alten Adelsgeschlecht entstammte, war ihm die beste Erziehung seiner Zeit möglich. Er war sehr musikalisch, spielte die Lyra und sang. Sein Lehrer war der Gelehrte [3]Anaxagoras aus Klazomenai, welcher ihm die erhabene Denkungsweise und eine von Possenreißerei freie Rhetorik vermittelte. Als junger Mann schien er an der Politik nicht sehr [4]interessiert gewesen zu sein, lebte eher zurückgezogen und mied die Öffentlichkeit. Angeblich hatte er eine große Ähnlichkeit mit dem Tyrannen Peisistratos. Aber eines Tages änderte er seine Gesinnung.

Großer Perikles! Du bist der bedeutendste Staatsmann der Antike. Nach der Verbannung des Themistokles und da der Parteiführer Kimon fast immer durch auswärtige Kriege abwesend war, warst du doch eines Tages bereit, deinen Schritt in die Öffentlichkeit zu wagen, auch wenn dir selbst vielleicht gar nicht bewusst wurde, welche richtunggebende Auswirkung und Tragweite deine Maßnahmen für die spätere Entwicklung der westlichen Welt, wie man heute sagt, haben würde. Du nämlich warst derjenige, der die athenische Demokratie zur Vollendung führte. Du hattest den Mut, [5]gegen Kimon, den Führer der Aristokraten, anzutreten und damit stelltest du dich auf die Seite des Volkes. Denn eines war dir bewusst: Nur mit dem Volk von Athen, mit seinem ungeheuren Potential, würde es möglich sein, die großen Visionen Wirklichkeit werden zu lassen. Gewiss – du selbst warst von adeliger Geburt und daher mit dem Privileg ausgestattet, alle Voraussetzungen für dieses hohe Ziel mitzubringen. Aber am meisten sind an dir dein Wille und deine Bereitschaft zu bewundern, dein Leben in den Dienst der Öffentlichkeit zu stellen und dieser zu dienen. Dies war eine der großen Triebkräfte des Hellenentums, die Pflicht, seine persönlichen Fähigkeiten für das Wohl des Ganzen in den Dienst der Polis zu stellen. Dies war eine fast religiöse Pflicht und kann heute nicht mehr verstanden werden. Dazu kamen noch diese politische Leidenschaft, dieses ständige Bedürfnis, sich miteinander in allen Bereichen zu messen, sich mitzuteilen und die Lust am Wohlklang der Sprache, denn auch dies war eine wesentliche Voraussetzung für die Entwicklung der Redekunst, die eine noch nie da gewesene und nie mehr erreichte Höhe entwickelte.

Niemals wurde von dir der Versuch unternommen, dich zu bereichern – im Gegenteil, mit deinem ererbten Besitz wolltest du dein Auskommen finden. Plutarch schildert, wie kleinlich und knauserig du in Geldangelegenheiten warst. [6]Dein Hausverwalter Euangelos, er war Sklave, aber trotz allem dein Vertrauter, verwaltete dein Vermögen in deinem Sinne. Die Mitglieder deines Haushaltes erhielten nur so viel an Geld, wie sie für den nächsten Tag benötigten. Dies war sicherlich nicht großzügig von dir und vor allem die Frauen deines Hauses fühlten sich überfordert. Aber deiner Aspasia gegenüber warst du sehr großzügig, nicht wahr? Böse Zungen behaupteten nämlich, einen Großteil deines Vermögens hättest du für diese Frau ausgegeben … Man darf dir deswegen keine Vorwürfe machen, du wusstest doch, wofür. Sie gab dir viel – und du liebtest sie.

Bereits zu Beginn deiner politischen Tätigkeit erkanntest du die Notwendigkeit, deiner Heimatstadt Athen die Vormachtstellung im attischen Seebund zu sichern, um deine hohen Ziele zu verwirklichen. In deinen jungen Jahren warst du ein tapferer Krieger gewesen, später aber ein hervorragender Stratege. Die gesetzliche Grundlage für deine Einflussnahme war dein Strategenamt, in das du 15 Jahre ohne Unterbrechung gewählt wurdest. Großer Perikles, dies alleine spricht für dich!

Wie oft musstest du den nördlichen Verbündeten Griechenlands zu Hilfe eilen, wenn es darum ging, die eindringenden Barbaren wieder zurückzudrängen! Aber auch die Griechen untereinander zeichneten sich nicht immer durch Einigkeit aus. Ständig gab es Streitigkeiten, die man nur mit kriegerischen Mitteln zu lösen glaubte. Und auch diese seltsame Geschichte mit dem Feldzug gegen Megara! Als dich deine Aspasia auf einem Feldzug begleitete, wurden zwei ihrer Mädchen nach Megara entführt. Sie begleitete dich nämlich mit ihren Mädchen, sie sah es als ihre Aufgabe, mit deren Anwesenheit die Stimmung unter den Soldaten zu heben, was auch geholfen haben dürfte. Nur, den Gerüchten waren dadurch Tür und Tor geöffnet. Die Soldaten sollen sehr großzügig gewesen sein und die Komödiendichter fanden reichlich Gelegenheit zum Spott, denn diese Mädchen hätten mit ihrer Anwesenheit große Summen verdient. Tatsache aber ist, dieser Feldzug fand wirklich statt. [7]Nach einer anderen Version hörte dein Neffe Alkibiades von der Schönheit der Hetäre Simaitha. Er entführte sie aus Megara. Die Jünglinge in Megara nahmen Rache und entführten daraufhin zwei Mädchen, die in der Obhut deiner Aspasia waren. Es ist wirklich unglaublich: Deine Aspasia sollte dich angefleht haben, gegen Megara zu ziehen wegen dieser Entführung – und du hörtest auf sie?

Aber trotz all dieser Gerüchte, großer Perikles, und dies muss unbedingt gesagt werden, das große Vertrauen, welches dir entgegengebracht wurde, wurde nicht enttäuscht, im Gegenteil – [8]wenn du in ruhiger Haltung, das Himation in elegante Falten gelegt, das niemals wie bei anderen Rednern durch zu leidenschaftliche Bewegungen verrutschte, dann mit hell klingender Stimme deine Worte über die Ekklesia hallen ließest – [9]und sie wie der Blitzschlag des Zeus ihre Wirkung nicht verfehlten, dann befolgte man deine Ratschläge. Wenn auch nicht immer mit großer Begeisterung, aber die Vernunft und deine schlagenden Beweisgründe überzeugten.

Wahrlich, du warst ein großer Redner. Leider ist von dir nichts Schriftliches überliefert, aber der Geschichtsschreiber Thukydides schildert in Form einer Nacherzählung deine berühmte Grabrede, die von dir für die Gefallenen im Jahre 431 v. Chr. gehalten wurde. Deine Worte [10]„Wir lieben die schlichte Schönheit und die Weisheit ohne Schlaffheit" aus dieser Rede, wie sie Thukydides überlieferte, sagen so viel über deine Gesinnung und deine hohe Denkweise, die nur in Athen sich frei entwickeln hatte können und ihren Widerhall bei deinen Mitbürgern fand.

Platon lässt seinen Lehrer Sokrates, der deine Aspasia sehr gut kannte, in seinem Dialog [11]„Menexenos" sagen, deine geliebte Aspasia wäre für diese Grabrede deine geistige Inspiration gewesen. Warum sollte dies nicht stimmen? Aber trotz aller rhetorischen Schönheit dieser Rede ist der letzte Satz, der an die Witwen gerichtet ist, eine eindeutige Aussage über die weiblichen Tugenden, die in jener Zeit von der Ehefrau erwartet wurden: [12]„Bleibt nicht hinter eurer angeborenen Natur zurück und es wird euer großer Ruhm sein, wenn von einer im Guten wie im Schlechten am wenigsten unter Männern geredet wird." Großer Perikles, du wusstest genau die richtigen Worte zu wählen, da du wusstest, was die Herren Athener zu hören wünschten, wenn man sie gewinnen wollte …

Vor jeder Rede, so wird überliefert, betetest du zu den Göttern, bevor du die Rednerbühne bestiegst. Möge ja kein Wort wider deinen Willen entschlüpfen! Es spricht für die hohe Meinung und die Bewunderung eines Platon für deine Aspasia und für seine Überzeugung überhaupt, dass die Frau an sich, wenn ihr die Möglichkeit geboten wurde sich Bildung anzueignen, dem Manne ebenbürtig sei. Eine solche Meinung offen auszusprechen war in deiner Epoche, großer Perikles, in welcher von der Ehefrau völlige Zurückhaltung gefordert wurde, sehr gefährlich. Dir war dies bewusst, denn die letzten Worte deiner berühmten Grabrede sprechen für sich. Nur mit größter Vorsicht wagten die bedeutendsten Köpfe von Hellas offen über dieses Thema zu reden. Aber deine Aspasia war ja eine Hetäre und zwar die bedeutendste ihrer Zeit und gerade wegen ihrer Schönheit, ihrer Bildung und Weltgewandtheit wurden diese Frauen, die ein freies Leben führten, so bewundert und geliebt. Der Lebensstil einer Hetäre stand im krassesten Gegensatz zu dem einer Ehefrau, die im hintersten Teil des Hauses, im Gynaikeon, lebte, dem Ehemann und den Kindern untertan. Die Freiheit der Hetäre hingegen war ein göttlicher Bereich, was nicht unbedingt mit Leichtsinn gleichzusetzen war. Sie war wählerisch, denn sie kannte ihren Wert …

Plutarch erzählt, ab deinem ersten Auftreten in der Öffentlichkeit habe deine Lebensweise eine Änderung erfahren. [13]Um dem Gerede und Klatsch aus dem Wege zu gehen, hättest du kein einziges Mal eine Einladung zu einem Gastmahl angenommen. Nie besuchtest du Gastmähler und ebenso war dein Kontakt zu den Bürgern sehr sparsam. Eine größtmögliche Gleichstellung war von dir angestrebt, aber der persönliche Umgang mit den Athenern war dir, wie es schien, zu zeitraubend.

Mit ernstem Blick und ruhigem Gang sah man dich in der Stadt ausschließlich von deiner Wohnung hin zur Agora und zurück gehen. Niemals bewegte ein Lächeln deine Züge. Als viel beschäftigter und seiner Pflicht bewusster Mann hattest du einfach nicht die Zeit, an diesen Einladungen, die bei den so redseligen und geselligen Athenern so beliebt waren, teilzunehmen. Keine anderen Plätze wurden von dir aufgesucht.

Nur wenn es um bedeutende Dinge ging, ergriffst du das Wort. Bei alltäglichen Angelegenheiten hattest du Vertraute, die in deinem Sinne sprachen.

Deine Freunde fanden sich ausschließlich in deinem Hause ein. Dort, im geschützten Kreis fühltest du dich sicher. Dabei frage ich mich nur – wie begegnetest du deiner Aspasia? – Ich nehme an, als sie nach Athen kam, hörtest du von ihr, deine Neugierde wurde geweckt und du wolltest sie selbst sehen und hören. Sie hatte bereits einen Kreis von Schülern um sich gebildet und man bewunderte sie, nicht nur wegen ihrer Schönheit, sondern auch wegen ihrer Bildung und vor allem wegen ihrer rhetorischen Fähigkeiten.

Du machtest eine Ausnahme – du besuchtest sie … und es geschah. Es muss so um das Jahr 450 v. Chr. gewesen sein, als sie dir begegnete, in jener Zeit also, in welcher du die attische Demokratie zur Vollendung führtest. Du trenntest dich von deiner Frau und lebtest zunächst mit Aspasia im Rahmen eines Konkubinats, später wurde sie natürlich deine gesetzmäßige Frau. Aber um diese Heirat zu ermöglichen, musste vorerst eine Gesetzesänderung vorgenommen werden, denn Aspasia war nach athenischem Recht als Mileserin Ausländerin und Ehen mit Ausländern waren bis zu diesem Zeitpunkt verboten …

Der Weg zur Demokratie, diesem herrlichen griechischen Ideal, wie sie gerade in jener Epoche sich entfalten konnte, war nicht unblutig. Harmodios und Aristogeiton waren Freunde und wurden zur Ikone der Demokratie; denn sie waren es, die den letzten Tyrannen, Hipparchos, 514 v. Chr. ermordeten. Nach dem Tode des Tyrannen brach ein Machtkampf aus. Die politische Elite hasste zwar die Tyrannis, strebte aber selbst nach der Macht. Erst der schwächere Kontrahent, Kleisthenes, legte ein Konzept mit politischer Beteiligung der Bürger vor und gewann so die Unterstützung der breiten Mehrheit. Er erkannte es: Nur durch Mitwirkung der Bürger ist eine Freiheit von Herrschaft möglich. Er stammte aus der Familie der Alkmeoniden und er wurde wegen seiner unmännlichen Erscheinung von Aristophanes später heftig verspottet. Er trug nämlich keinen Bart und hatte eine Vorliebe für Knaben, auf eine Art, die verpönt war. Der griechische Mann war stolz auf seine männliche Natur und zeigte sie mit Würde. Ein sorgfältig gepflegter Bart, kurz gestutzt und in Locken gelegt, die Gesichtskonturen mussten noch erkennbar bleiben, war das sichtbare Zeichen. Meletos z. B., der spätere Hauptankläger des Sokrates, soll mager gewesen sein, hatte eine Hakennase und schütteren Bartwuchs. Die Spartaner trugen Haupthaar und Bart lang – angeblich aus Kostengründen. Bartlosigkeit kam erst mit Alexander dem Großen in Mode.

Abb. 5

Modell der Pnyx zur Zeit des Lykurg zwischen 336-
324 v. Chr., Athen, Agora-Museum

So mag die Pnyx im 4. Jahrhundert v. Chr. ausgesehen haben,
der Musenhügel, westlich von der Akropolis gelegen. Sie war der
Geburtsort der Demokratie und der bedeutsamste Ort für deren
Entwicklung und Ausgestaltung. Hier entschied die „Ekkle-
sia", die Volksversammlung. Jeder freie Bürger konnte sich zu
Wort melden. Hier wurde über Krieg und Frieden entschieden,
über bedeutende Bauvorhaben und auch über einzelne Personen.
Sie bot 6000 Bürgern Platz, die im 4. Jahrhundert v. Chr. bis
zu 40 Mal im Jahr anwesend waren! Die Abstimmung erfolg-
te in der Regel durch Handheben. Entscheidend war der Mehr-
heitsbeschluss.

Die Teilnahme war ein Ehrenrecht, aber die ständigen Sit-
zungen erforderten Zeit; so führte Perikles für den Verdienstent-
gang während der Sitzung eine Entschädigung von 3 Oboloi
ein.

Heute ist davon nichts mehr vorhanden. Nur mehr der Felsen,
auf dem die Rednerbühne sich befand, ist heute noch zu sehen.

Um diese herrliche und für den Athener so heilige Demokratie zu schützen, wurde von Kleisthenes im Jahre 507 v. Chr. der „Ostrakismos", das sogenannte „Scherbengericht" eingeführt, um die Machtergreifung durch eine einzelne Person zu verhindern ... zu schmerzlich war noch die Tyrannis früherer Zeiten lebendig und in Erinnerung ... Auf einen Scherben „Ostrakon" wurde der Name des unerwünschten Bürgers geschrieben. Für eine „Ostrakisierung" waren 6000 Stimmen erforderlich. Der „Ostrakisierte" verlor zwar nicht seinen Besitz und wurde auch nicht seiner Ämter verlustig, aber er mußte für zehn Jahre innerhalb von zehn Tagen in die Verbannung gehen.

Im Jahre 460 v. Chr. gewann die Demokratie ihre endgültige Form, denn gemeinsam mit Ephialtes gelang es dir, großer Perikles, um diese Zeit auch die Übermacht des Areopags, Sitz des höchsten Gerichtshofes, zu brechen und dessen Einfluss auf die Blutgerichte zu beschränken. Ständig wurden weitere demokratische Reformen, die eine ungeheure Neuerung waren, von dir durchgeführt. Die Volksversammlung wurde zum bestimmenden Gremium der attischen Demokratie. Ein Taggeld (Theorika) als Entschädigung wurde eingeführt, um der erwerbstätigen Bevölkerung den Besuch der öffentlichen Veranstaltungen und der Theateraufführungen zu ermöglichen, ebenso eine Besoldung der Richter sowie eine Entschädigung des Bürgers für den Verdienstentgang durch die Teilnahme an der Volksversammlung.

In jener Epoche gab es in Athen ca. 35 000 bis 40 000 männliche erwachsene Bürger. Von diesen nahmen regelmäßig ca. 6000 an der Volksversammlung teil. Die

Volksversammlung fand auf der „Pnyx" statt. Die „Parrhesia", des freien Mannes Recht auf freie Rede, war eine der Grundfesten der Demokratie. Der „Demos" war eine Bürgergemeinschaft. Athenischer Bürger konnte man nur sein, wenn Vater und Mutter ebenfalls Athener waren. Metöken, also ständig in Athen lebende Fremde, erhielten nur in Ausnahmefällen das Bürgerrecht. Dieses Bürgerrechtsgesetz wurde im Jahre 451 v. Chr. verabschiedet. Es gab sogar eine Art „Meldepflicht". Nach einem ständigen Aufenthalt von einem Monat musste ein Nicht-Athener sich als „Metöke" eintragen lassen.

Großer Perikles, zu diesem Zeitpunkt erreichte Athen seine größte Machtentfaltung. Von dir wurde die Kontrolle über den attischen Seebund ausgebaut. Athen hatte damit die wirtschaftliche und militärische Kontrolle über ganz Hellas, d. h. die Ägäis war in athenischer Hand. Um die Stadt selbst zu sichern – und aus der Erfahrung, die bei den Perserkriegen gemacht worden war –, wurde die Stadtmauer weiter ausgebaut sowie der Hafen von Piräus entsprechend den neuen großen Herausforderungen, die Athen durch die Führungsrolle erfuhr, vergrößert.

In jener Zeit wurden vielleicht auch die ersten Stimmen laut, die mit der Führungsrolle Athens nicht ganz einverstanden waren, denn, du weißt es sicher besser als jeder andere, [14]man warf dir vor, nicht das Wohl der Allgemeinheit sei dein Bestreben, nein, mit Hilfe der Demokratie suchtest du höchst persönliche Interessen durchzusetzen! Dieser Eindruck wurde wesentlich dadurch verstärkt, dass auf deinen Rat hin der Staatsschatz von der Insel Delos, dem heiligen Zentrum der Ägäis – angeblich aus Sicherheitsgründen – nach Athen gebracht wurde mit der Begründung, die Inseln der Ägäis hätten keine Streitmacht, um die Grenzen zu verteidigen. Diese Aufgabe könne nur vom Festland aus wirksam erfüllt werden und um die Streitmacht und die Kampftüchtigkeit aufrechtzuerhalten, müssten die Mittel dazu in Athen zur Verfügung stehen.

Der Staatsschatz wurde nach Athen gebracht, die Befestigung Athens sowie seiner Streitkräfte wurden weiter ausgebaut, aber, großer Perikles, deine Absicht war es, deine Heimatstadt Athen zur schönsten und herrlichsten Stadt zu machen, zur ewigen Erinnerung für spätere Zeiten, damit, wenn auch Kriege und Menschenhand den äußeren Glanz bereits zerstört hätten, noch ein Strahl herüberleuchtete für alle Zeiten, so lange es Menschen gebe ...

Die sichtbaren Kunstwerke der Griechen sind die Zeugnisse, die am stärksten und beständigsten über das hellenische Wesen zu uns sprechen. Bis in die heutige Zeit zeugen diese traurigen Reste davon, dass jeder Grieche Künstler war – wenn auch nicht in der Ausübung, aber jeden Einzelnen drängte es, alles zu formen und zu vollenden.

Es gibt die verschiedensten Ausdrucksformen der bildenden Kunst, aber was die griechische Kunst so groß machte, war die restlose Vollendung mit größter Natürlichkeit, wo aber keine Realität beabsichtigt war, sondern die höchste, verklärte Schönheit. Für träumerische Romantik war hier kein Platz und die Nebelschleier des Impressionismus hätten hier nichts zu suchen! Nur ein einziges Mal versuchte die Menschheit in abgeklärtester Form einer heißen Sehnsucht Gestalt zu geben: Die griechische Kunst ist der verzweifelte Versuch, die letzten Möglichkeiten lichtgeborener, irdischer Schönheit, so wie Homer diese in seiner Dichtung schon lange vorher beschrieb, zu zeigen.

Diese Schönheit ist es, die der große Künstler Pheidias, der Freund des ebenso großen Perikles, ersehnte – eine Sehnsucht, die nur religiös zu verstehen ist. So viel Schönheit mag in ihrer Vollendung auf uns heute kühl wirken, … wir sind es einfach nicht mehr gewohnt, auf dieser Höhe uns zu bewegen, in einer Zeit unterschiedlichster und verworrenster Strömungen.

Mit dem Ende der Perserkriege begann das Streben nach dieser Vollendung heraufzudämmern, man begann sich von ausländischen Einflüssen zu befreien. Die übergroßen Kouroi-Statuen des 7. und 6. Jahrhunderts v. Chr. zeigen noch klar diese Wesenszüge, aber bereits zu Beginn des 5. Jahrhunderts zeigte es sich, mit welch unglaublicher Schnelligkeit, Hand in Hand gehend mit der Entwicklung der Demokratie, dieser Drang dem Gipfel zueilte. Dies ist am augenfälligsten in der Architektur und in der Bildhauerei erkennbar: Die Formen wurden immer ausgeglichener und harmonischer.

Das Schönste und Herrlichste ging verloren, es gibt nur mehr wenige Originale. Aber Dank dem Eifer der Römer, die von dieser so von Schönheit erfüllten Welt fasziniert waren, wurde später eifrig kopiert. Selbst diese Kopien wurden meistens noch von griechischen Künstlern angefertigt, die im römischen Weltreich zwar noch immer geschätzt wurden, aber eine untergeordnete Stellung einnahmen. Der römische Anspruch auf die Weltherrschaft duldete kein Nebeneinander.

Abb. 6

Modell des Parthenon, Maßstab 1 : 500

In seiner vollendeten klassischen Schönheit, wie er sich noch heute zeigen könnte ...

Der Parthenon

Während der Perserkriege wurde nicht nur ganz Hellas völlig zerstört, auch in Athen stand kein einziges Haus mehr, das unverschont geblieben war und die Akropolis war zur Gänze ein Opfer der feindlichen Zerstörungswut geworden. Perikles beschloss, und dies mit Zustimmung der Ekklesia, den Tempel der Pallas Athene noch schöner und noch herrlicher wieder aufzubauen. Die politischen Voraussetzungen und vor allem die notwendigen Geldmittel für ein derartiges Unternehmen waren vorbereitet.

Der große Perikles übertrug seinem Freund [15]Pheidias, dem wohl bedeutendsten Künstler des 5. Jahrhunderts v. Chr., die Oberaufsicht über den Figurenschmuck, die Baukünstler Iktinos und Kallikrates wurden mit dem Entwurf des Parthenon, dem „Haus der Athene", beauftragt. Man beschloss, neben den Trümmern des alten Tempels, dem sogenannten „Perserschutt", den neuen zu errichten.

In diesem „Perserschutt" wurden im 19. Jahrhundert die nicht unbedeutenden Reste des alten Athene-Tempels ausgegraben. Diese sind heute im Akropolis-Museum, das sich gegenüber dem alten Haupteingang des Parthenon befindet, zu bewundern und sind ein beredtes Zeugnis für die mit rasender Geschwindigkeit voranschreitende Entwicklung.

Diese Skulpturen zeigen bereits aufs Schönste, wohin der griechische Geist strebte, aber erst jetzt, im Bewusstsein der heiß erkämpften Freiheit, konnte dieser voll erblühen.

Die beiden Baukünstler Iktinos und Kallikrates, über sie selbst ist nichts überliefert, schufen aber ein Wunderwerk an Vollkommenheit. Der Parthenon ist wirklich nicht das größte und prunkvollste Bauwerk, das je errichtet wurde, aber er ist das Zeugnis höchster und edelster Vollendung und die Essenz griechischen Geistes. Nichts ist zu viel oder zu wenig, jede Linie kann nicht anders sein und ist Notwendigkeit, um das Ganze in Harmonie erstrahlen zu lassen.

Aus pentelischem Marmor wurde der Parthenon errichtet. Die gleißenden Strahlen der Sonne des Südens ließen den glatt polierten Stein wie licht durchflutet erglühen. Hinter der Athene-Statue war ein Raum, in dem der Schatz aus den Tributen des Seebundes lag, der zeitweise 400 Talente betrug.

Der Parthenon wurde ein Wunderwerk an Harmonie und an metrischer Genauigkeit. Berühmt sind seine Kurvaturen. Die Fachwelt beschäftigt sich schon lange damit. Das Thema ist sehr komplex und es gibt noch manches zu klären. Die horizontalen Linien bis hinaus zum Dach sind leicht konvex, die Säulen sind leicht nach innen geneigt.

Dazu zeigen die Säulen die berühmte „Entarsis", d. h. die Konturen sind schwach konvex (17 mm!). Es handelt sich hier um geringfügige Abweichungen, die optische Täuschungen korrigieren sollen. Es sind feinste Verfeinerungen, die eine unglaubliche Genauigkeit der Fertigung verlangten und nur ein Bedürfnis nach Harmonie und Vollkommenheit der Proportionen, was eine außergewöhnliche Sensibilität erforderte und nur religiös zu verstehen ist, konnte dafür die Voraussetzung sein.

Heute ist der Parthenon nur mehr ein Skelett – und dabei ist er das Höchste an klassischer Kunst. Verloren sind die unvergleichlichen, gewaltigen Portale, die einmalige Perfektion der Marmoroberfläche mit dem prächtigen Dekor, die Decke und das Marmordach. Dies alles waren vollkommene Werke, die an Größe und Reichtum nicht ihresgleichen fanden. Dieser Tempel war ein Monument der Demokratie, die ausgewogendste Verteilung der Kräfte …

Später, nachdem Alexander der Große auszog, um die Welt zu erobern und er griechischen Geist überallhin hinaustrug, entstanden größere Bauwerke im griechischen Stil – so wie der Artemis-Tempel in Ephesos, das Mausoleum des Königs Mausolos, oder auch der Leuchtturm von Alexandria – er soll 120 bis 180 m hoch gewesen sein, die genaue Höhe weiß man nicht. Alle diese gewaltigen Bauwerke wurden mit Hilfe griechischen Geistes errichtet, aber fremdländische Einflüsse und der Hang zur Gigantomanie, der immer auch ein Streben nach Machtdemonstration bedeutete, machten diese Vollkommenheit nicht mehr möglich …

Wie gesagt, mit dem alten „Perserschutt" wurde die Ebene geglättet und etwas erhöht, um das neue Bauwerk noch beeindruckender erscheinen zu lassen. Die Athener wurden von einer unglaublichen Euphorie erfasst – der erwerbstätigen Bevölkerung, die nicht für den Kriegsdienst herangezogen wurde, wurde durch den Wiederaufbau ein noch nie da gewesener Wohlstand zuteil. [16]Alle Berufe nahmen daran teil, alle Handwerker, Bauarbeiter, Goldschmiede, Elfenbeinverarbeiter, Maler, Steinmetze, alle Transportberufe, zu denen die Pferde- und Maultierzüchter gehörten, die Schifffahrt natürlich als wichtigstes Transportmittel – viele Athener arbeiteten nämlich als Ruderknechte. [17]Ganz Athen wurde von dieser Woge getragen und wurde zum wirtschaftlichen und geistigen Zentrum von Hellas. Es herrschte Vollbeschäftigung. Um die militärische Schlagkraft zu erhalten, liefen jährlich 60 Trieren aus, auf denen die Bürger acht Monate einen Flottendienst gegen Bezahlung leisteten.

Es war in den Jahren 447 bis 432 v. Chr., Maultiere zogen die mit Marmorblöcken schwer beladenen Karren vom Pentelikon – dort waren nämlich die Marmorsteinbrüche der Athener – den steilen Pfad hinauf, dorthin, wo man sie bereits erwartete zur weiteren Bearbeitung. Ein Heer von Steinmetzen ging mit Eifer ans Werk, um den gewaltigen Blöcken die notwendige Form zu geben. Mit Flaschenzügen wurden diese hochgezogen und mit unglaublicher Genauigkeit dorthin platziert, wo sie hingehörten. In der Ekklesia wurde aber nach kurzer Debatte einstimmig beschlossen, die müde gewordenen Maultiere, die im Dienst für die Göttin alt wurden, nicht zu schlachten, sie verbrachten ihre letzten Tage auf einer saftigen Weide.

[18]Der große Pheidias hatte also die Oberaufsicht über alle Künstler und wurde mit der Herstellung des Figurenschmucks beauftragt. Ein Heer von einzigartigen Künstlern stand ihm zur Seite, die nach seiner Anweisung und nach seinen Entwürfen arbeiteten und er war auch der Schöpfer der riesigen Athene-Statue, die in der Chrysoelephantin-Technik gearbeitet war, einer Gold- und Elfenbeintechnik, die nur den Götterstatuen vorbehalten war.

Pausanias, der im 2. Jahrhundert n. Chr. ganz Griechenland bereiste, hinterließ eine einigermaßen genaue Beschreibung davon, wie er die Statue 600 Jahre nach ihrer Entstehung sah. Sie erhob sich etwa 12 m im Mittelschiff des Parthenon, über 1000 kg reines Gold war für die Bekleidung und Rüstung verarbeitet worden. Dieses Gold stellte daher zugleich auch einen Kriegsschatz für Notzeiten dar. Die Goldteile waren so ge-arbeitet, dass sie abgenommen werden konnten. Sie wurden alle vier Jahre vom Schatzmeister gewogen. Den Kern bildete eine sehr sorgfältig gearbeitete Holz-statue, auf die Gold und Elfenbein aufgelegt wurden.

Die Athener huldigten also auf ihre Weise der Stadt-göttin, nichts war ihnen zu teuer! Es war der Wunsch der Athener, die Statue in Gold und Elfenbein zu gestalten, anstatt in Bronze. Die Statue wurde im Jahre 438 v. Chr. geweiht. Es war der Dank an die Göttin, die der Weisheit des Zeus, aus seinem Haupte, entsprungen war. Die Göttin Pallas Athene ist daher das Symbol der Über-legenheit des Geistes und der Vernunft über die rohe Gewalt – so ist auch ihre kriegerische Ausrüstung zu ver-stehen. Mit Helm, Speer und Schild gewappnet ist sie bereit, für dieses Ideal zu kämpfen und ist somit die Beschützerin der persönlichen geistigen Freiheit, die den Sieg davonträgt. Als sichtbaren Beweis hält sie daher in der rechten Hand die Siegesgöttin, die geflügelte Nike.

[19]Auf der Akropolis lebten ständig zwei Jungfrauen im Alter zwischen 7 und 12 Jahren aus den vornehms-ten Familien Athens und verbrachten dort ein Jahr. Sie webten den Peplos, mit dem die Göttin zu den Panathe-naien, die alle vier Jahre stattfanden, neu eingekleidet wurde. Dieses große Fest der Athener war auch das Thema des herrlichen Cella-Frieses.

Großer Pheidias! Du bist derjenige, der den Göttern die Gestalt verlieh, die der griechische Geist immer er-sehnt hatte, diese ewige, alterslose, unvergängliche Schönheit und Vollkommenheit der allwissenden Götter, die dort oben, wo keine Wolke den Himmel trübt, auf die Menschen herabsahen, wie es bei Homer heißt, die aber in unserer realen Welt immer nur Sehnsucht bleiben kann …

Der in jener Zeit aufgeklärte Grieche jedoch glaubte nicht an die Person der Pallas Athene und auch nicht an Zeus. Ausrufe des Erstaunes wie „Bei Herakles, was du nicht sagst", oder „Bei Zeus, ich sage die Wahrheit", waren alltäglich und Umgangssprache. Diese Götterwelt war nichts anderes als der griechische Drang, in allem Geist und Vernunft zu sehen. Jede Quelle hatte ihre Nymphe und jeder Baum war von Leben durchglüht, selbst die Tiere hatten Vernunft und redeten – die Tiergeschichten des Fabeldichters Aisop sind das schönste Beispiel dafür … Es war die Sehnsucht nach einer besseren, vollkommeneren Welt. Bereits die Denker vor Sokrates erkannten die menschliche Begrenztheit. Da es den Menschen aber nur möglich war, im menschlichen Bereich zu denken, so wurde den Göttern auf menschliche Art ganz einfach menschliche Gestalt verliehen.

Pallas Athene war die große Schutzgöttin Athens, sie war das Sinnbild der Überlegenheit des griechischen Geistes, der in den Perserkriegen den entscheidenden Sieg davongetragen hatte und für die westliche Welt bestimmend wurde …

Pallas Athene

Varvakeion-Statuette, Kopie der Athena Parthenos des Pheidias aus der 1. Hälfte des 3. Jahrhunderts n. Chr., Athen Nationalmuseum

Abb. 7

Aus der Antike sind einige Kopien der 12 m hohen Athena Parthenos, die sich im Inneren des Parthenon befand, erhalten, für deren Herstellung die Stadt Athen alleine die ungeheuren Kosten aufgebracht hatte. Die erhaltenen Kopien sind nicht einheitlich, geben aber eine klare Vorstellung davon, wie dieses Meisterwerk des Pheidias ausgesehen haben mag. Pausanias berichtet, die Statue sei regelmäßig mit [20]Wasser übergossen worden, um ein Austrocknen des Elfenbeins zu verhindern, da der Akropolis-Hügel unter Wassermangel gelitten habe. Die Statue war so hervorragend gearbeitet, dass noch Plutarch, der sie gegen Ende des 1. Jahrhunderts n. Chr. sah, erstaunt war.

Der oströmische Kaiser Theodosius I. ließ im Jahre 394 n. Chr. alle nichtchristlichen kultischen Handlungen verbieten. Man brachte die Statue nach Konstantinopel, wo sie während des 4. Kreuzzuges, wahrscheinlich bei der Plünderung der Stadt im Jahre 1204 n. Chr., zerstört wurde. Theodosius I. veranlasste auch die Schließung sämtlicher Gymnasien und Philosophenschulen.

Im Jahre 391 n. Chr. sprach das Orakel in Delphi das letzte Mal, um für immer zu verstummen. Ebenso verbot Theodosius I. die olympischen Spiele, die im Jahre 393 n. Chr. das letzte Mal ausgetragen wurden.

Die berühmte Akademie Platons, die mit einer langen Unterbrechung zu Beginn des 4. Jahrhunderts ihren Lehrbetrieb wieder aufnahm, wurde auf Anordnung des Kaisers Justinian I. im Jahre 529 n. Chr. geschlossen. Es wurde verboten, in Athen Recht und Philosophie zu lehren. Justinian musste das Verbot später wiederholen und verschärfen.

Pheidias leitete in der Kunst eine noch nie da gewesene und nie mehr erreichte Epoche ein. Er war der bedeutendste Künstler des 5. Jahrhunderts v. Chr. Unter seiner Anleitung wurden die herrlichen Giebelstatuen aus Marmor geschaffen. Es ist eindeutig sein Geist, der diese Wunderwerke schuf. Mit einem ganzen Heer von Bildhauern wurden in der unwahrscheinlich kurzen Zeit von 15 Jahren diese Gestalten geschaffen. Es war der göttliche Traum, den dieser Pheidias mit Unterstützung seines Freundes Perikles verwirklichen konnte.

Diese Figuren befanden sich bis ins 16. Jahrhundert, also fast 2000 Jahre, an Ort und Stelle. Hellas wurde damals für kurze Zeit von den Venezianern erobert. Diese wollten die Figuren sozusagen als „Beute" nach Venedig bringen. Beim Versuch, diese zu entfernen, stürzten die Figuren in die Tiefe und wurden dabei zum Teil schwer beschädigt. Sie blieben dort liegen, bis im Jahre 1800 n. Chr. ein Lord Elgin alle Restskulpturen nach London brachte. Heute sind sie im British Museum zu bewundern. Das moderne Griechenland versuchte bereits, diese wieder nach Athen zu bringen, aber die Briten lehnten ab …

Heute zeigen sich diese Figuren farblos, aber zu deiner Zeit, verehrte Aspasia, erstrahlten sie im Licht des Südens in aller Farbenpracht und waren zum Teil mit Goldschmuck versehen. Der Hintergrund der Giebel war mit Indigo in Blau gehalten.

Der große Pheidias fertigte auch die Statue der „Athene Promachos" aus Bronze, die links vor dem Parthenon aufgestellt war. Ihre beeindruckende Höhe betrug 9 m. Die vergoldete Lanzenspitze war bereits vom Kap Sounion aus zu sehen.

Pheidias wollte der Nachwelt das Andenken an seinen Freund Perikles bewahren. [21]Auf dem Schild der Gold-Elfenbein-Statue im Parthenon zeigte er die Amazonenschlacht und bildete sich selbst als einen kahlköpfigen Greis ab, der mit beiden Händen einen Stein emporhebt. Daneben zeigte er das sehr schöne

Bildnis des Perikles, der gegen eine Amazone kämpft. Die Stellung der Hand, die seine Lanze vor das Gesicht des Perikles hält, war kunstreich ausgeführt und sollte die offensichtliche Ähnlichkeit verbergen. War es das Selbstbildnis auf dem Schild der Athene und das Bild des Perikles, das Pheidias zum Verhängnis wurde?

Man missgönnte ihm die Freundschaft mit Perikles, sie schuf ihm viele Neider. Es soll ein gewisser [22]Menon gewesen sein, ein Gehilfe des Pheidias, der gegen seinen Meister eine Klage einreichte, mit der Behauptung, dieser habe Geldmittel, die für die Gold-Elfenbein-Statue bestimmt gewesen wären, sich unrechtmäßig angeeignet. Das Gold der Statue war nämlich auf Rat des Perikles abnehmbar. Man wog es und Pheidias konnte keine Unterschlagung nachgewiesen werden. Trotz der Freisprechung wurde Pheidias ins Gefängnis abgeführt. Es ist das tragische Geschick der wirklich Großen – das Gift des kleinlichen Neides der Mittelmäßigkeit begann sich unheilvoll auszubreiten. Pheidias starb im Gefängnis, vielleicht an Gift oder einer Krankheit – Genaues wurde von Plutarch nicht überliefert ... [23]Es ist unglaublich und unfassbar, aber seinem Ankläger Menon wurde vom Demos Abgabenfreiheit verliehen ... und die Feldherren wurden beauftragt, für seine Sicherheit zu sorgen ...

Bevor es aber so weit war, wurde Pheidias nach Olympia gerufen. Dort schuf er die berühmte Gold-Elfenbein-Statue des Zeus. Diese zählt zu den sieben Weltwundern der Antike. Sie soll 12 m hoch gewesen sein. Noch 500 Jahre später schrieb Dio Chrysostom, er lebte im 1. Jh. n. Chr. als er die Statue sah „... in seiner milden Erhabenheit jeden Kummer vergessen ließ und auch der Unglücklichste getröstet von dannen ging"; so erhaben und ergreifend war der Überlieferung nach der Anblick des Zeus-Bildes. Die Statue wurde im Jahre 438 v. Chr. vollendet. Heute kann man neben der Ruine des Zeus-Tempels in Olympia den Ort sehen, wo die „Werkstatt des Pheidias" gewesen sein soll. Der Beweis dafür ist ein Becher, der dort gefunden wurde, mit der Aufschrift „Pheidio eimi" – „ich gehöre dem Pheidias".

In der Antike sagte man, die Erhabenheit und Schönheit seiner Götterbilder habe nicht nur der Religion gedient, sondern er wusste auch, diese zu erweitern. Dieser große Pheidias verstand es, ein Kunstwerk von vollendeter Schönheit zu schaffen und ließ die Sehnsucht nach Vollkommenheit in unwirklicher Schönheit auf die Beschauer wirken.

Der Parthenon in all seiner vollendeten Schönheit ist rein hellenisch, wenn man aber ehrlich sein möchte, muss man sagen, panhellenisch, denn er ist eine Vereinigung des attischen Hellas mit dem jonischen Hellas – und erst durch diese Vereinigung war dieses Wunder möglich. Es ist die dorische Herbheit und Schlichtheit mit jonischer Eleganz, die erst in der Vereinigung zur Vollendung wurde. Das Dorisch-Männliche vereinigte sich mit der jonisch-weiblichen Anmut. Das schönste Beispiel für diese ist der Nike-Tempel mit seinen eleganten jonischen Säulen. Der Parthenon geht weit über die Dimensionen nationaler Bedeutung hinaus. In seiner Vollendung ist er ein Geschenk für die gesamte Menschheit.

Es ist sicher ein Wagnis und ein unmögliches Unterfangen, die Kaufkraft eines Talentes zur Zeit des Perikles mit heutigen Maßstäben zu bewerten, aber es gibt Versuche in dieser Hinsicht. Vor einiger Zeit wurden auf der Akropolis Stelen mit der Auflistung der Baukosten für den Parthenon gefunden. Demnach kostete der

Tempel selbst 500 Talente, für die Athene-Statue und das dafür notwendige Gold wendete man 800 Talente auf, insgesamt also 1300 Talente. (1 Talent = 6.000 Drachmen, also 7,8 Mill. Drachmen). Zur Zeit des Perikles erhielt ein qualifizierter Arbeiter einen Tagelohn von 1 Drachme. Setzt man diesen mit dem Verdienst eines Arbeiters von heute mit 50 Euro pro Tag gleich, ergibt sich eine Summe von 390 Mill. Euro (1 Talent also 300 000 Euro).

Hochgeschätzter Plutarch! Deine Doppel-Biographien berühmter Griechen und Römer sind von unvorstellbarem Wert für all jene, die an der Antike interessiert sind. Mit viel Mühe wurde von dir alles zusammengetragen, was zu deiner Zeit noch nicht in Vergessenheit geraten war, aber ich kann dich beruhigen: Die Baukosten des Parthenon trug einzig und allein die Stadt Athen. Der Staatsschatz, der von der Insel Delos nach Athen gebracht worden war, wurde tatsächlich nur für Verteidigungszwecke verwendet und nicht, wie du befürchtetest, zum Großteil für die Errichtung des Parthenon. Der Vorwurf der Gegner des Perikles wird also keineswegs bestätigt. Die ungeheuren Kosten für die Errichtung dieses Tempels trugen also ausschließlich die Athener …

Dieses Wunderwerk könnte noch heute in all seiner Pracht vorhanden sein, wenn nicht 1000 Jahre später, bedingt durch die neue Religion, der Parthenon zu einer Kirche umgestaltet worden wäre. Die Athene-Statue wurde nach Konstantinopel gebracht und zerlegt. Weitere 1000 Jahre später waren es die Türken, die den Parthenon im Jahre 1456 n. Chr. mit dem Anbau eines Minarettes in eine Moschee verwandelten. Zwei Jahrhunderte später flog ein Teil des Gebäudes in die Luft, als die Türken eine Pulverkammer dort anlegten.

Es war eine Bombe der Venezianer, die Athen damals belagerten, die einschlug. Die Giebel waren damals in all ihrer Herrlichkeit noch vorhanden. Aber als ein Venezianer den Westgiebel rauben wollte, krachte dieser zu Boden und zertrümmerte. Die Engländer brachten 1800 n. Chr. durch Lord Elgin sämtliche Restskulpturen nach London. Die Amerikaner errichteten in Nashville (Tennessee) eine getreue Nachbildung in Originalgröße mit sämtlichen Figuren …

Neben der so bedeutenden Bautätigkeit auf der Akropolis gab es noch andere wichtige Neuerungen, z. B. den Bau des [24]„Odeon" des Perikles. Es wurde für musische Bewerbe errichtet und befand sich direkt neben dem Dionysos-Theater. Es war ein Nachbau des Zeltes des Perserkönigs. Da sich die Fertigstellung des Baues verzögerte, spottete der Komödiendichter Kratinos „der meerzwiebelköpfige Zeus schreitet einher, das Odeon auf dem Haupte, nachdem er aus der Verbannung zurückkehrte". Perikles selbst soll Kampfrichter bei den Bewerben gewesen sein …

Dass aber die Vereinigung des jonischen Hellas mit dem attischen Hellas stattfinden konnte, verehrte Aspasia, ist mit großer Wahrscheinlichkeit auch auf deine Anwesenheit zurückzuführen. Der Einfluss war nicht offensichtlich, aber mit dir kamen auch andere Hetären aus dem jonischen Hellas nach Athen und übten durch ihre Anwesenheit einen indirekten, wenn auch nicht öffentlichen Einfluss aus. Der große Perikles liebte dich und dies nicht nur wegen deiner äußeren Reize. Neidische Stimmen behaupteten sogar, er suchte dich nur auf, um von dir in der Redekunst unterwiesen zu werden …

Nun ja, das machten angeblich auch andere. Zu diesen zählte, wie bereits erwähnt, auch der stadtbekannte Sokrates. Eines Tages suchte er dich auf und wie man sich erzählte, wurde er von dir auf „liebenswürdige und unterhaltsame Weise" in der Rhetorik unterwiesen. Es ist eine Tatsache, dieser Sokrates kannte dich sehr gut, denn sein noch größerer Schüler Platon lässt den Sokrates in seinem Dialog „Menexenos" eine Grabrede überliefern, die eindeutig von dir ist – Neider behaupten andererseits, dafür gäbe es keinen Beweis …

Dieser Sokrates war von dir sehr beeindruckt und wahrscheinlich wollte er sich dir gegenüber auch als dankbar erweisen, [25]er führte seine Schüler bei dir ein. Diese waren von dir so sehr angetan, dass sie ihre Ehefrauen zu dir brachten, um diese von dir unterweisen zu lassen. Dies war in Athen zu deiner Zeit noch ungeheuerlich und neu, denn eine gebildete Ehefrau, deren Fähigkeiten über die üblichen häuslichen Pflichten hinausgingen, war unerwünscht und galt sogar als „unsittlich". Diese Ehefrauen aber lernten mit größtem Eifer.

Es ist anzunehmen, verehrte Aspasia, diese Frauen lernten bei dir auch Dinge, die über die Pflichten einer Ehefrau hinausgingen … Vielleicht lernten sie auch ihre Weiblichkeit bewusster einzusetzen, wie man spricht, was man sagen darf und wann vor allem und wie man sich anmutig bewegt. Ihr Geschmack in Dingen der äußeren Erscheinung wurde anspruchsvoller – dies alles sind Bereiche, die über die häuslichen Aufgaben und die Pflege des Kultes, der damals überwiegend in weiblichen Händen war, hinausgingen …

Du wurdest in Athen die „ungekrönte Königin". Es entwickelte sich sogar eine Art „Mode". Der Peplos wurde nicht mehr ganz schlicht getragen, sondern reich bestickt. Die Haare wurden nicht mehr nur mit Bändern zu einem Knoten gebunden, sondern die dunklen Locken wurden hochgesteckt und mit einer kleinen, kunstvoll bestickten Kappe „hochgehalten". Es kamen Sandalen mit „hohen Sohlen" in Mode, um größer zu erscheinen. Auch diese waren reich bestickt. Die Frauen entdeckten eine neue Lebensfreude. Es ist anzunehmen, dass auch die Geheimnisse der raffiniertesten Galanterie den Frauen nicht mehr ganz unbekannt waren. Sie erfuhren eine Kultur des weiblichen Körpers, die ihnen bisher unbekannt war, und fanden Gefallen daran …

Dies alles war nur möglich durch den ungeheuren Wohlstand, der sich in der Bevölkerung entwickelte. Die rege Bautätigkeit, von der ganz Athen erfasst wurde, ließ alle handwerklichen Berufe zu einem noch nie da gewesenen Blühen gedeihen. Der Piräus wurde zum bedeutendsten Hafen in der Ägäis. Griechische Produkte wurden überallhin exportiert – bis Karthago und Spanien kamen griechische Seefahrer.

Aber trotz all dieser Veränderungen, an denen man sich so erfreute, blieb das private Wohnhaus damals noch schlicht, denn private Prachtbauten widersprachen dem demokratischen Prinzip des Atheners. Hingegen waren öffentliche Einrichtungen, die der Allgemeinheit dienten, großzügig ausgestattet – vor allem die Höfe der Gymnasien und Palaistren für die Betätigung der Jugend sowie die bilderreichen Säulenhallen von beachtlicher Länge, die dem Gespräch dienten.

Um 450 v. Chr. wurde die „Stoia Poikile" (Bunte Halle) errichtet. Diese wurde mit Fresken des berühmten [26]Malers Polygnot, die die Schlacht bei Marathon darstellten, ausgeschmückt. (Polygnot war aus vornehmem Haus und sehr wohlhabend – er übte seine Kunst unentgeltlich aus.) Die Malerei, die in der Antike viel mehr als die Bildhauerei geschätzt wurde, entwickelte sich mit ungeheurer Geschwindigkeit.

Die Beteiligung jedes Einzelnen trug dazu bei – Athen begann zu erstrahlen wie noch nie. Es war auch die Freude am Rausch der Farben, wie sie uns nur schwer vorstellbar ist, da von diesen Herrlichkeiten nichts mehr vorhanden ist.

Athen entwickelte sich und wurde zunehmend größer. Der ländliche Charakter, von dem das alte Athen geprägt war, wurde immer mehr nach außen verdrängt. Die Bevölkerung nahm rasch zu. Zur Zeit des Perikles hatte Athen eine Einwohnerzahl von 250 000 bis 300 000, für damalige Verhältnisse eine Weltstadt! Aus Sizilien musste sogar Getreide importiert werden, da nicht genug produziert werden konnte. Es blühte eine starke „Industrie": Keramik, Waffen, Gewebe, Geräte, Bücher und Toilettenartikel wurden in den gesamten Mittelmeerraum exportiert.

Athen war auch der Mittelpunkt eines lebhaften Geldhandels, der von den Tempelkassen ausging. Die athenischen Silbermünzen wurden überall gerne genommen. Es gab richtige Bankiers, die „Trapeziten", die die Geschäfte vermittelten oder auch abwickelten. Für den Seehandel wurden Wechsel ausgestellt, der Zinsfuß betrug in der Regel 10 %, bei Seeverkehr bis zu 18 % wegen der Unsicherheit auf See.

Trotz all dieses Wohlstandes war der Athener darauf bedacht, diesen nicht durch allzu aufwendige Lebensführung zu zeigen. Man arbeitete, um zu leben und Betonung des Reichtums lag dem einzelnen Athener so gar nicht. Es war eine angeborene Anlage zum Maßvollen, die jede Übertreibung als unkultiviert empfand. Die Reichen leisteten ungeheure Summen für das Wohl der Allgemeinheit zur Freude für jeden Einzelnen: für die großzügigen, feierlichen Feste und für die Ausrüstung, die zur Verteidigung der Heimat diente [27]und nicht zuletzt für jene, die der Hilfe bedurften … für Kinder, die im Krieg den Vater verloren, übernahm der Staat bis zum 18. Lebensjahr die Lebenshaltungskosten und auch für jene, die aufgrund einer Behinderung keine Tätigkeit ausüben konnten, leistete der Staat einen regelmäßigen Unterhalt …

Dieser ungeheure materielle Aufstieg war aber nur die äußere Entwicklung Athens. Die grandiose Durchsetzung der Selbständigkeit durch die Perserkriege war die Voraussetzung dafür, dass Athen das geistige Zentrum der damaligen Welt wurde, es trotz aller politischen Probleme und härtester Konfrontation der Kräfte auch nach dem späteren Verlust seiner Unabhängigkeit blieb und richtungsgebend für die Zukunft wurde. Die Ereignisse, die inneren Streitigkeiten zwischen den Stadtstaaten, den „Poleis", die vielen kriegerischen Auseinandersetzungen, die Bündnisse, die nicht hielten, dazu die ständigen sich verändernden politischen Gegebenheiten in Athen selbst zählen zu den kompliziertesten geschichtlichen Verflechtungen. Es würde zu weit führen, auf all dies hier einzugehen.

Seit der Schlacht von Salamis blieb nur die Zeitspanne von 50 Jahren, um das Höchste an hellenischer Kunst und geistigem Leben zu schaffen. Es war das Zeitalter des Perikles, das auch als das „goldene Zeitalter" in der Geschichte bezeichnet wird.

Bevor Perikles dir begegnete, verehrte Aspasia, liebte er eine gewisse Chrysilla aus Korinth. Aber diese Liebe konnte seine Ehe nicht trennen. Als er jedoch dir begegnete, bat er seine Ehefrau um die Scheidung. Damit war der Weg frei für eine Heirat mit dir.

Abb. 8

Alkibiades

Idealisierte römische Kopie des jungen Alkibiades nach einem
griechischen Original aus dem 4. Jahrhundert v. Chr. Die Her-
me befindet sich in den Kapitolinischen Museen in Rom.

Alkibiades

Verehrteste Aspasia! Zu dem Kreis, der sich um dich bildete, zählte auch Alkibiades. Er nahm eine ganz besondere Stellung ein, denn er war der Neffe des Perikles oder ganz einfach ein etwas entfernterer Verwandter – wirklich genau ist es nicht überliefert. Eines aber ist bekannt, du kanntest ihn wirklich sehr gut.

Alkibiades verlor seine Eltern sehr früh. Sein Vater Kleinias fiel im Krieg und auch seine Mutter starb bald. Trotz seiner adeligen Geburt war ihm das Schicksal eines Waisenkindes nicht erspart geblieben. [1]Perikles nahm ihn in sein Haus auf. Er lebte also bei seinem Onkel. Aber dieser hatte, wie es schien, wegen seiner vielen Aufgaben keine Zeit für das Kind.

Alkibiades war ein schönes Kind. Er wuchs zu einem noch schöneren Jüngling heran und wurde ein noch viel schönerer Mann. Er soll so schön gewesen sein, dass er alle, die ihn sahen, allein durch seinen Anblick bereits glücklich machte. Die Bewunderung der Schönheit in einem solchen Ausmaß, verehrte Aspasia, ist für uns, die wir im 21. Jahrhundert leben, in diesem Ausmaß schwer zu verstehen. Im Gegenteil; heute gibt es Bestrebungen, die Schönheit des Körpers nicht allzu sehr zu beachten und durch andere Werte zu ersetzen – was nur zum Teil gelingt.

Die Hellenen konnten nicht ohne Schönheit leben. Der Eros, der sie von Anbeginn aller Zeiten zu dieser Schönheit hin drängte, ließ ja auch keine andere Wahl.

Der große Platon war noch nicht geboren, er war ja derjenige, der es erkannte: Dieser Eros, diese Urgewalt, erfasst nicht nur unsere Körper, nein, nein! Er greift vor allem auch nach unseren Seelen, wenn sie das Schöne erblicken, auch wenn die äußere Hülle die Seele schöner erscheinen lässt, als sie ist.

Um diese wirklich höchste sichtbare Schönheit zu finden – und um diese geht es hier im Speziellen, gab es in Hellas bereits seit frühester Zeit „Schönheitswettbewerbe". Diese gab es vor allem auf der Insel Lesbos und in Tenedos. Der Dichter Alkaios schrieb „von Frauen in schleppenden Gewändern, die um den Preis der Schönheit sich scharen" – vor allem auf der Insel Lesbos, wo nicht nur die Körperkultur hoch entwickelt war, denn dort wurde auch die Dichtung gepflegt. [2]Es soll ein gewisser Kypselos aus Korinth gewesen sein, der bereits 700 v. Chr. an den Ufern des Alphaios Schönheitswettbewerbe begründete, in denen alle Frauen zum Wettkampf aufgefordert wurden. Sie wurden als die „Chrysophoren" – „Goldträgerinnen", bezeichnet. Als Erste soll eine gewisse Herodike, die Gemahlin des Kypselos, den Sieg errungen haben. Seither wurden alle fünf Jahre diese Agone dort abgehalten. In Elis hingegen wurde der schönste Mann gewählt, wie der Aristoteles-Schüler Theophrast erzählt. Die Entscheidung wurde mit großem Ernst getroffen und als Preis erhielten die Sieger Waffen. Sie wurden von den Freunden mit Myrtenkränzen geehrt und in einem Festzug zum Heiligtum geleitet. Manchmal wurden aber auch Wettbewerbe der Frauen in Bezug auf Wirtschaftlichkeit und häusliche Tugenden abgehalten, denn auch diese mussten geehrt werden.

Bewerbe dieser Art wurden in Hellas schon immer ausgetragen. Denn in der Ilias berichtet Homer über den schönsten Mann im Heer der Achaier, es soll ein [3]Nireus gewesen sein. Er war der Schönste, aber nicht der Stärkste. Der Schönste und Stärkste war Achilleus – und man denke nur an die sieben Frauen aus Lesbos, die Achilleus geschenkt wurden, um seinen Zorn zu besänftigen, als er im Feldlager vor Troia lag. Die Hetären aber hielten regelmäßig, unter Ausschluss der Öffentlichkeit, solche Bewerbe ab. Sie dienten als Ansporn, um noch schöner und noch bewundernswerter zu werden.

Dieser schöne Jüngling Alkibiades bewunderte den Sokrates und dieser war wirklich nicht schön. Ungewaschen, mit einem alten Mantel bekleidet und ohne Sandalen lief er herum. Aber dieser Mann hatte eine faszinierende Ausstrahlung. Seine ständige Suche nach dem Grund aller Dinge und nach Erkenntnis trieb ihn dazu, den Umgang mit der männlichen Jugend zu suchen, denn diese war noch unverbildet und vom Leben noch nicht geprägt – und man darf es nicht leugnen, es war auch die Schönheit dieser Jugend, die ihre magische Gewalt auf ihn ausübte. Aber dieser Sokrates hielt sich von Alkibiades fern und der schöne junge Mann fühlte sich verletzt, denn er war zu sehr von der Macht seiner Schönheit überzeugt …

Der große Platon schildert in seinem berühmten Dialog „Das Symposion" wie Alkibiades plötzlich in den Kreis der von der Rede der Diotima ergriffenen Symposiasten hereinbrach. [4]Auf eine Flötenspielerin gestützt, bekränzt mit einem dichten Kranz aus Efeu und Veilchen, so stand er uneingeladen da. Denn knapp vorher ließ Platon den Sokrates erzählen, wie die weise Priesterin Diotima, ihn, den Unwissenden, über die wahre Natur des Eros unterwiesen hatte. Alkibiades wurde aufgefordert, ebenfalls eine Rede auf den Eros zu halten. Er lobte den anwesenden Sokrates und berichtete, wie dieser ihn, den Schönsten von allen, über den wahren Eros belehrte. Wenn man Näheres über die Rede des Alkibiades wissen möchte, dann lese man das Symposion von Platon.

Der wunderschöne Alkibiades war ein Jüngling, dem die Götter alles in die Wiege legten, um ein nach menschlichem Ermessen glückliches Leben zu führen. Er war reich, hatte einen außerordentlich beweglichen Geist und er war ein hervorragender Redner. Angeblich lispelte er ein wenig, aber sogar dieses [5]Lispeln war so gewinnend, dass er noch liebenswürdiger wirkte. Dazu besaß er die außergewöhnliche Fähigkeit, sich jeder Lage und jeder Sitte anzupassen. Wie ein [6]Chamäleon glich er sich jederzeit an, wenn es ihm dienlich erschien. Seine Gesellschaft war so angenehm, dass man von ihm nicht genug bekommen konnte. Dies berichtet Plutarch.

In Sparta ließ er sich die Haare wachsen und badete sich kalt. Dort war er der hervorragendste Athlet und aß die „schwarze Suppe". In Jonien hingegen liebte er das üppige Leben, parfümierte sich wie kein anderer und trug einen bunt bestickten Mantel. In Thessalien war er ein verwegener Reiter, denn dort wurden die besten Pferde gezüchtet. Er hatte eine gesunde und sehr kräftige Natur, die seiner Schönheit noch die Aura des Verwegenen verlieh. Da er von Kindheit an so sehr bewundert wurde, war stets ein Schwarm von Verehrern um ihn. Wahrscheinlich trug dies dazu bei, dass er immer der Beste, der Erste und der am meisten Bewunderte sein wollte. So entwickelte er einen maßlosen Ehrgeiz, der zu seiner verhängnisvollen Machtgier führte, die Hellas durch seine Mitschuld in die Katastrophe trieb.

Sokrates erkannte die außergewöhnlichen Begabungen des Alkibiades. Er verbrachte mit ihm gemeinsam viel Zeit. Sie aßen gemeinsam und widmeten sich dem Ringen. Wenn Alkibiades aufgebläht von den Komplimenten seiner Bewunderer zu Sokrates kam, [6a]„dann stauchte ihn Sokrates durch seine Worte wieder zusammen und machte ihn verzagt und kleinmütig", vor allem wenn der schöne Jüngling erkennen musste, wie viel ihm an Vollkommenheit noch fehlte.

Den Schwarm seiner Verehrer aber nahm Alkibiades nicht ernst, nur den Sokrates bewunderte er aufrichtig. Er sah in ihm vielleicht einen Vater, den er nicht hatte.

Verehrte Aspasia, es fällt mir nicht leicht, darüber zu reden, aber Athenaios überlieferte einige Hexameter, die dir zugeschrieben und von Herodikos, der im 2. Jahrhundert v. Chr. lebte, zitiert wurden:

[/]„Sokrates, so gar nicht entging mir,
wie die Sehnsucht nach
Dem Sohn des Kleinias und der Deinomache
dein Herz zerreißt.
Aber höre meinen Rat, wenn du Erfolg und
Glück in der Liebe erstrebst.
Lass ihn nicht ungehört, sondern befolge ihn,
damit es dir besser geht.
Gerade erfuhr ich davon und sofort
erglühte mein Körper vor Freude,
Schweiß rann mir hinab und
willkommene Tränen benetzten die Wimpern:
Zähme dein Verlangen, denn nur wenn dein Sinn,
gefüllt mit den Gaben der herrlichen Muse
in die sehnenden Ohren geflößt wird,
dann wirst du ihn gewinnen.
Dies ist der Anfang der Liebe bei beiden
und so wirst du ihn halten,
Wenn seine Ohren es hören,
was der Drang seines Herzens verrät."

Dann weiter:

„Warum weinst du, mein Sokrates?
Schüttelt dich tief in der Brust
Stürmisches Verlangen,
entfacht von den Blicken des Knaben,
Des Unbesiegten,
den zu zähmen ich dir versprochen?"

Nun ja, verehrte Aspasia, ich hätte dich gerne gefragt, ob du tatsächlich dem Sokrates diesen Rat erteiltest, aber ich weiß zu gut, ich werde keine Antwort bekommen. Es ist ja auch wirklich nichts Neues, Komödienschreiber verwenden häufig das Mittel der Übertreibung und bleiben auch nicht immer bei der Wahrheit, um die Zuhörer in Aufruhr zu versetzen. Dieser von Athenaios zitierte Herodikos lebte im 2. Jahrhundert v. Chr., also 200 Jahre nach deiner Zeit, in denen sich die damalige Welt bereits verändert hatte. Die hohen Ideale deiner Zeit waren nicht mehr lebendig, vieles wurde bereits missverstanden und verzerrt gezeigt. Ich kann nicht recht glauben, dass diese Hexameter wirklich von dir sind. Es ist anzunehmen, sie wurden dir untergeschoben, denn du hattest nicht nur Freunde, wie sich leider später zeigen sollte …

Wenn in den Texten deiner Zeit vom Eros gesprochen wird, besteht für die heutige Epoche das Problem der Übersetzung. Diese göttliche Urkraft, die gerade dort, wo Schönheit ist, sich voll und ganz entwickelt, wurde bereits kurz nach deiner Zeit nicht mehr verstanden. Um ehrlich zu sein, es gibt keine Übersetzung für den griechischen Eros, da im Laufe der Jahrtausende durch die unterschiedlichsten Einflüsse anderer Kulturen sich unser Empfinden änderte. Im heutigen Sprachgebrauch wird der Eros als die Anziehungskraft zwischen den Geschlechtern, die zu ihrer Vereinigung führt, verstanden. Aber zu deiner Zeit war er die Kraft und der Drang des Menschen, wenn er das Schöne erblickte diesem näher zu sein und sich mit diesem zu vereinen. Denn nur wo Schönheit war – und mit dieser verstand man zu deiner Zeit auch die geistige Schönheit und auch die Schönheit der Seele –, nur dort wurde sie fruchtbar, um dann schöne und bedeutende Dinge zu schaffen, dann fühlte man sich zum Göttlichen hingezogen und man versuchte alles, um diesem näherzukommen. So ist auch das Verhalten des Päderasten zu verstehen. Diese Bezeichnung wird heute fälschlicherweise für eine der schlimmsten Vergehen an Knaben verwendet. Dieses hohe Ideal ist mit der großen Zeit des Griechentums verschwunden, da auch das Streben nach Vollendung nicht mehr so lebendig sein konnte, weil sich die Bedürfnisse geändert hatten.

Wie schon einmal erwähnt, Sokrates war der vollendete Päderast. Er sah in Alkibiades den Eros und wollte ihm alles geben, ihn also erziehen und „lebenstüchtig" machen. Er verlangte keine Zärtlichkeiten wie Küsse und körperliche Berührungen. Dies wäre eine tiefste Erniedrigung gewesen, denn das Göttliche durfte nicht entweiht werden – und niemals hätte er der Seele des Alkibiades einen derartigen Schaden zugefügt.

Schon als Alexander der Große sein Weltreich eroberte, war das Streben nach irdischer Macht und der Drang nach Reichtum und diesen auch zu zeigen zu stark. Der hellenische Eros wurde immer mehr verdrängt und fühlte sich in der veränderten Welt nicht mehr wohl.

Aber nun genug davon, die Komödiendichter wollten leben und gut bezahlt werden. Sie schrieben für die Masse und diese wollte lachen, um jeden Preis.

Alkibiades war unersättlich nach Bewunderung. Er besaß einen mit [8]Elfenbein und Gold geschmückten Schild. In dessen Mitte war nicht das übliche Wappen, sondern ein Eros mit Donnerkeil zu sehen. Er zeigte sich gerne mit Tieren und besaß einen [9]wunderschönen großen Hund, diesem schnitt er seinen besonders schönen Schwanz ab. Die Athener waren entsetzt und tadelten ihn deswegen. Als man ihn fragte, warum er dies getan hatte, lachte er und soll gesagt haben: „Gerade da ich will, dass sie mich deswegen tadeln, damit sie nicht noch Schlimmeres über mich reden."

Zeitweise lief er mit einer Wachtel herum, die er in den Falten seines Himation trug. Als sie einmal durch Lärm aufgeschreckt ihm davonflog und ein Athener sie fing und ihm brachte, wurde dieser zu seinem liebsten Freund.

Alkibiades heiratete Hipparete. Sie soll ihm eine Mitgift von 10 Talenten in die Ehe mitgebracht haben. Sie liebte ihn, aber sein Gefühl für sie war Gleichgültigkeit. Er hatte neben ihr ständig Affären mit anderen Frauen und Hetären. Eines Tages war sie nicht mehr bereit, diese Demütigungen zu erdulden. Sie verlangte die Scheidung. Als sie vor dem Richter erschien, kam Alkibiades, nahm sie auf seine Arme und trug sie über die Agora nach Hause. Niemand hinderte ihn daran. Sie lebte nicht mehr lange. Kurze Zeit später starb sie.

Er strebte nach unsterblichem Ruhm. Der herrlichste und höchste Ruhm in Hellas war ein Sieg in Olympia. [10]Um dies zu erreichen, schickte er sieben Pferdegespanne nach Olympia. Er war reich und konnte sich die sehr teure Pferdezucht leisten. Tatsächlich errangen seine Pferde den 1., 2., 3. oder 4. Platz im Jahre 416 v. Chr.

Der Glanz seiner Heimatstadt Athen wurde noch erhöht durch diesen von ihm errungenen Sieg, der ihn hinauftrug in die Unsterblichkeit, um den Göttern näher zu sein. Die verbündeten Städte jubelten mit. Öffentliche Festgelage wurden veranstaltet. Man feierte und die Pferde wurden verhätschelt.

Euripides schrieb einen Hymnos auf Alkibiades:

[11] *„Dich aber preise ich hoch, Sohn des Kleinias !*
Schön ist der Sieg.
Aber am schönsten ist, was kein anderer
Der Griechen jemals errang,
der erste zu sein im Wagenrennen
Und zweiter und dritter,
mühelos zu schreiten mit doppeltem Ölkranz
Und zugleich erschallt der Ruf
des Herolds verkündend den Sieg. "

Dazu ist zu bemerken: Der Pferdebesitzer trug den Sieg davon, nicht der Wagenlenker, dieser wurde nur bezahlt. Mit diesem Sieg in Olympia erreichte Alkibiades sein ehrgeiziges Ziel, das er bewusst anstrebte, das Strategenamt, und man wählte ihn zum ersten Strategen.

Trotz all dieser Verrücktheiten liebte man ihn. Die Schönheit und Kraft seines Körpers, seine Kriegstüchtigkeit und Wehrhaftigkeit und vor allem seine freiwilligen Leistungen für die Öffentlichkeit, wie Speisungen und Festzüge, brachten ihm Bewunderung. Er genoss die Freuden des Lebens in vollen Zügen.

Neben seinen außerordentlichen Begabungen hatte er einen Drang nach [12]üppiger Lebensführung, Ausschweifungen bei Trinkgelagen und Liebesaffären. Wie eine Frau trug er nachschleppende Purpurgewänder, auf den Trieren ließ er in das Verdeck Ausschnitte sägen, damit er weicher schlafen konnte, wenn seine Matratze auf Gurten und nicht auf Planken gelegt wurde … Diese Maßlosigkeit wurde allmählich von den Vornehmen als sittenlos und tyrannisch empfunden. Das Volk hingegen konnte sich seiner Persönlichkeit nicht entziehen.

Im Jahre 405 v. Chr. sagte Aristophanes in den „Fröschen" über ihn:

[13]*„Einerseits liebt es ihn, andererseits hasst es ihn, aber man will ihn haben."*

Noch treffender ist dieser Ausspruch:

„Am besten ist es, keinen Löwen in der Stadt aufzuziehen! Wer aber einen solchen aufzieht, der hat sich seinen Launen zu fügen."

Er entwickelte sich zu einem hervorragenden Strategen. Als die Insel Melos von den Athenern unterworfen wurde, [14]suchte er aus der Zahl der Kriegsgefangenen sich ein Mädchen aus, welches er zu seiner Geliebten machte. Er hatte mit ihr ein Kind und zog dieses groß. Dies bewunderte man an ihm und vergaß dabei, dass er alle wehrtüchtigen Meleser hatte niedermetzeln lassen.

Der Maler [15]Aristophon musste ihn malen, wie er auf dem Schoß der Nemea sitzend von ihr in den Armen gehalten wird. Er ließ sich als der Geliebte der Nemea darstellen, was soviel wie „Sieger bei den Nemeischen Spielen" bedeutete. Die Menge war von dem Bild begeistert, aber viele empfanden eine derartige Darstellung als schamlos. (In Nemea auf der Peloponnes wurden Wettkämpfe abgehalten.)

Verehrte Aspasia, dieser schöne Alkibiades wurde zum Mann und entglitt dem Sokrates. Er vergaß seinen Lehrer und Freund und pflegte seinen maßlosen Ehrgeiz.

Inzwischen wurde Athen immer glanzvoller. Der Bau der herrlichen Propulaien wurde in Angriff genommen und in nur fünf Jahren fertiggestellt!

Im Jahre 446 v. Chr. gelang es Perikles endlich, mit Sparta einen 30-jährigen Frieden zu schließen. Sparta blickte stets mit finsterem Blick nach Athen. Mit größtem Unbehagen sah man dort, wie Athen seine Vormachtstellung in der Ägäis ausbaute, wie ungeheuerlich die Stadt sich entwickelte und wie alle geistigen Kräfte sich dort sammelten. Der Philosoph Theophrastes behauptete sogar, jährlich würden von Perikles [16]zehn Talente an Sparta zwecks Friedenserhaltung bezahlt. Mit diesem Geld machte er sich die Mächtigen in Sparta gewogen, um genügend Zeit für eine Aufrüstung zur Verfügung zu haben, denn eines wusste Perikles: Der Krieg mit Sparta war unvermeidlich. Und wie Recht er hatte! Dieser herrliche Frieden, der so heiß erkämpft wurde, für diesen Frieden waren vom Schicksal nur 15 Jahre vorgesehen.

Sparta, im Süden des Peloponnes gelegen, hatte schon sehr früh seine grundlegende politische und kulturelle Gestalt erhalten. Der Spartaner lebte in einer erstarrten Staatsform, in der das Bedürfnis an kulturellen Leistungen nur insoweit geduldet wurde, als es diesem starren Gefüge diente. Das Dorertum war stets stark männlich orientiert …, das oberste Ziel war daher immer die körperliche Ertüchtigung und zugleich Unterordnung in ein starres System. Der Wille zur Pflicht war das oberste Ziel. Ein schöpferischer Rausch wie in Athen konnte sich hier nicht entfalten, denn in der Stadt Athen machte sich ein immer stärker werdender Drang nach Individualität bemerkbar, der in jener Zeit, trotz aller menschlichen Schwächen, Herrlichstes und Schönstes wie noch noch nie zuvor hervorbrachte. Kurze Zeit später, mit dem 4. Jahrhundert v. Chr., erreichte die schöpferische Kraft ihren Gipfel und wurde dann überschritten. Nach Alexander dem Großen setzte dann die Verflachung ein.

Verehrte Aspasia, auch dir blieb es nicht erspart, mit dem Neid deiner Mitmenschen bittere Erfahrungen zu machen. Der Einfluss, der sich durch deine Tätigkeit überall bemerkbar machte, wurde von vielen bewundert. Aber es gab auch die noch größere Zahl derjenigen, die es nicht sehen konnten, dass eine Frau einen derartigen Einfluss auf die herkömmlichen Sitten, und damit auf das althergebrachte Bild der Ehefrau, hatte. Man denke nur an Aristophanes! Wie selbstbewusst seine Lysistrate um den Frieden mit ihren bescheidenen Mitteln kämpfte! Das war neu …

Man darf sich nicht wundern, aber wahrscheinlich waren es die vielen Neider und auch politischen Feinde des großen Perikles, die gewisse Gerüchte schlimmster Natur in Umlauf brachten, die nur ein Ziel hatten, ihn zu stürzen. Euer gemeinsamer [17]Freund Pheidias z. B. soll Ehefrauen mit dem Vorwand, die Bildwerke auf der Akropolis zu besichtigen, dem Perikles zugeführt haben. Weckte eine der Frauen sein Interesse, dann schickte er ihr einen Pfau. Dies sei die Aufforderung gewesen, für ihn bereit zu sein.

Perikles aber liebte dich. Die Lustspieldichter machten sich darüber lustig. Man bezeichnete dich als eine neue „Omphale" oder auch „Deinaira". Kratinos nannte dich sogar eine Kupplerin. Aber dein Ruhm war so groß, dass sogar König Kyros seine Lieblingshetäre „Aspasia" nannte. Man verspottete dich und zugleich wurde dir Bewunderung zuteil.

Eines Tages reichte der Komödiendichter [18]Hermippos gegen dich eine Klage ein. Du hättest für Perikles frei geborene Frauen aufgenommen, um diese ihm zuzuführen, wenn es ihn danach verlangte. Auch warf man dir vor, nicht an die Götter zu glauben. Zugleich wurde mit dieser Beschuldigung auch der Lehrer des Perikles, Anaxagoras, angeklagt. Perikles selbst verteidigte dich vor den Richtern. [19]Unter Tränen beteuerte er deine Unschuld. Man glaubte ihm und du wurdest freigesprochen (wie Aischines berichtet). Seinem Lehrer Anaxagoras aber verhalf Perikles zur Flucht.

Vielleicht war es der den Hellenen wohlbekannte Neid der Götter, denn der unausweichliche Konflikt mit Sparta war unaufhaltsam. Im Jahre 431 v. Chr. brach der Krieg aus, nachdem in Athen Wirklichkeit werden konnte, was anderswo nur Sehnsucht blieb. Dies ist dem großen Perikles zu danken. Er war der ideale Staatsmann, der alles in sich vereinte, um dieses Wunder Wirklichkeit werden zu lassen. [20]Mit höchster Einsicht, einem realistischen Wahrnehmungsvermögen, Hingabe an höchste Ideale und unerhörter Tatkraft verfolgte er seine Ziele. Wie kein anderer verstand er es, das Volk zu leiten, von der Notwendigkeit dessen, was zu tun war, zu überzeugen und es zu führen. Aber die letzte Entscheidung traf das Volk, denn nicht umsonst war er fünfzehn Jahre ohne Unterbrechung zum 1. Strategen gewählt worden … Insgesamt führte er die Athener 40 Jahre lang.

Die Voraussetzung für die in der Menschheitsgeschichte einmalige Hochblüte war die Demokratie, die Freiheit jedes Einzelnen, aber unter der Führung eines wirklich weisen Staatsmannes, der alle Fähigkeiten dazu in sich vereinte, ohne jemals persönliche Interessen in den Vordergrund zu stellen oder gar sich persönlich zu bereichern. Nicht umsonst wird diese Epoche als die „klassische Periode" bezeichnet. Selbst die Antike empfand Perikles als den bedeutendsten Staatsmann. [21]Seine berühmte Grabrede, die von Thukydides in nacherzählender Form überliefert wurde, ist ein Wunderwerk der Rhetorik. Mit dieser Rede gab Perikles ein Zeugnis seiner wirklich großen Staatskunst.

Großer Perikles! Wie es zum Ausbruch des Krieges gekommen war, versuchte Thukydides zu ergründen. Die politischen Verflechtungen waren derart undurchsichtig gewesen, dass eine klare Antwort nicht gefunden wurde. Die heutige Forschung will dich nicht ganz von Schuld freisprechen. Heute ist man der Meinung, du hättest zu sehr die Interessen Athens verteidigt.

Auf deinen Rat hin nahm die Bevölkerung innerhalb der Stadtmauer Athens Zuflucht vor den Spartanern, die das Land verwüsteten. Währenddessen plünderten athenische Schiffe die Küste der Peloponnes. Wahrscheinlich durch die für die Stadt zu große Menschenmenge brach 430 v. Chr. eine Epidemie aus. Ein Drittel der Bevölkerung starb. Im Jahre 2006 führte die Universität Athen Untersuchungen durch und stellte fest, dass es sich um Typhus gehandelt hatte. Die Verzweiflung und Machtlosigkeit dieser Katastrophe gegenüber, die die Stadt so heimsuchte, schilderte Thukydides, der wie durch ein Wunder überlebte. Du selbst aber, großer Perikles, wurdest von der Seuche dahingerafft. Mit deinem Tod im Jahre 429 v. Chr. verlor Athen seinen bedeutendsten Staatsmann. Deine so sehr geliebte Aspasia aber heiratete noch einmal und zwar den Kleintierhändler Lysikles, aus dem sie einen respektablen Politiker machte. Er wurde nicht alt, er starb bald. Über ihr weiteres Leben ist nichts bekannt.

Hochgeschätzter Thukydides! Du bist der bedeutendste Geschichtsschreiber der Antike. Der Ausbruch des Krieges im Jahre 431 v. Chr., der als der 30-jährige Krieg in die Geschichte einging, traf dich zutiefst. Vielleicht hattest du die stille Hoffnung, es möge nicht zu diesem Krieg kommen. Bereits bei Ausbruch der ersten kriegerischen Auseinandersetzungen warst du bemüht, alles sorgfältigst für die Nachwelt niederzuschreiben. Es wurde ein umfangreiches Werk und ist nicht ganz einfach zu lesen, denn in jedem deiner Worte spürt der Leser deine Trauer und die Hilflosigkeit dem Mechanismus des Krieges gegenüber, aus dem es kein Entrinnen zu geben schien. Es ist die zutiefst tragische Schilderung, wie sich die griechischen Stadtstaaten gegenseitig zerfleischten, wahrscheinlich ausgelöst durch die Vormachtstellung Athens und dem ungeheuren wirtschaftlichen Aufschwung, den die Stadt in den letzten Jahrzehnten erfahren hatte.

Das tragische Ende wurde durch das opportune Verhalten des Atheners Alkibiades, der im Jahre 420 v. Chr. die politische Bühne betreten hatte, begünstigt. Dieser so hoch begabte Mann war von seinem persönlichen Ehrgeiz und Machthunger getrieben. Trotz seiner vielen militärischen Erfolge trug er wesentlich zur Niederlage seiner Heimat bei. Die Tragödie war unabwendbar.

Wunderschöner Alkibiades! Was tatest du! Deine Heimat Athen wurde von dir verraten! Du fielst deiner Heimat in den Rücken ... Bevor du mit der attischen Flotte nach Sizilien aufbrachst – diese Expedition wurde ja von dir mit allen Mitteln vorangetrieben, denn dein [22]Machthunger drängte schon lange nach Expansion und der Eroberung Siziliens und vielleicht auch Karthagos –, waren die [23]Hermes-Statuen verstümmelt worden. Nicht genug damit, im Alkoholrausch waren von dir die Eleusischen Mysterien in deinem Hause mit deinen Freunden nachgeäfft worden! Du selbst hattest den [24]Hierophanten gespielt. Dies galt als schwerster Frevel gegen die Götter. Die Verstümmelung der Hermes-Statuen wurde dir zugeschrieben – wirkliche Beweise dafür konnten zwar nicht erbracht werden, aber dein Lebensstil machte dir nicht nur Bewunderer ...

Mit einer Flotte von 140 Trieren schickte man dich, mit dem Oberbefehl ausgestattet, nach Sizilien. Aber nach deiner Abreise wurdest du zum Tode verurteilt. Als dich die Aufforderung erreichte, nach Athen zurückzukehren, [25]schlichst du von deiner Triere und suchtest Zuflucht beim spartanischen [26]König Agis! Der nahm dich bereitwillig auf. Er hoffte nämlich, dich für seine Interessen gegen Athen gebrauchen zu können. König Agis täuschte sich nicht, denn du warst in Sparta äußerst tätig. [27]Deine besonders ausgeprägte Fähigkeit die Leute zu umschmeicheln und zu bezaubern, sich ihnen anzupassen in ihren Neigungen und Ansichten, besonders im privaten Umgang, wurden auch in Sparta eingesetzt und zwar derart, dass die [28]Gemahlin des Königs, Timaia, 10 Monate nach deiner Ankunft einen Sohn von dir gebar. Dem Kind gab man den Namen Leotychides, sie aber nannte den Knaben Alkibiades ... Du erzähltest überall, du hättest mit ihr nicht nur geschlafen, da du deine Leidenschaft nicht zügeln konntest, sondern damit deine Nachkommen als Könige von Sparta herrschten! Du machtest dir in Sparta viele Feinde und man begann dich dort zu hassen. Als es dir dort zu gefährlich wurde, eiltest du zum persischen Satrapen Tissaphernes, [29]umschmeicheltest diesen und er ließ sich von dir betören ...

Es stimmte, du warst ein hervorragender Stratege ..., aber es standen immer nur deine persönlichen Interessen und dein Machthunger im Vordergrund. Du wechseltest deine Zugehörigkeit wie ein Chamäleon. Aus deinen vielen geschlagenen Schlachten gingst du stets als Sieger hervor und trotz deiner Unberechenbarkeit hattest du deine Bewunderer ... Sogar für Athen wurden von dir einige abgefallene Inseln zurückerobert.

Dein Leben war sehr bewegt, ständig auf Feldzügen oder auf einer Triere. Der Geschichtsschreiber Thukydides berichtete über dich und versuchte, Klarheit zu schaffen. Er schrieb über dich: [30]„... er gab sich kostspieligeren Leidenschaften hin als er sich leisten konnte und dies führte in nicht geringem Maße zum Untergang Athens ...“

Eines Tages packte dich die Sehnsucht, deine Heimat Athen wiederzusehen. Mit reicher Kriegsbeute kehrtest du heim. Dein Admiralsschiff mit einem purpurroten Segel geschmückt, ein berühmter Flötenspieler blies das Ruderlied, der tragische Schauspieler Kallipedes schlug den Takt dazu, alle in langwallende Gewänder gehüllt wie bei heiligen Festen ..., so sollst du im Piräus eingefahren sein, in Begleitung deiner Flotte. Diese pompöse Heimkehr würde sehr gut zu dir passen, aber anderen Berichten zufolge war deine Rückkehr eher bescheiden und du hattest nicht den Mut sofort athenischen Boden zu betreten. Aber man nahm dich herzlich auf. Zu viel hatte deine Heimat in dem bereits so lange tobenden Krieg gelitten und man erwartete von dir Rettung, denn dein Ruf als Stratege war ungebrochen … Man verzieh dir alles und gab dir deine Besitzungen zurück, die bei deiner Verurteilung dir enteignet worden waren und man übertrug dir wieder den Oberbefehl.

Die Masse der Bürger war so geschwächt nach diesen schrecklichen Schicksalsschlägen der letzten Jahre, dass man dir alles zugestand. Mit einer Flotte von 100 Trieren fuhrst du los, um gegen Sparta, das vom persischen Großkönig unterstützt wurde, zu ziehen. Alle kriegerischen Auseinandersetzungen mit Sparta in den nächsten Jahren zeigten …, du warst der tüchtigste und kriegsgewaltigste Feldherr. Aber eines Tages verärgerte man dich und du zogst dich nach Phrygien zurück. Sparta erkämpfte inzwischen in Hellas die Vorherrschaft und die Katastrophe war unaufhaltsam. Der spartanische Feldherr Lysandros schaffte die Demokratie ab und setzte 30 gesinnungstreue Tyrannen ein. Athen hatte mit Ende des Krieges alles verloren, das Land war verwüstet und es gab keine Flotte mehr.

Im Jahre 404 erhielt der spartanische Feldherr Lysandros von Sparta den Befehl, dich zu ermorden. Sparta fürchtete dich noch immer und wahrscheinlich wollte König Agis Rache nehmen. Damals lebtest du mit der Hetäre Timandra in Phrygien. [31]Die von Lysandros ausgesandten Leute wagten nicht, in das Haus hineinzugehen – sie legten Feuer. Als du dies bemerktest, versuchtest du das Feuer mit Decken und Kleidern zu löschen, wickeltest dein Himation um den linken Arm und mit gezücktem Schwert stüztest du hinaus. Als die Barbaren dich so sahen, liefen sie vor Angst davon, denn keiner wagte es, den Kampf mit dir aufzunehmen. Aber aus der Ferne erschossen sie dich mit Speeren und Pfeilen. Timandra liebte dich. Sie bedeckte deinen Leichnam mit ihren Gewändern und bestattete dich liebevoll und glänzend. Sie hatte eine Tochter mit Namen Lais. Diese wurde die berühmteste Hetäre ihrer Zeit in Hellas.

Schönster Alkibiades! Du bist als hoch begabter Opportunist in die Geschichte eingegangen. Hättest du nicht in diesem Maße deinem persönlichen Drang nach Macht gehuldigt, du hättest deiner Heimat Athen zu noch größerem Ruhm verholfen und die Geschichte hätte einen anderen Verlauf genommen … Die herrliche Freiheit war verloren und eine sehr wechselvolle Geschichte mit vielen politischen Rückschlägen war die Folge. Aber der griechische Geist trat trotz allem seinen Siegeszug an. Das 4. Jahrhundert v. Chr. ist als das fruchtbarste und herrlichste in die Geschichte eingegangen …

Der Grieche Plutarch lebte im 2. Jahrhundert n. Chr. Er war ein sittenstrenger Mann und recherchierte sorgfältig über dich. Er trug alles zusammen, was zu seiner Zeit noch überliefert war. [32]Über dein Lebensende erzählt er noch eine andere Version. Du hättest ein Mädchen aus vornehmer Familie verführt, dessen Brüder nahmen Rache und legten nachts Feuer. Als du durch das Feuer heraussprangst, warteten sie bereits auf dich und ihren Pfeilen konntest du nicht mehr entkommen …

Abb. 9

Aristophanes

Sogenanntes „Aristophanes-Porträt", Doppelbüste mit
Menander, Bonn
Ein gesichtertes Aristophanes-Porträt gibt es bis heute nicht

Aristophanes

Herrlichster Aristophanes! Du warst der bedeutendste Komödiendichter der Antike, nein, du bist der König aller Komödiendichter der Weltliteratur! Mehr noch, nie zuvor, nie mehr in späteren Zeiten wurden so offen, so ehrlich und mit solcher Deutlichkeit die Schwächen der Menschen gezeigt. Deine Komödien sind das Spiegelbild dieser Welt – so scharf gezeichnet, dass es oft wehtut …

Dass dieses Wunder stattfinden konnte, du Herrlichster, war nur ein einziges Mal in der Menschheitsgeschichte möglich. Es war in der Zeit der attischen Demokratie, einer Demokratie in reinster Form, wie sie nur kurze Zeit erblühen konnte, und da sie so herrlich war, auch nicht zu lange blühen durfte … denn der giftgrüne Neid vollführte unausweichlich sein Werk.

Diese Demokratie währte nicht lange und die Zeit der großen Komödie fand mit dieser ihr Ende. Gewiss, herrlichster Aristophanes, nach dir gab es noch viele andere Komödienschreiber, deine Söhne schrieben ebenfalls Komödien, aber kein Einziger reichte an dich heran. Ihre Werke lebten nur kurze Zeit, dienten der Unterhaltung und dann gerieten sie in Vergessenheit. Später gab es noch einen Menander, den bedeutendsten Komödiendichter der mittleren Komödie – von ihm wurden im 20. Jahrhundert wieder entdeckt …, aber nur ein wenig blieb er der Nachwelt in Erinnerung. Noch später gab es auch eine römische Komödie, doch auch diese versank in der Vergessenheit. Vor dir gab es Kratilos, der als ein Wegbereiter einzuordnen ist.

Du aber warst der Größte aller Komödianten. Noch heute, nach 2500 Jahren, sind die elf noch erhaltenen Komödien so lebendig wie damals, als dein beißender Spott über das Dionysos-Theater in Athen unüberhörbar schallte … Heute noch hört man aus deinen Stücken das Lachen über die allzu menschlichen Schwächen. Wie scharf muss dein Blick gewesen sein! Nichts blieb dir verborgen. Dies machte nur die athenische Demokratie möglich. Durchsichtig wie Glas zeigen deine Komödien die Athener, nichts übersahen deine Augen, die sich wie bei allen Hellenen nach Schönheit sehnten und erkennen mussten, wie unvollkommen diese Welt für Menschen war, die nicht lernen konnten, mit der Wirklichkeit zu leben, diese anzunehmen und zu lernen diese auch richtig einzusetzen. Nein − man strebte nach den Sternen …

Der große Perikles sagte es lange voraus. Nicht umsonst war sein Blick immer ernst und besorgt. Sparta ertrug es nicht, wie Athen erstrahlte in noch nie gesehenem Glanze und neidete ihm seine Vormachtstellung zur See. Im Jahre 429 v. Chr. brach dann der unvermeidbare Krieg aus. Damals forderte Perikles die Landbevölkerung auf, Zuflucht innerhalb der Stadtmauern zu suchen. Die Menschen verließen ihre Dörfer und strömten in die Stadt. Alles war überfüllt, überall ließen sich die Menschen nieder: in den Tempeln, auf den öffentlichen Plätzen, in den Palaistren und Gymnasien. Athen war auf diese Menschenansammlung nicht vorbereitet und die Folge war der Ausbruch der Seuche, die auch Perikles hinraffte. [1]In der Zeit dieses schrecklichen Krieges hielten vor allem die jungen Männer zwischen 18 und 20 Jahren sowie die reiferen Jahrgänge von 55 bis 60 Jahren, insgesamt 16 000 Männer an den Mauerbrüstungen der Stadtmauer Wache, die eine Länge von 6 km hatte. Athen glich damals einer Festung.

In drei Etappen zerstörte der 30-jährige Krieg besonders Attika so vernichtend, dass jedes Mal nur mehr ein kleiner Funke dieses Lichtes glühte. Aber es war stets ein neues Wunder, immer wieder entflammte gerade in Athen die Leidenschaft trotz dieses entsetzlichen Krieges, sobald ein vorläufiger Friedensschluss erreicht worden war, wenn er auch nur für kurze Zeit Ruhe gönnte …

Der Hass auf Athen war so entsetzlich, dass man diese herrliche Stadt zerstören wollte – nur eine letzte Scheu verhinderte dies. Man schliff die Stadtmauern, deren Bau von Sparta schon immer verhindert werden wollte … Es war das Jahr 404 v. Chr., das Todesjahr der Blüte Athens.

In jener Zeit, herrlichster Aristophanes, lebtest du. Seit Ausbruch des Krieges wurden von dir die ersten Komödien geschrieben. Mit 19 Jahren bereits brachtest du dein erstes Stück mit Erfolg zur Aufführung. Die ersten drei Stücke wurden von dir der Überlieferung nach unter einem Pseudonym aufgeführt … aber trotz deiner Jugend war dein Scharfblick außerordentlich entwickelt. Mit Sicherheit war es der Krieg, der dich bereits in deiner Kindheit so empfindsam machte und deine Friedenssehnsucht weckte … Es war sicher der Mut deiner Jugend, eine gehörige Portion Unverfrorenheit und ein unbefangener Blick für das Leben, der deine Stücke so einmalig macht. Deine Dichtung ist ein schillerndes Feuerwerk an Einfällen, beißenden Witzen und Verhöhnungen. Ich bin sicher, du selbst, du Herrlichster, dachtest nicht daran, ein Kunstwerk zu schaffen, du wolltest unterhalten … Und dabei wurden von dir die herrlichsten aller Komödien geschaffen!

Du warst ein Anhänger der alten Ordnung und sehntest dich nach Frieden, du warst ein ganz großer Dichter. Deine Sprache ist die Sprache der Athener zu deiner Zeit und hier kommt dir deine herrliche Muttersprache zu Hilfe. Vieles, was in deiner Sprache so natürlich und selbstverständlich klingt, ist unübersetzbar, da heute die sprachlichen Mittel fehlen. Es gibt keine Übersetzung, die dem gerecht werden kann. Neben den schärfsten Direktheiten steht die herrlichste Lyrik von berückender Schönheit. Wie herrlich erklingt im Anapäst der Einzugschor der Wolken, dieser herrliche Hymnos an deine Heimat Athen:

„Wir, Regen bringende Jungfrauen
Innig flehend schweben herbei wir ins Land der Pallas,
Das Anmutsreiche, zu sehen die Heimat des Kekrops,
der tapferen Männer,
Der heiligen Verehrung und mystischen Weihen,
wo Das Heiligtum sich öffnet dem Schauenden und
in vollendeten Werken sich zeigt;
Dort, wo Gaben, Bilder und hoch ragende
Tempel die himmlischen Götter verherrlichen,
Heilige Festzüge der Seligen ziehen
und mit Blumen bekränzt,
bejubeln die Opfer für Götter bei festlichem Schmaus
Zu allen Zeiten des Jahres,
Und jetzt mit dem Frühling eile herbei
der Dank des Bakchos,
Und mit Eifer erklingt bei Gesang und Tanz
Musik und der schmetternde Klang der Flöten."
(Die Wolken , V. 299–313)

Es sind die krassesten Gegensätze, die, im Nachhinein gesehen, nur in jener Zeit so zum Ausdruck gebracht werden konnten. Es war die athenische Demokratie, eine Atmosphäre von geistiger Freiheit, wie sie in dieser Form später nie mehr möglich war! Auch heute, im 21. Jahrhundert, leben wir in einer Demokratie, aber wie anders ist diese! Es gibt zwar „Pressefreiheit" und „freie Meinungsäußerung", aber …

Du kennst ihn natürlich nicht, es war ein gewisser Freiherr von Knigge – dieser Mann schrieb ein Buch über „richtiges Benehmen". Darin heißt es unter anderem: „In guter Gesellschaft spricht man nicht über Malerei, Philosophie und Politik." Jawohl, herrlichster Aristophanes, die Dinge, die wie Mühlsteine auf unserer Brust liegen, die müssen verborgen bleiben! Heute pflegt man in guter Gesellschaft einen „Small Talk". Das verstehst du nicht, das ist Englisch und bedeutet so viel wie „kleines Reden". Auf liebenswerte Art plaudert man über unbedeutende Dinge und bringt Unbedeutendes zum Ausdruck … Ja, das ist gefragt! Wer diese Kunst beherrscht, sichert sich die Akzeptanz der Gesellschaft und wehe, nur einmal entgleitet ein falsches Wort! Die Medien unserer Zeit sind erbarmungslos.

40 Komödien wurden von dir geschrieben, aber wie schon gesagt, nur elf blieben erhalten. Zu deinem liebsten Opfer zählte der Parteiführer Kleon. [2]Wie sehr verhasst war dir dieser Mann! Ein Gerbereibesitzer, der sich einer äußerst groben und derben Sprache bediente … laut schreiend und wild herum gestikulierend, schlampig gekleidet und halb nackt wie ein Ringer, so bestieg er den Rednerstein, die Bema. Mit diesem Mann begann der Verfall der Sitten im öffentlichen Leben. Aber dieser Kleon hatte seine Parteifreunde, die ihn unterstützten.

Seine besondere Spezialität war, wohlhabende Athener Bürger unter einem Vorwand vor Gericht zu bringen, um sich ihr Vermögen anzueignen. So war es nicht verwunderlich, dass der Porträteur sich fürchtete, die Porträtmaske des Kleon anzufertigen. So spieltest du die Rolle des Kleon[3] selbst, mit rot geschminktem Gesicht, wie überliefert ist. Kleon wurde von dir nämlich in der Komödie „Die Ritter" (mit der du den 1. Preis bei den Lenaien im Jahre 424 erzieltest) derart verspottet, dass er gegen dich Klage erhob. Aber angeblich erreichte er mit der Klage nicht sein Ziel und ließ dich daraufhin von der [4]Theater-Polizei verprügeln. Du hattest wirklich Mut … Das Durchprügeln hatte aber nur zur Folge, dass dieser Kleon von dir in den „Wolken", worin du dich auch über den bedauernswerten Sokrates lustig machtest, ein Jahr später neuerlich verspottet wurde. So geschehen im Jahre 423 v. Chr.

Wie jeder Hellene sehntest du dich nach Schönheit. Nur so ist dein unbarmherziger Spott mit der menschlichen Unvollkommenheit zu verstehen. Alle werden verspottet. Stadtbekannte Vielfraße und Wüstlinge, geldgierige Beamte – dein für alles Schöne geschärfter Blick lässt die menschlichen Schwächen noch stärker hervortreten.

Aber zwei Dinge lagen dir besonders am Herzen: die Sehnsucht nach Frieden und die Frauen – diese liebtest du. Wenn ich mich nicht täusche, wurde von dir die wunderschöne Hetäre Theodote verehrt? [5]Die Anmut ihrer Erscheinung betörte dich und weckte süßes Verlangen in deiner Brust … Du warbst um ihre Gunst und standest schmachtend vor ihrer Tür, wie so manch andere junge Männer. Du warst jung und ein erfolgreicher Komödienschreiber, aber trotz allem soll sie dem stadtbekannten und ungepflegten Sokrates, der immer ohne Sandalen herumlief, den Vorzug gegeben haben?

Es war die „Chronique skandaleuse" deiner Zeit. Wahrscheinlich sprach man darüber, denn [6]Xenophon findet es der Mühe wert, darüber zu schreiben. Sokrates' Geist betörte sie und er soll ihr mit seinen bescheidenen Mitteln sehr behilflich gewesen sein, er gab ihr wertvolle Ratschläge, die für sie nützlicher waren als teure Geschenke. Man erzählte sich, aus Rache hättest du die Komödie „Die Wolken" geschrieben, in der der bedauernswerte Sokrates verspottet wird, der für die Jugend nur das Beste wollte … Ich verzeihe dir, denn du brachtest die Gestalt des Sokrates so auf die Bühne, wie die Athener ihn damals sahen … Erst sein noch viel bedeutenderer Schüler Platon zeigte ihn als den großen Weisen …

Der spektakuläre Auftritt des Sokrates, wie er in einem Korb in der Luft hängt, als der verzweifelte Strepsiades, das soviel wie „der sich verzweifelt Windende" bedeutet, ihn um Hilfe ruft und bei ihm Unterricht nehmen will, da er mit den Schulden seines Sohnes Pheidippides nicht zurecht kommt und ihn mit [7]„Sokratidion" – „Sokratchen" – begrüßt, war für einen Weisen zwar nicht sehr schmeichelhaft, aber ich glaube, dieser Sokrates verzieh dir. Er war nämlich wirklich weise … Ganz von Schuld freisprechen kann man dich aber wirklich nicht. Du missbrauchtest den armen Sokratidion für deinen Spott gegen die zu deiner Zeit sehr erfolgreich auftretenden Sophisten, die als Lehrer mit ihren neuen Unterrichtsmethoden große Summen verdienten und uneingeschränkte Macht versprachen, wenn man die Möglichkeiten der Sprache richtig anwandte, d. h. das Oberste nach unten dreht und umgekehrt … „Der Mensch ist das Maß aller Dinge" – dieser Ausspruch wird den Sophisten zugeschrieben. Sokrates aber war kein Sophist: Obwohl er nicht an die Götter glaubte – er war tief gläubig!

Deine Verspottung soll zur späteren Anklage des Sokrates beigetragen haben, die aber erst 24 Jahre nach der Uraufführung der „Wolken" zustande kam und zu dessen Tod führte …

Dieser bedauernswerte Strepsiades hat nicht nur Sorgen mit seinem Sohn, eine andere große Veränderung bereitet ihm Probleme. Seit einiger Zeit entdecken die Ehefrauen ihr verändertes Selbstbewusstsein. Sie verändern ihre Bedürfnisse und erwarten Verständnis – von ihren Ehemännern natürlich. Diese Veränderungen nehmen ihren Anfang, als die schöne und kluge Aspasia aus Milet, wo bereits seit jeher eine verfeinerte Lebensart gepflegt wurde, nach Athen kommt. Der große Perikles liebt sie ehrlich und aufrichtig und an seiner Seite beginnt sie einen derartigen Einfluss auf die Frauen und auf das öffentliche Leben auszuüben, der nicht ohne Folgen bleiben konnte …

Im Athen deiner Zeit, verehrter Aristophanes, wurde nicht nur die Akropolis erbaut, schrieben nicht nur Sophokles und Euripides ihre Tragödien und du deine Komödien, sondern Athen war auch der Ort, wo das erste Mal in der Geschichte eine Emanzipation der Frauen stattfand. Dieser Begriff war damals natürlich unbekannt und wird erst seit den ersten großen Emanzipationsbewegungen unserer Zeit verwendet. Zu deiner Zeit aber, verehrtester Aristophanes, führten nur die Hetären ein freies und unabhängiges Leben, das ihnen ihre Bewunderer und Verehrer mit ihrer Großzügigkeit ermöglichten. Du selbst schreibst in einer deiner Komödien, die aber verloren ist und von der nur mehr einige Verse überliefert sind, über die äußerst elegante Aufmachung der Frauen. [8]Auf dem Haupt trugen sie hohe Diademe und schmückten die Ohren mit langen Ohrringen. Der Chiton war nicht zusammengenäht, sondern wurde mit goldenen und silbernen Spangen über der Schulter gehalten und gewährte Einblicke. Diese Pracht galt natürlich nur für die Hetären. Die Ehefrauen hingegen lebten völlig zurückgezogen und nur eine ausreichende Mitgift ermöglichte ihnen einen gesicherten Lebensunterhalt. Angeblich gab es sogar ein Gesetz über die Bekleidungsvorschriften für Ehefrauen und Aufsichtsorgane, die für dessen Einhaltung sorgten. War eine Ehefrau zu aufwendig gekleidet, war eine Strafe von [8a]1000 Drachmen vorgesehen. Ob das Gesetz tatsächlich angewendet wurde, ist nicht überliefert.

Es durfte dich also nicht wundern, verehrter Aristophanes, dass die Ehefrauen sich verändern wollten, wenn sie sahen, wie diese Hetären bewundert und angebetet wurden. Der Glanz in den Augen der Männer sagte alles … Und sie versuchten an diesem Glanz teilzuhaben! Denn nicht grundlos war die schöne Aspasia so erfolgreich und machte sich die Ehemänner mit ihrem Einfluss auf deren Ehefrauen zu Feinden. Den aufsehenerregenden Prozess gegen sie über den bereits berichtet wurde und in dem man ihr vorwarf, sie führe ehrbare Ehefrauen dem Perikles zu seinem Vergnügen zu, geriet niemals in Vergessenheit … Es war ein großer Sieg, mit welchem der Frau das Recht auf Bildung zugestanden wurde, ohne ihre weibliche Erscheinung verbergen zu müssen, in einer androgynen Verkleidung. [9]Perikles selbst verteidigte sie unter Tränen und Aspasia wurde von jeder Schuld freigesprochen.

Der schlichte dorische Chiton genügte nun den Ehefrauen nicht mehr, sie bevorzugten jetzt durchschimmernde Gewänder, natürlich nur im privaten Bereich, einen elegant bestickten Peplos, aufwendige Lockenfrisuren und sie trugen einen an einem Gürtel hängenden Spiegel bei sich, um ihr Aussehen ständig unter Kontrolle zu haben …

Dieser bedauernswerte Strepsiades kann also mit dem erwachenden Sebstbewusstsein der Frauen nicht leben. Bitter beklagt er sich …:

„Welch einfaches und frohes Leben hatte ich früher,
Schmutzig und ungepflegt lag ich dort,
Auf Moos bei Schafen und Bienen
und ausgepressten Olivenresten.
Dann aber heiratete ich die Nichte des Megakles,
Sohn des Megakles,
Ich vom Lande, sie aus der Stadt,
Vornehm, verwöhnt,
herausgeputzt wie die Königin Kroisyra,
Diese heiratete ich also und ich legte mich zu ihr, ich
Überall stinkend nach Weidengeflecht und schmutziger Wolle,
Sie hingegen voll Salböl, Safran, Zungenküsschen,
Leckereien, erfüllt von den Weihen der
Aphrodite-Feiern bei
der Genetyllides in Kolias.
Einerseits gefällt es mir gar nicht,
wie unkultiviert ich bin,
Aber andererseits möchte ich ihr meinen
Umhang zeigen und sagen – sieh her Weib …
und verschwinde."
(Die Wolken V. 43–V. 55)

Herrlichster Aristophanes – warum soll man nicht darüber sprechen? Zu deiner Zeit gab es auf dem Vorgebirge Kolias, nicht weit von Athen gelegen, ein Heiligtum der Zeugungsgöttin Genetyllides, wo auch der Liebesgöttin Aphrodite geopfert wurde; dorthin zogen die Frauen und erbaten die Huld der Göttin, erflehten ihre Großzügigkeit um all die Gaben, die die süßen Gefühle weckten mit all ihrer Fülle an Schönheit und voll Leben. Wenn es um die Dinge geht, die meistens des nachts zwischen Mann und Frau sich ereignen, dann sprichst du von den „Heiligen Weihen" – Herrlichster Aristophanes, zu deiner Zeit waren die süßen Gaben der Aphrodite ein Geschenk der Götter … Also zogen die Frauen voll Hoffnung zu diesen heiligen Stätten, wie z. B. in Kolias, um dort die Göttin gnädig zu stimmen, damit diese ihre Gaben verschwenderisch verteilen möge … Dies aber war zu deiner Zeit, im antiken Hellas.

Deine berühmteste Komödie ist wahrscheinlich deine „Lysistrate", die „Heeresauflöserin". Mit der Waffe der Komödie kämpftest du für den Frieden. Die Frauen entkommen nicht ganz deinem Spott, aber dieser ist nicht so skrupellos wie deine Hiebe auf die Männer mit ihren Schwächen und ihrer Hilfslosigkeit, wenn Frauen mit weiblichen Mitteln den Krieg erklären …

[10]Das höchste Amt, das eine Frau im Athen deiner Zeit erreichen konnte, war das Amt der „Obersten Priesterin", die für die vielen rituellen Aufgaben, die der Kult auf der Akropolis verlangte, verantwortlich war. Unter ihrer Aufsicht stand nicht nur die Verwaltung des weiblichen Personals, sondern vor allem auch die Bewachung des Staatsschatzes, der im Parthenon in einem kleinen Raum hinter der Kultstatue der Athene aufbewahrt wurde. Der Parthenon war also für Athen das Symbol des idealen athenischen Haushaltes und wurde daher von einer Priesterin und ihrem Personal verwaltet. Zu deiner Zeit, du herrlichster Aristophanes, war eine „Lysimache", d. h. „Schlachtenauflöserin", die oberste Priesterin. Sie übte ihr Amt 64 Jahre lang aus und war zu deiner Zeit bereits eine Greisin.

Die mutige Lysistrate wählt also die Akropolis sehr bewusst als den Ort, wo der Kampf ausgetragen werden sollte. Sie begibt sich mit dieser Entscheidung nicht nur in den Schutz der Priesterin, dort wird auch der Staatsschatz aufbewahrt ... Lysistrate verschanzt sich mit ihren verbündeten Frauen also auf der Akropolis und erklärt den Männern den Krieg. Mit allen Eiden schwören sie, sich so lange von diesen fernzuhalten, bis sie bereit wären, zu Hause zu bleiben, um die Freuden des Friedens zu genießen ... Aber wie sehr der bedauernswerte Kinesias, der Ehemann der Myrrhine, einer Mitstreiterin der Lysistrate, leiden muss, da seine Frau bereits eine Woche auf der Akropolis gemeinsam mit Lysistrate und den anderen Ehefrauen sich verbarrikadiert und den Männern den Krieg erklärt, erregt tiefstes Mitgefühl mit dem Armen. Niemand würde es heute wagen, so erbarmungslos die Qualen eines verlassenen Mannes zu zeigen!

Triebst du deinen Spott nicht doch zu weit? Ich glaube nicht; nur darf die Wahrheit mit dieser Direktheit heute nicht mehr zum Ausdruck gebracht werden. Heute würden dazu auch die Worte fehlen. Lysistrate ist eine kluge und tapfere Frau. Sie ruft die Ehefrauen in Hellas zum gemeinsamen Kampf gegen den Krieg auf. Sogar die Spartanerinnen mit ihrer Anführerin Lampido erklären sich zum gemeinsamen Kampf bereit. Die mutige [11]Lampido wird von dir wegen ihrer betont kriegerischen Erscheinung sogar verspottet – mit intensiver Beckenbodengymnastik kräftigte sie ihren Körper, um im Kampf zu bestehen! Das schöne in dieser Komödie ist, die Frauen siegen. Man benötigt einander. Die Männer können ohne die Frauen nicht leben und die Frauen sehnen sich nach den Männern – wie schön!

Im Jahre 421 v. Chr. wurde deine Komödie „Der Frieden", auf Griechisch „Eirene", mit dem 2. Preis bei den Dionysien ausgezeichnet.

Fast zehn Jahre leidet Athen bereits unter diesem schrecklichen Krieg. Kaum zeigt sich ein zarter Hoffnungsschimmer auf Frieden, wurde dieser wieder zerstört. Möge der Frieden doch endlich zurückkehren! Ein verzweifelter Athener, Trygaios, reitet auf einem Riesenkäfer zu den Göttern – auf der Suche nach der Friedensgöttin.

Dieses Stück ist eine Hymne auf den Frieden. Auf deine unnachahmliche Art wird der Krieg lächerlich gemacht. [12]Als riesiger Mörser kommt er auf die Bühne, der alles zerstört. Deine Verspottung der Waffenhändler und Waffenproduzenten ist einzigartig. Die Athener liebten dich auf ihre Weise und du wurdest gefeiert, aber der Frieden ließ noch lange auf sich warten …

Zwei Jahrzehnte nach deiner „Lysistrate", es war das Jahr 392 v. Chr., wurde von dir die Komödie „Ekklesiazusai" – „Die Weibervolksversammlung" auf die Bühne gebracht. Hier geht es um die Gleichberechtigung der Frau! Diese ist wahrlich keine Erfindung des 20. Jahrhunderts! Trotz der unglaublichen Veränderungen deiner Zeit wurde die Ehefrau immer mehr verdrängt. Still und bescheiden lebte sie und erfüllte weiterhin ihre Pflichten. Die Männer hingegen hatten alle Rechte. Sie führten ein glänzendes Leben in der Öffentlichkeit. Nichts war ihnen verwehrt. Sie gingen ins Theater, machten ihre Geschäfte und stritten vor Gericht, übten ihren Körper in der Palaistra, hatten Affären mit den Hetären und unterstützten diese mit ungeheuren Summen. So konnte es nicht weitergehen … Du aber, herrlichster Aristophanes, liebtest die Frauen, du hattest Verständnis und das nötige Einfühlungsvermögen für diese armen Seelen, die rechtlos im Verborgenen leben mussten. Es ist eine bittere Wahrheit – gerade in der bedeutendsten Epoche von Hellas wurde die Frau immer mehr aus der Öffentlichkeit verdrängt! Die Hetären hingegen, vor allem die arrivierten, die wurden bewundert. Sie waren die Königinnen ihrer Zeit, sie sorgten für die geistige Inspiration. Ihre Gesellschaft war begehrt, denn dort fand der Hellene deiner Zeit alles, wonach sich seine nach Schönheit dürstende Seele sehnte – nicht nur den Anblick der Schönheit („Das schönste Wesen ist die Frau", dieser Ausspruch wird dem größten Redner von Hellas, dem großen Demosthenes zugeschrieben), sondern sie besaß in der Regel auch die Bildung, die den äußeren Reiz noch erhöhte … Alle bedeutenden Männer deiner Zeit, verehrtester Aristophanes, hatten ihre Affären mit diesen Frauen, du nicht ausgenommen. Denk nur an die schöne Theodote! Später heiratest du natürlich wie die meisten deiner Mitbürger und hattest Söhne, die ebenfalls Komödien schrieben. Diese Affären aber waren oft sehr leidenschaftliche Beziehungen und man sprach offen darüber.

In deiner „Weibervolksversammlung" schreiten die Ehefrauen zur Tat. Sie verkleiden sich als Männer, indem sie deren Mäntel anziehen und binden sich Bärte ins Gesicht. So maskiert gehen sie im Morgengrauen zur Pnyx und nehmen unerkannt an der Volksversammlung teil. Sie erringen die Mehrheit und damit auch die alleinige Macht. Sie führen sofort den totalen Kommunismus ein. Die Reichen und Armen werden verurteilt, ihren Besitz in einen Topf zu geben, um alles dann gleichmäßig zu verteilen. Die Reichen weigern sich natürlich. Die Ehe wird abgeschafft, alle Männer gehören allen Frauen. Die alten Frauen fordern Liebkosungen der jungen Männer – das klappt aber überhaupt nicht. Die jungen Männer ergreifen die Flucht vor den liebestollen Greisinnen beim Anblick ihrer runzeligen Gesichter … Herrlichster Aristophanes! Was dachtest du dir dabei? Einerseits für die Frauen die Partei zu ergreifen, aber andererseits werden sie von dir auf so unschöne Art verspottet! Deine „Weibervolksversammlung" wird in der Fachwelt nicht gerne erwähnt und als „Weiberstück" abgewertet. Dies war gewiss nicht deine Absicht …

Um den Voyeurismus unserer Tage zu befriedigen (gab es den nicht zu allen Zeiten?), du herrlichster aller Komödiendichter, wird hier der von dir so ungeliebte Kleon in deinem Stück „Die Wespen" kurz gezeigt, wie er nach einem Gastmahl nicht mehr nüchtern die Stufen zu seiner Wohnung hinaufsteigt. Er ist in Begleitung der Flötenbläserin, die er vom Gastmahl mitnahm. Zu ihr spricht er und zeigt dabei auf seinen hölzernen Phallos, der um seinen Körper festgebunden war; nun ja, hochgeschätzter Aristophanes … zu deiner Zeit fand man nichts dabei, denn wenn es die Szene erforderte, statteten sich die Schauspieler in der Komödie nämlich mit einem solchen aus …

„Komm nur herauf, mein süßes Grüngoldkäferchen;
Halte dich mit deiner Hand an diesem Stumpf nur fest.
Nicht loslassen! Aber Vorsicht,
denn morsch ist der Stumpf.
Vielleicht reibst du ein wenig dran,
das tut nicht weh.
Wie du siehst, habe ich dich geschickt weggeführt
Als die Gäste bereits Lust verspürten nach lesbischen Spielchen.
Sei dankbar dafür und erweise
meinem kleinen Freund hier einen Liebesdienst.
Aber du wirst dich weigern und

dich nicht darauf werfen, das weiß ich,
Sondern du wirst mich täuschen
und deswegen schrecklich verspotten.
Dabei machtest du dies schon bei so vielen anderen.
Aber wenn du kein böses Weibchen sein möchtest,
Kaufe ich dich frei, als Konkubine, mein Schweinchen,
sobald mein Sohn verstorben sein wird.
Sieh nur, ich bin nicht Herr über mein eigenes Geld,
Denn ich bin noch jung.
Und streng bewacht werde ich!
Deswegen behütet mich mein Söhnchen,
der gar mürrisch ist
Und auch sonst ist er ein Pfefferkornundkümmelspalter. "
(Wespen V. 1342–1357)

In dem Stück „Themophoriazusai", das am besten mit „Die Frauen beim Themophorienfest" zu übersetzen ist, wird dein großer Dichterkollege Euripides verspottet. Was tat er dir? Du warst doch nicht etwa ein wenig eifersüchtig? Die Frauen lagen ihm offensichtlich besonders am Herzen – ich denke nur an seine Medea. Nach dem grauenvollen Mord an ihren Kindern lässt er sie in einem [13]Drachenwagen durch die Lüfte zu ihrem Großvater Helios entweichen – ungestraft! Die Bedauernswerte wurde von ihrem Ehemann Jason verstoßen, da eine andere, jüngere Frau ihm nützlicher erschien … Aber dein besonderer Spott in deiner Komödie „Thesmophoriazusai" gilt dem Tragödiendichter Agathon. Er war ein schöner Mann, der für seine passive Homosexualität, wie man heute sagt, bekannt war … Du kennst diesen Ausdruck nicht und wie ich sehe, bin ich dir eine Erklärung schuldig.

Es fällt mir äußerst schwer, darüber überhaupt ein Wort zu verlieren; es war ein gewisser Karl Maria Kertbeny, in Wien geboren und von Beruf Buchhändler. Dieser Mann hatte, wie es schien, Probleme mit dem Eros. Näheres ist nicht bekannt. Er nahm den Namen Benkert an und rächte sich auf seine Art, denn er war der Erste, der diese Bezeichnung verwendete. Aus dem griechischen „homos" – „gleich" und dem lateinischen „Sexus" – „Geschlecht" schuf er in der Mitte des 19. Jahrhunderts diese unschöne Wortschöpfung, die von klassischen Gelehrten zutiefst bedauert wurde. Sie aber überdauerte sehr erfolgreich für Neigungen, wie sie für Agathon bekannt waren. Nur kurz möchte ich noch erwähnen – ob diese Bezeichnung wirklich segensreich wurde, ist schwerlich zu beurteilen; denn während der letzten Jahrzehnte zeigt sich vor allem bei jungen Männer häufig eine „Androphobie" – junge Männer scheuen sich heute oft, enge Freundschaften zu pflegen. Sie fürchten als „homosexuell" bezeichnet zu werden. Wie es scheint, verlernte man einen natürlichen und gesunden Umgang miteinander. Gewiss, Missbrauch gab es zu allen Zeiten, aber das ist etwas anderes … Der bedeutendste Dichter der deutschen Sprache, unser hoch verehrter Johann Wolfgang von Goethe, er starb vor 170 Jahren, besang noch das hohe Lied der Freundschaft und war von derartigen Strömungen unberührt. Er war übrigens einer deiner großen Bewunderer und schwärmte von dir – ich nehme an, in der Zwischenzeit ist er dir begegnet.

[14]Verkleidet als die stadtbekannte Hetäre Kyrinne bringst du Agathon also auf die Bühne. Auf einer Kline liegend lässt er sich auf die Bühne ziehen. Der sensible Agathon ist nicht so robust wie du, herrlichster Aristophanes! Denn deine selbstbewusste Natur leistete allen Angriffen dir gegenüber härtesten Widerstand. An Standhaftigkeit übertrafst du sogar die Politiker deiner Zeit, die niemals zu empfindsam sein durften. Aber

Agathon war zutiefst verletzt durch deinen Spott. Er ging zu seinem Freund Platon und dieser hatte mit ihm Mitgefühl, denn er schrieb das folgende Distichon:

[15] *„Agathon küssend, verspürte ich auf den Lippen seine Seele,*
Sie kam, und wollte eindringen vom Leid gequält."

Nun ja, für den heutigen Menschen sind diese Verse nicht ganz einfach zu verstehen, aber zu deiner Zeit glaubte man, dass die Seelen zweier Freunde und auch Liebender in den anderen übergehen würden. Aber vielleicht ist dieses Distichon an einen Schüler Platons gerichtet …

Herrlichster Aristophanes! Du kanntest keinen Respekt – sogar deine so berühmten Dichterkollegen Aischylos und Euripides messen sich in der Unterwelt. In deiner Komödie „Die Frösche" begibt sich Dionysos in den Hades, da es unter den Lebenden keine wortgewaltigen Tragödiendichter mehr gibt. Beide lebten zu deiner Zeit nicht mehr … Für den großen Aischylos war es eine heilige Pflicht, beim Publikum den Blick für das Sittliche und Hohe zu pflegen, bei den Kindern übernahm seiner Ansicht nach diese Aufgabe die Schule. Dein Aischylos sieht in seinen Tragödien auch eine erzieherische Aufgabe, die stets wahrgenommen werden muss. Aber du schonst ihn nicht, du bezeichnest ihn als „gewaltigen Donnerer"(V. 840) und „Wortbombastgebündelmaul" (V. 865) wegen seiner hehren Sprache. Seine Verse werden auf deine Art verändert:

„Grimmvoll zieht er die Brauen, schnellt balkenverklammerte
Worte brüllend herab, und bricht sie wie Bohlen vom Schiffskiel
schnaubend voll Gigantenwut."
(Die Frösche V. 849–V. 850, Übers. Donner)

Aischylos war noch tief religiös, sein Glaube an die Götter war noch nicht erschüttert. Du Herrlichster, ich habe Verständnis, dass du stets auf der Suche nach einem entsprechenden Stoff warst. Aber was tat dir dieser Aischylos? Seine erhabene Sprache gefiel dir ja doch? Du missbrauchtest ihn, obwohl er der Schöpfer der antiken Tragödie schlechthin ist – er hatte den dritten Schauspieler eingeführt, und damit war das Theater geschaffen, so wie wir es bis heute kennen. Natürlich, Aischylos war noch ein tief religiöser Mann und aus dieser Überzeugung heraus schöpfte er seine Kraft. Niemals hätte er seine Zeitgenossen so verspottet wie du.

Aischylos sah die Menschen auf einer erhöhten Ebene, Euripides brachte die Menschen auf die Bühne, wie sie waren: verarmte Könige in Lumpen, Invalide und ehebrecherische Frauen. Die [16]Mutter des Euripides soll eine Gemüsehändlerin gewesen sein. Er kannte also auch die harte Seite des Lebens und hatte Verständnis für die Frauen, für deren Sehnsüchte und die Einsamkeit der Frau, auch in einer Ehe – zumindest so, wie die Situation zu deiner Zeit für die Frau war. [17]Es gab Gerüchte, dass die Ehefrau des Euripides ihn mit seinem Diener Kephisophon betrogen habe. Dieser Kephisophon soll auch Euripides beim „Verseschmieden" unterstützt haben …

Euripides war Hellene durch und durch. Auch das allzu Menschliche, das in seinen Tragödien zur Sprache kommt, wird in eine Form gefasst, die alles noch veredelt, denn bei aller menschlichen Begrenztheit suchte auch er immer nur das Schöne. Und – er schrieb Unvergängliches …

So nebenbei – fast hätte ich es vergessen: Deine Frösche quaken nach Herzenslust immer dazwischen „Brekekekex koax koax" …

Dein schönstes Stück aber sind „Die Vögel". Sie kamen 414 v. Chr. zur Aufführung. Hier warst du bereits vorsichtiger. Die direkten Probleme werden nicht erwähnt, wie z. B. der Hermen-Frevel, der dem Alkibiades zur Last gelegt wurde, und die Sizilien-Expedition. Die Athener aber sind mit ihrer Stadt überhaupt nicht zufrieden. Zwei Athener, Peisthetairos „Der treue Gefährte" und Euelpides „Die gute Hoffnung" gehen fort aus Athen. Im Reich der Vögel gründen sie das „Wolkenkuckucksheim". Es handelt sich nicht um ein Märchen, nein, es ist die Sehnsucht nach einer besseren Welt, einer Welt ohne Streitigkeiten und ohne Neid und vor allem ohne Krieg. Dein beißender Spott hier, der in jeder Übersetzung nur eine Farce bleibt, schont niemanden, weder jene, die heranwachsende Knaben zu gewissen Spielchen zu verführen beabsichtigen, noch scheust du dich, den obersten der Götter, Zeus, der ständig auf der Suche nach Liebesabenteuern mit sterblichen Frauen durch die Lüfte eilt, mit seinen menschlichen Schwächen auf gleiche Stufe zu stellen …

Aber trotz allem – wie betörend klingt der Weckruf des Wiedehopfs an seine Gemahlin, die Nachtigall …:

„Auf, liebe Gefährtin, verscheuche den Schlaf,
Lass ertönen die Weisen geweihten Gesangs,
Mit denen du klagst aus göttlichem Mund
Um unseren Sohn Itys, den ewig beweinten.
Bewegen die Töne des heiligen Sangs
Die bebende Kehle, so steigt empor
Durch des Feigenbaums Blättergeflecht das Lied
Zum Throne des Zeus, wo der goldengelockte
Apollon ihm lauscht und zu deinem Gesang
In die elfenbeinerne Lyra greift:
Er führt die göttlichen Reigen.
Und von den Lippen der Götter erklingt,

Einstimmend zugleich,
Der Seligen himmlische Klage. "
(„Die Vögel" V. 209–222)
Seinen Gesang beendet er mit seinem Lockruf:

Torotorotorotorotix,
Kikkabau kikkabau,
Torotorotorolililix! …
(„Die Vögel" V. 260–262)

Deine Komödien sind ein sprühendes Feuerwerk an Einfällen mit einer Sprache im Prestissimo – das ist deine Einzigartigkeit, Unverwechselbarkeit und Einmaligkeit. Die boshafteste Bissigkeit neben größter Zärtlichkeit und schmerzlicher Sehnsucht – auch das bist du. Die Wahrheit ist, deine Komödien sind so, wie sie von dir geschrieben wurden, nicht übersetzbar. Bei den heutigen Übersetzungen wird daher zurechtgestutzt und retuschiert, aber trotz allem: Deine Stücke werden heute noch gespielt – in überarbeiteter Form natürlich, aber immerhin …

Der große Platon war auch dein Bewunderer – er dichtete …:

[18] *„Die Charitinnen suchten sich einen ewigen Tempel.*
Sie entdeckten dabei des Aristophanes Geist. "

Von dir wurde bis heute kein Portrait gefunden. In Bonn befindet sich zwar eine Doppelbüste mit deinem jüngeren Kollegen Menander, aber diese wird mit Sicherheit fälschlicherweise dir zugeschrieben. Sie zeigt dich nämlich mit Locken – du selbst aber beschreibst dich ja als „Kahlkopf" und sparst dabei nicht mit einer gehörigen Portion Eigenlob in deiner Komödie „Der Frieden" …

„Für den Kahlkopf dies, für den Kahlkopf das.
Von dem Backwerk hier; ihm schmälere nichts,
Dem gewichtigen Mann mit der glänzenden Stirn,
Dem erhabensten unter den Dichtern."
(Der Frieden V. 771–V. 774, Übers. Donner)

Bald nach deinem Tode verbot der Demos die Maske –
das bedeutete das Ende der „alten Komödie". Die Zeiten änderten sich und die Menschen lehnten es ab, im
Spiegel der Komödie sich wiedererkennen zu müssen,
denn das tut bekanntlich oft sehr weh …

Der Überlieferung nach war Sophokles ein sehr schöner Mann. Er wurde wahrscheinlich im Jahre 406/405 v. Chr. als Sohn des Waffenfabrikanten Sophillos geboren und zeigte bereits sehr früh seine musische Begabung. Er war ein hervorragender Lyraspieler und Sänger. Als junger Mann war er Vorsänger beim Siegespaian nach der Schlacht bei Salamis. Im Jahre 468 v. Chr. besiegte er Aischylos nach dessen Rückkehr aus Sizilien, der auch sein Lehrer im Stückeschreiben gewesen sein soll. Als Tragödiendichter führte er Bühnenmaschinen und den 3. Schauspieler ein. Den Chor vergrößerte er von 12 auf 15 Personen. 20 oder 24 Mal soll er im tragischen Agon gesiegt haben und nahm niemals den 3. Platz ein! Nach dem Tode seiner Frau Nikostrate lebte er mit der Hetäre Theoris. Sein Sohn Iophon aus seiner Ehe mit Nikostrate versuchte, seinen greisen Vater, der bereits das hohe Alter von 90 Jahren erreicht hatte, für unmündig erklären zu lassen. Sophokles las dem Gericht aus seiner Tragödie „Ödipus auf Kolonos" vor, an der er gerade schrieb und wurde freigesprochen. In seinem Todesjahr starb auch Euripides. Seine beiden Söhne Iophon und Ariston waren ebenfalls Tragödiendichter, reichten aber, wie es schien, nicht an den Vater heran. Ihr Werk ist verloren.

Sophokles übte mehrere kultische Tätigkeiten aus. Er führte den Asklepios-Kult in Athen ein und übte im Kriegsdienst das Amt eines Strategen aus. Er gehörte zum Freundeskreis des Perikles, der ihn sehr schätzte. Sophokles war hoch geehrt und bewundert und zählt wohl zu den bedeutendsten Persönlichkeiten der Geschichte überhaupt.

Nach dem Tod des Sophokles und des Euripides schrieb Aristophanes seine Komödie „Die Frösche". Der Theatergott Dionysos begibt sich in die Unterwelt mit der Absicht, die beiden verstorbenen Dichter Aischylos und Euripides an die Oberfläche zurückzuholen, da es keine guten Tragödiendichter mehr gibt.

Abb. 10

Sophokles, Rom, Vatikanische Museen

Im 4. Jahrhundert v. Chr. wurden Sophokles und vor allem Euripides weiterhin häufig gespielt. Der Begriff des „Klassischen" nahm damals bereits seinen Anfang. Das Wort selbst wurde aber erst in römischer Zeit gebräuchlich. In ganz Megale Hellas entstanden damals Theater. Das Publikum liebte diese Dichter und man las mit Begeisterung ihre Tragödien.

Bei dieser Statue handelt sich um eine römische Kopie. Das Original war eine überlebensgroße Bronzestatue und ist verloren. Sie stand mit großer Wahrscheinlichkeit beim Dionysos-Theater in Athen. Das „Strophion", eine schmale wulstförmige Haarbinde, ist der Hinweis auf den heroischen Status des Dichters. Sophokles zeigt sich als Mann in den besten Jahren mit dem Selbstbewusstsein seiner damaligen gesellschaftlichen und kulturellen Stellung.

Die Hetären

Obwohl es den Anschein haben mag, ausreichend über die Hetären gesprochen zu haben, ist es doch notwendig, diesen Frauen noch einige Aufmerksamkeit zu widmen.

Das meiste, was über Hetären überliefert wurde, ist nicht einheitlich. Vieles ist widersprechend, da in späteren Zeiten man bemüht war, die Erinnerung an diese Frauen auszulöschen. Vor allem die „mittlere Komödie", deren Inhalt sich größtenteils mit den Hetären beschäftigt, wurde nicht für wert gehalten, sie der Nachwelt zu erhalten. Doch gerade im 4. Jahrhundert v. Chr. war ihr Einfluss auf die Bildhauer und Maler von solcher Bedeutung, dass er nicht übersehen werden kann …

Die Zeit der bedeutenden Aspasia, in deren Person Schönheit und Bildung vereint waren und die unter dem Schutz des Perikles ihre Wirkung auf Athen ausübte, war in dieser Form Geschichte. Nach dem schrecklichen 30-jährigen Krieg wurde durch Sparta für kurze Zeit die Demokratie in Athen abgeschafft. Diese wurde aber im Jahre 403 v. Chr. wieder eingeführt. Die Hegemonie aber ging an Sparta. Vieles fand damit sein Ende. Der einzigartige Aristophanes schrieb noch einige Jahre seine Komödien. Er wurde nicht sehr alt und starb 386 v. Chr. Die Tragiker Sophokles und Euripides starben beide hochbetagt im Jahre 406 v. Chr. Eine würdige Fortsetzung war nicht mehr möglich, denn dazu fehlten die äußeren Voraussetzungen … Aber die Wahrheit ist, es war eine Höhe erreicht, die nicht gehalten werden konnte.

Der griechische Geist bewegte sich im 4. Jahrhundert in ruhigeren Bahnen. Die politische Führungsrolle war verloren. Aber das hinderte Athen nicht im Geringsten an seiner Vorrangstellung in der Kunst und den Wissenschaften festzuhalten … und am Hervorbringen dieses ungeheuren Reichtums an Schönheit in allen Bereichen, der gerade im 4. Jahrhundert so reich erblühte. Die Kraft dazu war ungebrochen. Unglaubliches wurde noch geschaffen. Es war das Jahrhundert der großen Denker und Rhetoriker sowie der Künstler – vor allem der bedeutendsten Maler und Bildhauer …

Wenn von der griechischen Antike die Rede ist, werden zwei Themen in der Regel beiseite gelassen, die Hetären und die griechische Nacktheit. Beides ist untrennbar miteinander verbunden. Die Nacktheit des Mannes hatte schon lange ihren Platz in der Kunst erobert. Durch die so stark ausgeprägte Körperkultur der Griechen, die bereits in der Frühzeit bei den agonalen Bewerben einen hohen Grad erreicht hatte, wurde das Bedürfnis nach der Schönheit des Körpers, darunter verstand man einen gesunden und ausgewogenen Körper, in immer zunehmenderem Maße geweckt. Das strahlende griechische Licht ließ schon damals in den Gymnasien und Palaistren die Konturen des Körpers schärfer sehen und verlangte nach Harmonie und immer vollendeteren Formen.

Die griechische Nacktheit ist in der gesamten Menschheitsgeschichte, so wie sie uns in der Kunst des antiken Hellas entgegentritt, einzigartig und einmalig. Im 7. und 6. Jahrhundert v. Chr. tritt sie uns in den bis zu 3 m hohen Kouroi-Statuen entgegen, die noch von orientalischen Einflüssen und der Überzeugung der Notwendigkeit einer physischen Überlegenheit stark

geprägt sind. Erst mit dem siegreichen Ende der Perserkriege und mit dem Errichten der attischen Demokratie fühlte sich die griechische Seele frei – man befreite
sich von allen Zwängen.

Bei den Nichtgriechen war der Anblick der Nacktheit, auch in der Antike, mit Schimpf und Schande verbunden. Nur der bekleidete Mensch, der mit seiner
Kleidung erst seinen Stellenwert vermittelte, wurde anerkannt. Platon erzählt im [1]5. Buch seiner Politeia, dass
zuerst die Kreter Nacktturnstätten errichtet hatten und
später die Spartaner. Der unbekleidete Körper konnte
bei den gymnastischen Übungen besser beobachtet
werden. Der Anblick der nackten Schönheit hatte
nichts mit Schande zu tun, da sie nützlich war.

Das ausgeprägte hellenische Selbstbewusstsein benötigte keine aufwendige Bekleidung. Beim Ringen
legten die Männer kurz vor der Zeit des Thukydides
den Lendenschurz ab. Von diesem Zeitpunkt an erfuhr
die griechische Bildhauerei diese einmalige Höhe. Die
Nacktheit hatte nichts mit Sünde zu tun, sie war natürlich und selbstbewusst. Der Athlet wurde unzählige
Male in all seiner männlichen Herrlichkeit dargestellt,
zur ewigen Erinnerung für die Nachwelt an den göttlichen Augenblick des Sieges. Aber noch schöner waren
die Göttergestalten – alterslos und ewig lebend.

Die Nacktheit war den Göttern vorbehalten und
dem vergöttlichten Athleten. Privatpersonen und Personen des öffentlichen Lebens wurden stets bekleidet
dargestellt … Der nackte weibliche Körper wurde erst
durch den Einfluss der Hetären entdeckt. Das neu ent-
deckte Selbstbewusstsein der Frau brachte auch hier
eine Veränderung. In der Malerei war es Apelles.

Diese griechische Nacktheit blieb in späteren Zeiten
eine heimliche Sehnsucht der Reichen und Mächtigen
in ihren Palästen, wenn sie sich in ihrer privaten Welt

von Zwängen frei fühlten … Sie verlor bereits in römischer Zeit und im Laufe von mehr als zwei Jahrtausenden ihre Unschuld. Eine veränderte Sichtweise und auch religiöse Einflüsse machten die Schönheit des Körpers und damit auch die damit verbundene tiefe Lebensfreude zur Sünde.

Lais

Wunderschöne Lais! Der Ruf deiner Schönheit verbreitete sich in Windeseile in ganz Hellas. Du warst die berühmteste Hetäre deiner Zeit. Es war deine Schönheit, deine unvergleichbare Schönheit …

Deine Mutter war doch die Hetäre [2]Timandra? Sie lebte mit dem berühmtesten Strategen seiner Zeit, Alkibiades, in Phrygien. Er war nicht nur wegen seines Wagemutes, seiner Tatkraft und Eigenliebe, die nach Ruhm drängte, berühmt, sondern auch wegen seiner Schönheit. Man erzählte, er sei in jeder Phase seines Lebens schön gewesen, auch als er älter wurde. Er hatte unzählige Liebesabenteuer, aber deine Mutter liebte er. Der spartanische Feldherr Lysandros ließ ihn eines Tages ermorden – ganz feige aus dem Hinterhalt. Sparta hatte nämlich Angst, so lange er lebe, könnte Athen noch einmal gefährlich werden. Er war doch nicht dein Vater? Dies wird von Plutarch erzählt, der sehr bemüht war, in seiner Biographie über Alkibiades nichts zu vergessen.

Aber es gibt noch eine andere Überlieferung betreffend deiner Herkunft. Oder handelt es sich hier um eine andere Lais? Zu deiner Zeit nahmen auch andere Hetären deinen Namen an, um das Interesse zu wecken … Deine Heimat soll Hykkara auf Sizilien gewesen sein. Während des 30-jährigen Krieges wurdest du auf die Peloponnes verschleppt und dort als Sklavin verkauft. Eines Tages sah dich der berühmte Maler [3]Apelles mit einem Wasserkrug auf dem Kopf zum Brunnen schreiten … Damals warst du noch ein Kind. Aber Apelles erkannte sofort im Kind die künftige Schönheit. Am selben Tag soll er dich zu einem Fest bei Freunden mitgenommen haben. Denn auch in jener Zeit waren zu Trinkgelagen ausschließlich Hetären geladen – Ehefrauen blieben zu Hause, so verlangte es die Sitte. Die Freunde wunderten sich, dass er von einem Kind und nicht von einer Hetäre begleitet wurde. „Regt euch nicht auf", soll er gesagt haben, „ich werde sie so gut anlernen, dass sie ihr Handwerk vollkommen verstehen wird, ehe noch drei Jahre vergehen." Ich bin sicher, er lehrte dich alles, was eine tüchtige Hetäre wissen musste, vor allem jene Dinge, die ein Mann an einer Frau liebte.

Apelles war ein berühmter Maler. Er war so berühmt wie später Raffael und Leonardo da Vinci. Er malte eines der berühmtesten Tafelbilder der griechischen Antike, [4]die „Aphrodite Anadyomene", die „auftauchende Aphrodite" – nackt, so wie die Liebesgöttin aus der aufschäumenden Meereswoge emporstieg und es damals gewesen sein mag, als Blut und Sperma des Uranos sich bei der Insel Zypern ins Meer ergossen … Apelles malte dich aus dem Meer aufsteigend und dein nasses Haar auswringend. Das Bild war auf der Insel Kos im Tempel des Asklepios zu bewundern. Der römische Kaiser Augustus soll das Bild den Koern um 100 Talente abgekauft haben. Er ließ es im Tempel des Julius Cäsar aufstellen. Da der untere Teil des Bildes in jener Zeit bereits zerstört war, entfernte es Nero und ersetzte es durch ein anderes …

Durch dich wurde Apelles inspiriert. Er trug mit dem Bild gewiss zu deinem Ruhm bei und ebnete dir damit den Weg zu deiner Berühmtheit. Es war das erste Mal, dass der weibliche Körper völlig entblößt dargestellt wurde. Athenaios hingegen berichtet, die berühmte Phryne soll das Modell für dieses Bild gewesen sein …

Die weibliche Nacktheit war ein Privileg der Liebesgöttin Aphrodite und der Göttinnen der Anmut, den drei Chariten, denn deren Schönheit war vollendet. Alle anderen weiblichen Gottheiten waren stets bekleidet, so wie Hera und Pallas Athene. Man denke nur an den Hymnos an Pallas Athene …, [5]den Kallimachos schrieb. Teiresias war noch ein Jüngling. Zufällig sah er die Göttin beim Baden in einem Fluß – sogleich erblindete er, denn der unbekleidete Anblick der Göttin wird niemandem zuteil. Als Ersatz verliehen im die Götter die Fähigkeit als Seher.

Die Ausgrabungen in Pompeji brachten eine Kopie dieses Bildes, das in der Antike zu den berühmtesten zählte, ans Tageslicht. Diese Kopie gibt natürlich nur eine vage Vorstellung von dem berühmten Original wieder. Aber auch der spätere italienische Maler Botticelli ließ sich von einer Beschreibung des Lucian zu seinem berühmten Bild „Die Geburt der Venus" inspirieren, das heute in den Uffizien in Florenz zu sehen ist. Wunderschöne Lais, du warst die Muse des Apelles, er formte dich nach seinen Vorstellungen und du wurdest berühmt – so berühmt wie keine andere Frau zu deiner Zeit. In die Geschichte ging [6]Apelles als der „unübertroffene Maler der Anmut" ein …

Welche Bedeutung die Malerei hatte, wird erst bewusst, wenn man bedenkt, dass die Malerei in Hellas in jener Zeit viel populärer und bekannter war als die Werke der Bildhauerei. Von deren Wirkung können die Beschreibungen der antiken Autoren nur mehr einen blassen Eindruck vermitteln. Durch Kriege und Katastrophen wurde diese Malerei zur Gänze zerstört …

Im 5. Jahrhundert v. Chr. wurden die Tempel und Wandelhallen mit herrlichen Fresken geschmückt. Das Bemalen der Privathäuser kam etwas später in Mode. Alkibiades war der Erste in Athen, der sich seine Wohnung mit Fresken verschönern ließ. Aber noch berühmter waren die Tafelbilder, die leicht transportiert werden konnten. Es wurden horrende Preise für einzelne Bilder bezahlt, wie sie für Skulpturen nie bezahlt wurden. So ganz nebenbei – die Malerei galt als aristokratische Kunst, die Bildhauerei hingegen hatte den Ruf der Schwerarbeit.

Wunderschöne Lais! Du lebtest in Korinth … Korinth war eine sehr reiche Handelsstadt. Dort befand sich das bedeutendste Aphrodite-Heiligtum von ganz Hellas. Besonders berühmt waren dort die Hetären, die dort lebten. Göttliche Verehrung wurde dir zuteil. Dein Ruf verbreitete sich bis weit nach Asien …, deine Gesellschaft soll sehr teuer gewesen sein und überdies warst du auch wählerisch … Der berühmteste Redner der Griechen,[7] Demosthenes, wollte unter allen Umständen in deiner Nähe sein. Man erzählte, als er nach Korinth gekommen war, hatte er dich aufgesucht und nach dem Preis für eine Nacht gefragt. 10 000 Drachmen waren von dir gefordert worden! Demosthenes, der nur auf den zehnten Teil vorbereitet gewesen war, soll gesagt haben: „Ich kaufe nicht so teuer die Schande und den Ärger, um etwas bereuen zu müssen!" – „Und ich verlange so viel, damit ich auch nichts zu bereuen habe", soll deine Antwort gewesen sein. Demosthenes ging zurück, so wie er gekommen war.

Die Männer waren bereit, unglaubliche Summen zu bezahlen. Zwei deiner ständigen Liebhaber waren doch die beiden Philosophen[8] Aristipp und Diogenes? Aristipp soll sehr großzügig gewesen sein und verwöhnte dich, aber trotz allem wurde von dir der schmutzige Diogenes bevorzugt? Als Aristipp gefragt wurde, ob er nicht eifersüchtig sei, soll er geantwortet haben: „Ich besitze Lais, aber Lais besitzt mich nicht." Als man ihm sagte, sie liebe ihn nicht, erwiderte er mit derselben Ruhe: „Ich denke auch nicht, dass mich Wein und Fische lieben, während ich sie mit großem Behagen verzehre." Nun, dieser Aristipp betonte zu sehr die Macht seines Geldes. Er gab dir sehr viel und du selbst fühltest dich verpflichtet, ihn für seine Großzügigkeit zu entschädigen …

Auch der berühmte Bildhauer[9] Myron bewunderte dich. Er wollte deine Schönheit unverhüllt in einer Statue der Liebesgöttin verewigen. Myron war bereits alt, hatte weiße Haare und einen grauen Bart, aber als er dich sah, fühlte er sich wieder jung. Nur für eine Nacht wollte er dir alles geben, seinen ganzen Besitz, aber er wurde von dir ausgelacht. Er ließ sich die Haare und den Bart färben, ließ sich schminken und parfümieren, kleidete sich prächtig, legte einen goldenen Gürtel an. Mit einer goldenen Kette um seinen Hals und Ringen an den Fingern ließ er sich zu dir führen und gestand dir seine Liebe. Natürlich erkanntest du ihn sofort wieder und machtest dich über seine Verkleidung lustig. Angeblich schicktest du ihn mit den Worten fort: „Du verlangst, was ich gestern deinem Vater verweigerte."

Noch andere unzählige Anekdoten gab es über dich, das meiste ging natürlich verloren. Ständig war ein Hofstaat um dich, ein Haufen von Anbetern und Schmarotzern. Man erzählte sich, ein ungeheures Vermögen hättest du zusammengescharrt. Aber trotzdem warst du großzügig. Tempel und öffentliche Bauten wurden von dir errichtet, Maler und Bildhauer wurden von dir unterstützt.

Deine Schönheit soll dir erhalten geblieben sein – bis ins hohe Alter. Aber Athenaios erzählt nach Epikrates ein eher trauriges Bild von deinem Alter …

Der große Platon schrieb ein Epigramm …:

[10] *„Höhnisch verlachte ich Hellas, ich, Lais, und hatte der Jungen Liebhaberschwarm vor der Tür: Jetzt übergebe ich der Kypris den Spiegel;*
ich möchte mein heutiges Bild nicht mehr schauen –
Denn so wie ich einst beschaffen war, werde ich mich niemals mehr sehen. "

Über deinen Tod gibt es unterschiedliche Überlieferungen. Einmal heißt es, an einer Olive seist du erstickt, einer anderen [11]Überlieferung zufolge hätten dich eifersüchtige Ehefrauen in Stücke gerissen. Zu guter Letzt wurde dir am Ufer des Passeios in Thessalien ein Denkmal errichtet mit der Inschrift:

[12] *„Griechenland, sonst unbezwinglich und fruchtbar an Helden, ist besiegt und in Knechtschaft geführt worden durch die göttliche Schönheit der Lais, der Tochter des Eros, gebildet in der Schule zu Korinth; sie ruht in den stolzen Gefilden Thessaliens. "*

[13]In Korinth soll es von dir ein Denkmal in Gestalt einer Löwin gegeben haben – eine Löwin, die ein Widder zu Boden wirft …

Wahrscheinlich gab es mehrere Hetären mit dem Namen Lais, die gleichzeitig lebten. Aber die Geschichtsschreiber und Volksüberlieferungen sammelten diese Geschichten und dies allein spricht für deinen Ruhm.

Phryne

Wunderschöne Phryne! Du lebtest etwa zur gleichen Zeit wie Lais. Ich nehme an, du kanntest sie. Bis ins Alter konntest du deine Schönheit bewahren – dies wurde erzählt. Man sah dich nur im Glanze deiner unvergleichlichen Schönheit, vielleicht wollte man dich nicht anders sehen …

Angeblich wurdest du in Thespiai in Böotien geboren, lebtest aber meistens in Athen. Dein Lebensstil soll sich von jenem der anderen Hetären sehr unterschieden haben … Du lebtest zurückgezogen, wurdest nie in der Öffentlichkeit gesehen, nur in den Werkstätten der Maler und Bildhauer konnte man dich antreffen; denn diese liebtest du. Sie waren diejenigen, die dich nackt sahen. Deine Formen waren vollendet und entsprachen dem klassischen Ideal. Die Züge und Linien deines Gesichtes hatten die Reinheit, das Ebenmaß und die Schönheit, die die Dichter einem göttlichen Antlitz verliehen. Die Bilder und Statuen, für die du das Modell warst, erregten Bewunderung in ganz Griechenland, wo die Schönheit des Körpers ein Kult war, der mit der Verehrung der Liebesgöttin eng verbunden war …

Nur bei den [14]eleusischen Mysterien, die jährlich stattfanden, zeigtest du dich nackt. Nichts, nur das lange schwarze Haar bedeckte dich und ließ deine helle Pfirsichhaut noch mehr erstrahlen … So schrittst du in die Wogen, um Poseidon die Huldigung darzubringen und schrittest wieder heraus, so wie Aphrodite bei ihrer Geburt. Nach diesem Augenblick des Triumphes hülltest du dich wieder in dein gewohntes Dunkel. Man bewunderte dich und die Zahl der Neugierigen wurde immer größer, die dich als Aphrodite sehen wollte …

Doch so viel Schönheit zog nicht nur Bewunderer, sondern auch Neider an – vor allem die Ehefrauen, die sich verletzt fühlten. Dein jährlicher Auftritt widersprach auch damals dem allgemeinen sittlichen Empfinden. Es soll ein gewissen [15]Euthias, ein abgewiesener Verehrer, gewesen sein, der dich anklagte, die heiligen Mysterien in Eleusis dadurch verletzt zu haben, dass du diese parodiert hättest und die Bürger des Landes durch deinen Auftritt von ihrer Diensterfüllung abhieltest. Der Redner Hypereides liebte dich damals und übernahm deine Verteidigung. Der Gerichtshof war schon im Begriff, dich zum Tode zu verurteilen –, da riss Hypereides dir den Schleier und den Chiton herab und rief das heilige Recht der Schönheit an, um dich als Priesterin der Aphrodite zu retten. Die Richter waren von deiner Schönheit überwältigt. Sie glaubten die Göttin selbst zu sehen und du wurdest freigesprochen. Es war ein Sieg der Schönheit über die Macht des Wortes …

Ob diese Geschichte stimmt, ist nicht mehr nachprüfbar … Aber man sprach in ganz Griechenland von dir und Hypereides.

Dieser Freispruch hatte zur Folge, dass die Angeklagten nicht mehr vor den Richtern erscheinen durften. Ebenso wurde den Verteidigern verboten, durch Jammern Mitleid zu erregen.

Ungeheure Reichtümer häuftest du an. Da du die Künstler liebtest, wurden sie von dir unterstützt. Auf deine Kosten wurden Denkmäler errichtet. Als Alexander der Große [16]Theben zerstörte, wurde von dir angeboten, diese Stadt auf deine Kosten wieder aufzubauen, unter einer Bedingung: Es müsse eine Gedenktafel angefertigt werden mit dem Wortlaut, „Theben von Alexander zerstört, von Phryne wieder aufgebaut". Die Thebaner lehnten ab …

Der große Bildhauer Praxitiles liebte dich. Als Andenken an seine Liebe schuf er die schönste und berühmteste Statue der Antike, die „Aphrodite von Knidos". Es war das erste Mal, dass die Liebesgöttin völlig nackt in einer Statue sich zeigte. Die Göttin ist im Begriff, ein rituelles Bad zu nehmen und ist bereits entkleidet. Praxitiles war der große Meister der zauberhaften Anmut, der süßen Schönheit und natürlichen Eleganz. Es gibt keine Starrheit mehr und alles ist seelenvoll durchglüht. So sah er dich und so gestaltete er seine Statuen und dieses berühmte Aphrodite-Standbild – es stand in einem Rundtempel auf der Insel Knidos …

Der große Platon muss diese Statue gekannt haben, denn er schrieb ein Epigramm …

[17] *„Als Kypris die Kypris in Knidos sah, sagte sie:*
Oh weh, wo sah mich Praxitiles nackt?

Weder Praxitiles schuf dich, noch das Eisen.
Sondern so stehst du hier, wie du selbst einst wolltest."

Pausanias berichtet, Praxitiles fertigte von dir noch andere Statuen. In [18]Thespiai in Böotien stand nach dir gebildet eine Aphrodite-Statue, neben dieser eine Statue von dir neben einem Eros – alles Werke des großen Praxitiles. Es ist keine Legende, mit der Liebesgöttin und dem Eros gemeinsam wurde dir göttliche Verehrung zuteil.

Die berühmteste Statue der Antike war die „Aphrodite von Knidos". Der große Platon sah sie und war entzückt. [19]400 Jahre später bewunderte sie Plinius der Ältere und schrieb: „Viele segelten nach Knidos, um die schönste Statue zu sehen, die nicht nur ein Werk des Praxitiles ist, sondern die schönste der ganzen Erde."

In der Antike wurden zahlreiche Kopien angefertigt, die dem berühmten Original mehr oder weniger nahekamen.

In Tralles in Kleinasien wurde im Jahre 1885 dieser Kopf gefunden, der wahrscheinlich im 2. Jahrhundert v. Chr. gefertigt worden war und Teil einer der vielen Kopien ist. Er unterscheidet sich von den vielen anderen Kopien durch seine Anmut und Feinheit und einem sehnsuchtsvollen „Sfumato", mit dem die Kopie vielleicht dem Original am Nächsten ist. Aphrodite ist die Göttin der Liebe und Schönheit, sie weckt die süßen Gefühle und ist selbst von Sehnsucht erfüllt. Man erzählte, ihre Augen richteten sich stets auf den Betrachter und folgten ihm …

Dieser Kopf wird heute als „Aphrodite Kaufmann" bezeichnet und befindet sich im Louvre.

Abb. 11

Wunderschöne Phryne! Über dein Ende ist nichts bekannt. Pausanias erzählt noch Freunde, Liebhaber und Landsleute hätten im [20]Artemis-Tempel in Ephesos eine goldene Statue aufgestellt. Auf dem Säulenschaft aus Marmor sei zu lesen gewesen:

„Die Statue ist das Werk des Praxitiles,
Phryne, der berühmten Thessalierin. "

Die Statue sei zwischen den Standbildern zweier Könige, Archinamos, König von Lakedaimon und Philipp, König von Makedonien, gestanden.

Einige antike Autoren berichten, sogar in [21]Delphi hätten deine Verehrer ein goldenes Standbild auf einer Säule errichten lassen, die ebenfalls von Praxitiles angefertigt worden sei. Auch dort wäre es zwischen dem Spartanerkönig Archidamos und Phillip, dem Vater Alexander des Großen, gestanden Auf dem Sockel sei zu lesen gewesen: „Phryne, die weithin berühmte Thespierin."

Es ist heute schwer vorstellbar, aber damals gehörte zum Marmor stets die Farbe, um den plastischen Eindruck noch zu erhöhen. Nicht nur Praxitiles, auch alle anderen Meister versahen ihre Werke mit einer natürlichen Tönung. Für Praxitiles nahm sein Freund, der berühmte Maler [21a]Nikias der Ältere, den Pinsel zur Hand. Die einzige noch erhaltene Statue des Praxitiles, die Hermes-Statue, die jetzt in Olympia steht, hatte rötliches Haar und Brauen, rötlich war der Mund, dunkel die Pupillen und honigfarben der Körper. Der Schmuck der reichen Sandalen, sowie des die Stütze verhüllenden Gewandes traten starkfarbig hervor.

Bei Homer sind die griechischen Götter bereits in aller Herrlichkeit vorhanden – aber sie erschienen zunächst nur. Götterstatuen gab es damals noch keine und es war ein weiter Weg, bis diese Sehnsucht endlich Gestalt annehmen konnte … Diese lichtdurchfluteten Gestalten von überirdischer Schönheit, wie sie uns im Leben nie begegnen, sind voll Würde und Erhabenheit und ihre Haltung ist niemals lasziv. Ihr Blick ist stets abgewendet, denn sie sind Teil einer anderen Welt.

Diese unglaublich große Zahl von Götterstatuen, die mit unermüdlichem Eifer in dieser Zeit geschaffen wurde, ist umso erstaunlicher, da man in jener Zeit nicht mehr an die Götter glaubte. Es war die Sehnsucht nach göttlicher Schönheit und man wollte nichts anderes, als an dieser teilhaben. Jeder Hellene war von dieser Sehnsucht erfüllt und so auch Perikles. Er war ein hochgebildeter und aufgeklärter Mann und frei von Aberglauben. Der Einfluss seines Lehrers Anaxagoras formte ihn. Ebenso Sokrates, Platon und Aristoteles … sie alle glaubten an keine Götter. Aber sie glaubten an das ewig Gute und Schöne, an eine große Weltordnung und waren tief gläubig. Nur diese tiefe Überzeugung machte es möglich, dass dieses Hellas in seiner ganzen Herrlichkeit entstehen konnte.

Die häufig angewendete Anklage wegen Asebie (Nichtglauben an die Götter) war oft nur ein Vorwand, um verhasste Personen zu entfernen. Nicht nur Anaxagoras und Sokrates traf dieses Schicksal und sie trugen es mit Würde …

Das klassische griechische Profil, das Stirn und Nase in einer fast geraden Linie mit nur einer ganz kleinen Unterbrechung zeigt, erscheint von erhabener Würde und wirkt durchgeistigt, wie es im Leben nicht vorkommt … Genauso ist der übrige Körper gestaltet. Es sind vollendete Proportionen und Formen, wie sie die Natur, die oft an ihre Grenzen stößt und diese nur mit größter Mühe und unzähligen Versuchen überwindet, wenn überhaupt, nur selten zulässt.

Dieser Torso befindet sich heute in Berlin und gehört zum Aphrodite-Kopf im Louvre, der sogenannten „Aphrodite Kaufmann" und soll eine der zahlreichen Kopien des berühmten Originals sein, das auf der Insel Knidos zu sehen war. Praxitiles zeigt die Göttin völlig nackt, um durch ein rituelles Band ihre Jungfräulichkeit wieder herzustellen.

Auch diese Kopie vermag nur mehr eine schwache Vorstellung von dem zu vermitteln, wie sie vom Betrachter in der Antike, in einem Rundtempel, die Cella mit korinthischen Säulen umgeben, auf der Insel Knidos, zu bewundern war.

Lukianos aus Samosata wird folgende Schilderung zugeschrieben. Er erzählt in seinen erotischen Gesprächen, als er mit Freunden das Heiligtum der Aphrodite besuchte:

21b *„... Aus dem Heiligtum wehten uns gleich aphrodisische Lüfte entgegen ... Wir traten in die Kapelle hinein. In der Mitte befindet sich das Bildnis der Göttin, ein herrliches Kunstwerk aus parischem Marmor, in überlegener Weise und mit sanft geöffneten Lippen leise lächelnd. Kein Gewand bedeckt sie; man sieht ihre ganze Schönheit, nur die eine Hand deckt verstohlen die Scham ... Freund Charildes lief auf die Statue zu und küsste sie mit feuchten Lippen. Kallikrates sagte aber nichts, er stand ruhig da und bewunderte stillschweigend die Statue."*

Es ist anzunehmen, dass Praxitiles auch hier den Maler Nikias den Älteren, der ebenfalls in Athen lebte und wirkte und den er sehr schätzte, beauftragte, diese Statue zu bemalen, um die höchstmögliche Natürlichkeit zu erzielen. In der griechischen

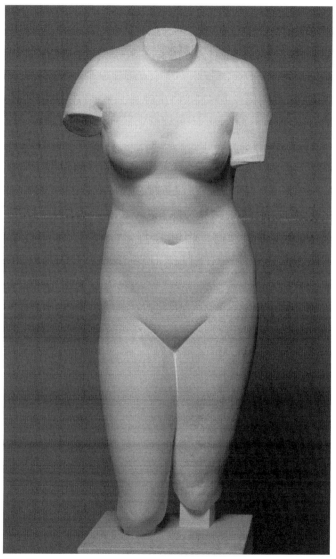

Abb. 12

Antike zeigten die Statuen sich nicht farblos, so wie unser Blick es gewohnt ist – nein, im Gegenteil, das strahlende Licht des Südens verlangte nach höchster Schönheit und Natürlichkeit und die bedeutendsten Maler vollendeten die Statuen mit ihrer Kunst. Der weiße Marmor schimmerte durch die Farben hindurch und ließ die Gestalten noch lebendiger erscheinen.

Der römische Kaiser Hadrian, ein großer Verehrer der Griechen, ließ in seiner Villa bei Tivoli eine Kopie des Tempels und der Statue errichten, so groß war seine Bewunderung ...

König Nikodemos I. wollte eine ungeheure Summe für die Statue bezahlen, um die Insel Knidos von den Staatsschulden zu erlösen. Die Knider lehnten ab ...

Später soll die Statue nach Konstantinopel gebracht worden sein, wo sie angeblich während der schrecklichen Siegeskrawalle im Jahre 532 n. Chr. verbrannte.

Der berühmte Bildhauer Polyklet war ein Zeitgenosse des großen Pheidias. Seine Schaffenszeit war die Hochklassik zwischen 450 und 420 v. Chr., also das Zeitalter des Perikles. Er verfasste als Erster eine [22]Schrift über die idealen Proportionen des menschlichen Körpers, den „Kanon". Das Werk selbst ist bis auf zwei Lehrsätze verloren. Aber diese Zeit der Hochklassik war eine äußerst fruchtbare Zeit und es wurden zahlreiche Lehrbücher geschrieben, über Architektur, Philosophie, auch Rhetoriklehrer schrieben und Ärzte.

Der Beruf des Bildhauers hatte den Ruf von Schwerarbeit. Im Staub seiner Werkstatt verbrachte der Bildhauer seine Tage. Er arbeitete nach lebenden Modellen und suchte nach den ausgewogendsten Maßen. Die ideale Nacktheit war auch immer eine Aussage über die inneren Qualitäten des Betreffenden, über seine „Arete".

Zur Zeit des Perikles begann die große Zeit der griechischen Bildhauer mit Pheidias. Neben Polyklet kamen noch viele andere, vor allem im 4. Jahrhundert, wie Myron, Alkamenes Lysippos, Praxitiles u. a. Sie zeichneten sich durch außergewöhnlichen Fleiß aus. Myron z. B. soll über 1500 Werke geschaffen haben. Diese große Zahl ist nur zu erklären mit der endlich erreichten Fähigkeit, all die bereits lange vorher geistig erschaute Schönheit Wirklichkeit werden zu lassen.

Hellas verlor mit Alexander dem Großen endgültig seine Unabhängigkeit und wurde eine makedonische Provinz. Der griechische Geist aber lebte weiter – so stark war seine Überlegenheit. Ohne sein Zutun drängte er sich von selbst auf. Die Römer waren von der griechischen Kunst überwältigt. Vieles wurde fortgetragen oder mit größtem Eifer kopiert. Diesen vielen Kopien, deren Qualität sehr unterschiedlich ist, verdanken wir das Wissen über das eine oder andere Meisterwerk.

Pausanias, der im 2. Jahrhundert n. Chr. lebte, erwähnt in seiner Beschreibung Griechenlands die zahlreichen Statuen, die noch überall zu sehen waren. Allein für Olympia beschreibt er über 240 einzelne Statuen. Götter, Athleten, ganze Figurengruppen werden erwähnt, Tierstatuen, Königsstandbilder … Dabei spricht er nur von den erwähnenswerten Skulpturen. Daneben gab es in Olympia unzählige Zeus-Statuen, teilweise von beachtlicher Größe und ca. 60 Altäre. Überall gab es ein Heiligtum, Schatzhäuser, Grotten und Denkmäler aller Art. Die Vorhallen der Tempel und die übrigen Hallen waren mit Anathemen angefüllt, überall standen und hingen Waffen, besonders Schilder. Neben der Tempelgottheit standen Nebengottheiten, Standbilder der Priester und Priesterinnen, der Heroen des Ortes, Throne, Klinen, Leuchter, Dreifüße und Andenken aller Art – und dies nicht nur in Olympia … Jede griechische Stadt war voll mit Statuen und Heiligtümern. Man denke nur an die Akropolis in Athen! Diese ist heute ein Trümmerfeld, aber damals gab es überall Weihegeschenke, Statuen berühmter Persönlichkeiten, sogar die Plastik einer Kuh, deren Schönheit bewundert wurde.

Abb. 13

Der „Doryphoros" – „Der Speerträger des Polyklet, Minnea-
polis, römische Kopie

Von dieser berühmten Statue wurden bis heute ca. 70 römische
Kopien gefunden, die in ihrer Darstellung nicht exakt einheit-
lich sind, da es sich nur um Kopien handelt, die häufig nach
Kopien hergestellt wurden. Diese Statue galt als ein nach dem
„Kanon" des Poliklet gefertigtes Lehrbeispiel.

Der „Kanon" des Polyklet war das erste Lehrbuch für Bildhau-
er über die Proportionen des menschlichen Körpers.

Es gab ein zweites Volk aus Erz und Stein. Aber mit dem Erstarken der neuen Religion im 4. Jahrhundert n. Chr., mit ihrer Leibfeindlichkeit und Weltabgewandtheit wurde all diese Schönheit nicht mehr verstanden – im Gegenteil, sie wurde zur Sünde und was nicht durch die Zeit verlorenging, wurde bewusst zerstört …

Wie durch ein Wunder blieb die [23]Hermes-Statue des Praxitiles fast unversehrt erhalten. Sie wurde im alten Hera-Tempel in Olympia im 19. Jahrhundert unter Trümmern geborgen. Sie ist das einzige Original eines griechischen Bildhauers aus dem 4. Jahrhundert v. Chr., das bis heute erhalten geblieben ist. Von den herrlichen Bronzeplastiken ist alles verloren. – Bronze wurde wegen ihres Wertes eingeschmolzen und wieder verwendet. Die einzige noch erhaltene Bronzeplastik jener Epoche ist die Pferde-Quadriga auf der Kirche San Marco in Venedig. Im 2. Jahrhundert v. Chr. soll sie ein Hippodrom in Alexandria geschmückt haben …

Phryne und Lais waren die berühmtesten Hetären ihrer Zeit, aber es gab noch andere. Vor allem Pythionike und Glykera waren Vertreterinnen ihres Standes, die für eine reiche Legendenbildung sorgten.

Pythionike hatte ein sehr bewegtes Leben. Nachdem sie es bis zur Königin in Babylon gebracht hatte, wurde sie bald vergiftet. [24]Es ist unglaublich, aber dieser Pythionike wurde von Harpalos, dem Schatzmeister Alexander des Großen, der sie sehr bewunderte, nicht nur in Babylon ein Denkmal errichtet haben, sondern auch an der heiligen Straße nach Eleusis. Dieses soll alle anderen Denkmäler überragt haben. Für beide Denkmäler soll Harpalos 200 Talente ausgegeben haben!

Ebenso führte [25]Glykera ein Leben, in dem es an Abwechslung nicht fehlte … Nach zahlreichen Liebschaften begegnete sie dem Komödiendichter Menander. Damals war sie nicht mehr jung, aber er liebte sie leidenschaftlich. Er schrieb sogar eine nach ihr benannte Komödie, die aber verloren ist. Sie wurde seine Muse. Es soll sein Wunsch gewesen sein, gemeinsam mit ihr zu sterben … Sie liebte aber auch den Dichter Philemon und wurde zeit ihres Lebens wie eine Königin verehrt.

Fast alle bedeutenden Griechen lebten mit Hetären. Sophokles lebte in seinem hohen Alter noch mit Theoria, Platon verehrte Archeanassa und Aristoteles lebte nach dem Tod seiner Frau mit Herpyllis. Epikur lebte mit einer Leontion, deren Tochter ebenfalls eine Hetäre wurde.

Die Hetäre [26]Kallixeina, sie soll sehr schön und gebildet gewesen sein, wurde von König Philipp von Makedonien und seiner Gemahlin Olympias für ihren Sohn Alexander erwählt, um diesen auf den rechten Weg zu führen … Die Athenerin [27]Thais, die von Alexander sehr bewundert wurde, begleitete ihn auf seinen Feldzügen. Sie soll es gewesen sein, die nach einer Orgie in Persepolis mit einer Fackel die Stadt in Brand gesetzt hatte. Später heiratete sie einen ägyptischen König …

Noch einiges gäbe es zu erzählen …

Abb. 14

Platon

Römische Kopie nach einem griechischen Original des Silanione,
das von einem Schüler Platons in seinem Todesjahr 347 v. Chr.
in der Akademie aufgestellt wurde.

Platon

Hochverehrter Platon! Darf ich dich mit deinem richtigen Namen [1]Aristokles anreden? Man kennt dich zwar nur unter dem Namen Platon, aber als junger Mann bereits gab man dir diesen Namen, angeblich wegen deiner breiten Stirn. Es redet sich einfacher so …

Nachdem ich versucht habe, mit einigen der bedeutendsten Griechen mich ein wenig über das eine oder andere zu unterhalten, bin ich etwas müde geworden … Ich muss dir gestehen, sie waren nicht mitteilsam, und um ehrlich zu sein hatte ich den Eindruck, dass sie von dieser Welt nichts mehr wissen wollten …

Es ist hier sicher nicht angebracht, deinen Ideengängen nachzugehen. Viele bezeichnen dich als den größten aller Philosophen, andere wieder stehen dir kritisch gegenüber, wenn sie in dieser realen Welt ihre Zufriedenheit finden können. Du führtest einen lebenslangen Kampf gegen die Sophisten, deren Ausspruch, „Der Mensch ist das Maß aller Dinge", fast jedem bekannt ist, deinen Grundsätzen aber in höchstem Maße widerspricht – du warst durch und durch Idealist und als solcher wurde von dir der Weg, den dein so verehrter Lehrer Sokrates wies, angenommen …

Die Kommentare zu deinem gewaltigen Werk füllen ganze Bibliotheken. Man war und ist bemüht, aus dem Blickwinkel der jeweiligen Epoche deine Worte zu sehen und ist tief beeindruckt – und oft auch ergriffen.

Du warst nicht nur einer der bedeutendsten Denker, du bist auch ein ganz großer Dichter. Deine Sprache ist von höchster Schönheit.

Deine Dialoge zählen zu den ganz großen Werken der Weltliteratur ... [1a]und dabei wäre es deiner Meinung nach am besten, nichts Schriftliches zu hinterlassen und das Höchste im Geist zu bewahren, denn dort ist nämlich der schönste Platz – denn deine Befürchtung, deine Lehren und Gedanken könnten missverstanden oder gar missbraucht werden, war nicht unbegründet. Nur um ein Beispiel zu nennen; heute spricht man mitunter von einer „Platonischen Liebe", aber wie unendlich weit ist diese von dir entfernt ... Mit der größten Selbstverständlichkeit führst du den Leser zu deinem beabsichtigten Ziel ... man spürt die heilige Weihe. Jeder, der je Gelegenheit hatte, mit deinem Werk in Berührung zu kommen, wird dankbar sein. Einer der größten Dichter der deutschen Sprache, es war Goethe, und auch er zählte zu deinen Bewunderern, soll gesagt haben: „Jeder sei auf seine Art ein Grieche, aber er sei's." Gewiss dachte er an dich, als er dies sagte. Und dabei waren die Griechen das zerstrittendste und unglücklichste aller Völker! Ihre ständige Suche nach der Wahrheit, der Ursache und einer Erklärung für alles und dazu ihre Empfindsamkeit, die sich ständig nach Schönheit sehnte, machte sie nicht glücklich ...

Ein Kommentator bezeichnete dich einmal als einen „ganz großen Erotiker". Er hatte recht. Nur eines ist dabei zu bedenken, der Eros hatte zu deiner Zeit und vor allem bei dir eine viel umfassendere Bedeutung ... Dein Eros zeigt sich zuerst im Anblick der Schönheit des menschlichen Körpers und in echter Menschlichkeit wurde er mit allen Fasern des Körpers und des Geistes empfunden und erlebt. Er war die nur dem Menschen mögliche Sehnsucht, durch Zeugung im Schönen weiterzuleben – vom körperlich Schönen zur seelischen Schönheit bis zur ewigen Schönheit des Wissens …

Als du im Jahre 427 v. Chr. in Athen geboren wurdest – deine [2]Mutter Periktione soll sogar mit Solon verwandt gewesen sein –, war bereits der schreckliche 30-jährige Krieg ausgebrochen.

Eine gütige Fee legte dir alles in die Wiege, was ein Mann benötigte, um es im Leben leichter zu haben … Aelian erzählt eine wunderschöne Anekdote: [3]Deine Mutter trug dich im Arm, während dein Vater Ariston beim Berg Hymettos, der südöstlich von Athen liegt, in Anwesenheit deiner Angehörigen den Musen oder auch den Nymphen opferte. Dort war ein buschiger Myrtenzweig. In den legte sie dich und während deines Schlafes benetzten Bienen mit Hymetten-Honig deine Lippen und umschwirrten dich. Als man dies sah, prophezeite man dir deine Beredsamkeit.

Du wurdest reich beschenkt, mit leiblicher Schönheit und hervorragenden Geistesgaben, und deine adelige Geburt ermöglichte dir eine deiner Zeit gemäße Erziehung und Bildung. Du warst ein schöner junger Mann, wohlerzogen und zurückhaltend, trotz deiner stattlichen Erscheinung. [4]Diogenes Laertes berichtet, beim Argivischen Ringmeister Ariston erhieltest du Unterricht in der Gymnastik und wegen deiner außergewöhnlich guten körperlichen Verfassung nannte er dich „Platon", denn zwei deiner Körperteile seien sehr breit gewesen – nämlich deine Stirn und Brust und dein Auftreten auf den Isthmos bei den Nemeischen Spielen als Ringer wird ebenfalls überliefert. Dies alles ist sehr glaubhaft, denn auch später wird von dir immer wieder in deinen Schriften auf die Notwendigkeit einer körperlichen Ertüchtigung so wie einer gesunden Lebensweise hingewiesen, die eine Voraussetzung ist für die Gesunderhaltung des Körpers bis ins Alter. Aber trotz deiner körperlich guten Verfassung warst du kein Freund des Krieges, wie es scheint: Angeblich sollst du bei Tanagra und Korinth gekämpft haben. Aelian hingegen berichtet Folgendes, so nebenbei, und kann es nicht so recht glauben: [5]Sokrates soll dich später auf der Agora beim Verkauf deiner Waffen aus Geldnot angetroffen haben? Für Sokrates war dies vielleicht erwähnenswert, da er ja selbst als Hoplit, also als Schwerbewaffneter, bei drei Schlachten mitgekämpft hatte. So hatte er auch an der Seite des jungen Alkibiades gekämpft. Als dieser verletzt worden war, hatte er ihn aus dem Kampfgeschehen in Sicherheit gebracht und so sein Leben gerettet.

Später erfülltest du als Aristokrat bei der athenischen Reiterei deine Pflicht die Heimat zu verteidigen, wie man erzählt. Aber diese wurde wegen ihrer nicht sehr effizienten Schlagkraft meistens nur für Erkundigungszwecke oder Nachrichtenübermittlung eingesetzt. Du sollst immer sehr ernst gewesen sein und auch später sah man dich niemals herzlich lachen. Stimmt das alles wirklich?

Dieser Sokrates begegnete dir doch sehr bald? Er muss eine wirklich faszinierende Persönlichkeit gewesen sein. Stets hatte er einen Schwarm von jungen Männern um sich. Vorhin wollte ich mich ein wenig mit ihm unterhalten, aber er stand so in Gedanken versunken da ... Als ich ihn so sah, wollte ich nicht stören. Er war wirklich eine seltsame Erscheinung, nicht sehr gepflegt und ohne Sandalen – aber trotz allem, er zog die jungen Leute magisch an und sie bewunderten ihn aufrichtig. Auch mit der berühmten Aspasia pflegte er regelmäßigen Umgang. Er verehrte sie. Angeblich gab sie ihm Unterricht in der Redekunst und ich bin sicher, auch du kanntest Aspasia in deiner Jugend. In deinem Dialog [6] „Menexenos", der zu deinen frühen Dialogen zählt, wird von dir eine Grabrede der Aspasia überliefert, die als mustergültig galt.

Hochverehrter Aristokles! Es gab immer wieder Kritiker, die versuchten, diese Rede der Aspasia als eine Fiktion einzuschätzen und dies wahrscheinlich nur aus dem Grund, da sie eine Frau war … Sie war eine sehr schöne und sehr gebildete Frau, eine Hetäre – und trotz der großen Bewunderung, die ihr zuteil wurde, wurde sie angegriffen. Die Skandalgeschichten, die erzählt wurden und der scheußliche Prozess, der gegen sie angestrebt wurde, darüber wurde ja reichlich berichtet. Aber es konnte ihr nichts nachgewiesen werden von allem, was man ihr vorwarf, sie wurde freigesprochen. Doch allein die Tatsache, dass dieser Prozess stattfand, spricht dafür, im damaligen Athen war eine Frau mit ihrer Bildung und solchem Einfluss unerwünscht. Der Samen war dennoch bereits gesät und seine Wirkung war bereits überall zu spüren …

Dein von dir so hochverehrter Lehrer Sokrates widmete also sein Leben der männlichen Athener Jugend. Er heiratete offensichtlich erst spät, denn seine Söhne waren zum Zeitpunkt seines Todes noch nicht erwachsen. Seine Frau war eine gewisse Xanthippe, also ein „blondes Pferd", die leider als Prototyp der zänkischen Frau in die Geschichte einging … Wie es scheint, gehörte sie zu jenen tragischen Frauengestalten, die keifend, vom Leben enttäuscht und verbittert, von den Göttinnen der Anmut vergessen ihr Dasein fristeten. Für die Aktivitäten ihres Ehemannes Sokrates hatte sie offensichtlich kein Verständnis. [7]Aelian erzählt, Alkibiades schickte eines Tages seinem Lehrer Sokrates einen wunderschönen großen Kuchen. Xanthippe war, wie es ihre Art war, so erbost darüber, dass sie diesen aus dem Korb warf und mit Füßen trat. Sokrates sagte angeblich nur: „Also gut, du möchtet keinen, weder von ihm noch von mir." Er liebte sie nicht, aber er achtete sie; denn sie schenkte ihm Söhne. Er kümmerte sich aber nicht besonders um seine häuslichen Angelegenheiten und auch nicht um seine Familie; Athenaios erzählt nämlich Ähnliches – [8]sie hätte ihm das Abwaschwasser über den Kopf geschüttet – und auch dein Schüler Xenophon erzählt nämlich in seinen „Erinnerungen an Sokrates", wie Lamprokles, der Sohn des Sokrates sich bei seinem Vater über die schroffe Art seiner Mutter beklagt; sie war offensichtlich äußerst unliebenswürdig und unangenehm … Dies mag vielleicht eine Übertreibung sein, spricht aber auch für das erwachende weibliche Selbstbewusstsein. Sokrates ignorierte sie einfach und sie reagierte mit ihren Mitteln … Aber mit Sicherheit kanntest du sie, denn in den letzten Stunden vor seinem Tod besuchte sie ihn mit den Söhnen – dies wird von dir erzählt …

Es wird dir ein Distichon zugeschrieben, das an eine Xanthippe gerichtet ist:

[9]*„Ich bin ein Apfel, mich wirft ein Verliebter zu dir.*
O Xanthippe,
Nicke mir zu. Denn ich und du, wir welken beide dahin."

Aber ich bin sicher, es muss sich hier um eine andere Xanthippe handeln.

Athenaios berichtet, Sokrates hätte dich nicht sehr beachtet? Dabei warst du doch derjenige, der seinem Lehrer ein Denkmal für die Ewigkeit schuf. Gewiss, sein Todesurteil, das er annahm mit der Begründung, den Gesetzen müsse man gehorchen, erschütterte dich zutiefst. Aber du warst derjenige, der den von ihm gewiesenen Weg fortsetzte und weiterentwickelte.

In deiner tiefen Verehrung für deinen Lehrer sprichst du in der Gestalt des Sokrates. In deinen frühen Dialogen fühlt man den Geist deines Lehrers …, aber in deinen großen und bedeutenden Dialogen hat man den Eindruck, dass es deine Bescheidenheit ist, hinter welcher du dich verbirgst; wie eine Maske verwendest du die Gestalt des Sokrates, die ein Schauspieler deiner Zeit trug, wenn er vor das Publikum trat … Verehrtester Aristokles, ich hoffe, du nimmst es mir nicht übel, aber ganz geglückt ist dir dies nicht, denn bei jedem Wort ist zu spüren – das bist du …, das kann dein Lehrer Sokrates nicht mehr sein.

Obwohl du selbst wegen Krankheit die letzten Stunden vor dem Tod deines geliebten Lehrers fern bleiben mußtest wie du selbst schreibst, lässt du einige seiner Schüler das letzte Beisammensein erzählen, wie er den Schierling trank – und wie alle ergriffen waren und weinten … [10]Männliche Tränen waren zu deiner Zeit kein Zeichen von Schwäche. Man zog den Mantel über den Kopf und ließ den Tränen seinen Lauf …

Man wollte Sokrates zur Flucht verhelfen, aber er lehnte ab. Sein Schüler [11]Kriton war am Tage vor seiner Hinrichtung bei ihm und versuchte ihn noch zu überreden, indem er ihn fragte, ob er nicht an seine unmündigen Söhne denke, die den Vater benötigten.

Sokrates verbrachte seine letzten Stunden im Kreis seiner Schüler und versuchte ihnen die Angst vor dem Tode zu nehmen … Der Tod sei ein traumloser, ewiger Schlaf und daher kein großes Unglück.

[12]Die Anklage, die Verurteilung und der Tod des Sokrates im Jahre 399 v. Chr., welcher, wie du selbst

schreibst, der gerechteste Mann gewesen ist, erschütterte dich zutiefst. Dazu kamen noch die politischen Katastrophen und der Verfall der Sitten im öffentlichen Leben in Athen. Kurz zuvor, im Jahre 404 v. Chr., wurde die Demokratie abgeschafft. Die Wirren der Herrschaft der 30 von Sparta eingesetzten Tyrannen machte es dir leicht Athen zu verlassen …

Nach einer 12-jährigen Reisetätigkeit, während derer du Gelegenheit hattest, mit den bedeutendsten Gelehrten deiner Zeit in Kontakt zu treten – deine Reisen sollen dich bis Ägypten geführt haben, denn vieles spricht in deiner Lehre dafür –, kauftest du im Jahre 388 v. Chr. beim Hain des Akademos ein Grundstück. Dort wurde von dir deine berühmte Akademie gegründet. Diese war nach attischem Recht ein Kultverein der Musen, des Apollon und vielleicht auch des Eros unter deiner Leitung, nämlich des Stifters, mit einem Musenheiligtum und einer Exedra. Dort lebtest du mit deinen Schülern, dort wurde studiert, geforscht und unterrichtet im Gespräch, so wie Sokrates es mit seinen Schülern gepflegt hatte …

Durch die schrecklichen Ereignisse in deiner Heimat Athen und so manch andere Enttäuschung hattest du erkannt – der Mensch ist nicht unbedingt von Geburt an gut. [13]Seine unstillbare Gier nach Besitz und sein Drang nach grenzenloser Macht, dem wohl schrecklichsten Ungeheuer, wodurch so unendlich viel Elend über die Menschheit gebracht wurde und daran änderte sich auch bis heute nicht viel – dem muss entgegen gewirkt werden. Die Erziehung ist daher von größter Bedeutung. So ist auch deine Entscheidung für deine Lehrtätigkeit zu verstehen. Du zählst zu den bedeutendsten Erziehern der Menschheit überhaupt. In deinem Hauptwerk „Der Staat" ist ein großer Teil diesem

Thema gewidmet. Der körperlichen Ertüchtigung gilt die gleiche Sorgfalt wie einer musischen Erziehung und der Bildung des Geistes. Kein Teil darf vernachlässigt werden – nur so wird die Seele zum Guten und Schönen hin geformt.

Besonders ergreifend ist für mich deine Forderung, der Frau die gleiche Erziehung wie dem Mann zuteil werden zu lassen … Nach einem ausführlichen Disput mit deinen Brüdern Adeimantos und Glaukos gelangte man gemeinsam zu der Erkenntnis: [14]„Wenn wir also den Frauen dieselben Aufgaben stellen wie den Männern, müssen wir sie auch genauso erziehen!" Und etwas später heißt es weiter: [15]„Es gibt also keinen öffentlichen Beruf, der nur für eine Frau oder für einen Mann geeignet wäre, sondern die Anlagen sind in beiden Geschlechtern gleich verteilt und die Frau hat, nach ihrer Anlage, an allen Berufen Anteil, ebenso der Mann, überall aber ist die Frau schwächer als der Mann … Dabei wird man den Frauen leichtere Aufgaben geben als den Männern wegen der Schwäche ihres Geschlechtes."

[16, 17]Sogar eine Kriegsausbildung für Frauen wird erwogen. Es ist wunderschön, wie auf die Schwäche ihres Geschlechtes Rücksicht zu nehmen ist; eine Frau ist ein Frau und sie soll es auch bleiben …

Hochverehrter Aristokles, deine Forderung war zu deiner Zeit ungeheuerlich! Du warst der Erste, der für eine Gleichberechtigung der Frau eintrat! Gewiss, zu deiner Zeit gab es bereits Anzeichen weiblicher Emanzipation …, man denke nur an die Hetären deiner Zeit, an die Komödien des Aristophanes und auch deiner Akademie gehörten Frauen an, die sich aber angeblich wie Männer kleideten, um keine Schwierigkeiten zu haben. Deine Forderung wurde jedoch nicht ernst genommen, sie wurde einfach übersehen. Sie benötigte 2400 Jahre, bis sie Wirklichkeit werden konnte. Die letzten Jahrzehnte sind geprägt vom Eintritt der Frau ins Erwerbsleben und man findet sie in fast allen Berufen. Natürlich weicht vieles von deiner Vorstellung ab, so wie der totale Kommunismus und so manch andere Utopie.

Die traurigen Zustände in Athen während deiner Jugend machten dich zum Gegner der Demokratie – und dabei war es gerade die Demokratie, also eine möglichst gleichmäßige Verteilung der Kräfte, in der dieser göttliche Drang nach Vollkommenheit, der in deiner Heimat so ausgeprägt war, sich frei entwickeln konnte. Aber du erkanntest richtig, der freie Bürger trägt Verantwortung und darf diese Freiheit niemals für persönliche Machtansprüche und persönliche Bereicherung missbrauchen! Doch gerade in deiner Jugend musstest du die Katastrophe des peloponnesischen Krieges mit all seinen zerstörerischen Begleiterscheinungen miterleben.

Dein Traum vom „Philosophenkönig" wurde höchstwahrscheinlich damals geboren. Nur der wahre Weise, der für seine Aufgabe erzogen und vorbereitet wurde und auch die notwendigen Charaktereigenschaften mitbringt, ist ein gerechter Staatsmann, der uneigennützig seine Pflicht erfüllt.

Du warst sicher kein weltabgewandter Weiser – oh nein! Als Grieche liebtest du die Schönheit und den Frauen gegenüber warst du verständnisvoll und tolerant, ein Bewunderer ihrer weiblichen Schönheit, die dich bezauberte – ich denke nur an dein Epigramm, als du die [18]Statue der Aphrodite von Knidos sahst, sie beeindruckte dich sehr. Man sprach zwar nicht offen darüber, aber man erzählte es, die [19]Hetäre Archeanassa hätte mit dir gelebt und du hättest ihr deine Liebe und

Verehrung entgegengebracht, obwohl sie nicht mehr jung war. Es wird dir ein Epigramm mit einer eindeutigen Aussage in dieser Hinsicht zugeschrieben …

Tatsache aber ist, deine Schüler standen dir nahe – du lebtest mit ihnen in deiner Akademie. Gemeinsame Mahlzeiten vertieften den Kontakt und du warst bemüht, ihnen alles mitzugeben. Angeblich ahmten sie sogar deine gebeugte Haltung und deine leise Art zu sprechen nach.

Hochverehrter Aristokles! Zu deiner Zeit gab es noch keine „Regenbogenpresse", die heute die Neugierde über persönliche Vorlieben und Neigungen prominenter Mitmenschen befriedigt, aber es gab offensichtlich eine ähnliche Einrichtung; denn die Mittelmäßigkeit so mancher menschlichen Natur blickt neidvoll auf alles Große und Schöne und ist unfähig, den Blick nach oben zu erheben. Im Gegenteil, sie versucht alles Erhabene in die Niederungen menschlichen Neides hinabzuziehen … So wie dieser Komödienschreiber Ephippos.

Er lebte im 4. Jahrhundert v. Chr. und vielleicht kanntest du ihn. Athenaios berichtet davon in seinem 10. Buch. Dieser [20]Ephippos spottete in seiner Komödie „Nauargos" über deine Art mit dem Geld umzugehen und deine außergewöhnliche Eleganz; aber auch der große Perikles soll sehr sparsam gewesen sein. Als dein bedeutendster [21]Schüler, Aristoteles, das erste Mal sich bei dir einfand, soll dir hingegen dessen auffällige und aufwendige Bekleidung und seine übermäßige Geschwätzigkeit überhaupt nicht gefallen haben. Ebenso sein eigenartiger Haarschnitt und die vielen Ringe an seinen Fingern.

Dies berichtet ein gewisser Aelian … Auch andere Autoren bestätigten dies. Aristoteles sei zwar von zierlicher Statur gewesen, habe aber großen Wert auf seine äußere Erscheinung gelegt. Die Mahlzeiten in deiner Akademie wären gut, aber bescheiden gewesen, wie ein Besucher feststellte und er fand es der Mühe wert, darüber zu berichten …

Ob das alles stimmt, hoch verehrter Aristokles, frage ich wirklich nicht, aber das Interesse an deiner Persönlichkeit war, wie es scheint, sehr groß.

Es gibt auch einige liebevolle Epigramme an einige deiner Schüler, wie an einen Alexis, einen Agathon und einen Aster. Diese sehr schönen und gefühlvollen Worte sind ein Zeugnis für deine enge Bindung an deine Schüler. Freundschaften unter Männern, wenn sie auf schöne Art gepflegt wurden, galten zu deiner Zeit als völlig normal, aber gerade diese Freundschaften durften niemals missbraucht werden für Handlungen, die als tiefste Demütigung für einen freien Griechen verstanden wurden – was natürlich nicht bedeutet, dass diese Dinge nicht vorkamen.

Der Redner Aischines war einige Jahre jünger und lebte zur Zeit des Aristoteles. Er überlieferte sogar den Wortlaut des Gesetzes, das er auf Solon zurück führt gegen alle Aktivitäten in Bezug auf derartige Handlungen. Mit aller Härte wird ein Mißbrauch bestraft, sogar die Todesstrafe ist vorgesehen … [22]Es ist seine Rede gegen Timarchos überliefert, dem das Schlimmste nachgewiesen wurde – er verkaufte sich sogar anderen Männer. Er wurde verurteilt; dies alles wurde bereits erwähnt …

Man denke doch nur an den bedauernswerten Tragödiendichter Agathon, der von Aristophanes so verspottet wurde. Er kam tief verletzt zu dir und du musstest ihn trösten. Oder war es dein Schüler Agathon, an den besagtes Distichon gerichtet ist? Du kanntest beide sicher sehr gut, denn jeder hält in deinem berühmten „Symposion" eine sehr schöne Rede auf den Eros – vor allem die [23]Rede des Aristophanes mit seinem herrlichen Mythos über die Liebessehnsucht ist von großer Schönheit. Aber heute im 21. Jahrhundert n. Chr., also 2500 Jahre später, ist in einigen Ländern sogar die Ehe zwischen zwei Männern und zwei Frauen legal … die Werte haben sich verändert.

Jetzt nur noch einige Worte über das, was heute als „Knabenliebe" bezeichnet wird. Hier sprichst du selbst:

[24]„Der Liebhaber liebe und küsse und streichle seinen Liebling wie seinen Sohn, um des Schönen willen, wenn er ihn dazu gewinnt. Sonst aber lebe er so mit dem, um den er sich bemüht, dass er niemals auch nur den Schein erwecke, als geschehe mehr dabei; ansonsten wird er den Vorwurf des Mangels an Bildung und Schönheitssinn auf sich laden."

Verehrter Aristokles! Es ist auch ein Problem der Übersetzung in die heutige Sprache – die heute üblichen Bezeichnungen „Liebhaber" und „Liebling" haben eine etwas andere Bedeutung.

Zu deiner Zeit und vor allem schon lange vorher, bei den Dorern, war aus den Bedürfnissen des Kriegslebens eine Zuwendung an den heranwachsenden Knaben erwachsen, die mit einer sittlichen Verpflichtung zwischen dem Älteren und dem Jüngeren verbunden war und den sinnlichen Genuss aber nicht ausschließt – nämlich die Freude am Anblick der Schönheit des Knaben. Die erzieherische Aufgabe des Älteren war eine Pflicht und in der Gefahr eine unauflösliche Gemeinsamkeit. Es war ein hohes Ideal, das vor 2500 Jahren seine Aufgabe erfüllte, aber später nicht mehr verstanden werden konnte und missbraucht wurde.

Du warst durch und durch Idealist. Dein Glaube an das Gute und Schöne war unerschütterlich. Vor allem deine Ideenlehre und die darin zum Ausdruck gebrachten Gedanken gehören zu den tiefsten der Menschheit, die je gedacht wurden. Es würde hier den Rahmen sprengen, darüber zu sprechen. Aber deine Zeitgenossen, die den Kampf mit der alltäglichen Realität wie zu allen Zeiten bestehen mussten, hatten für deine Sehnsüchte nicht immer Verständnis … Vor allem die Komödiendichter trieben ihren Spott, um das Publikum zu unterhalten. Athenaios hatte überhaupt ein Problem mit der Chronologie in deinen Dialogen – er dürfte etwas neidisch auf dich gewesen sein und man soll ihn auch nicht zu sehr verurteilen, wenn er das eine oder andere schreibt. Jedenfalls wurde von ihm eine Szene überliefert, in der man über Neuigkeiten in deiner Akademie spricht.

Der Komödiendichter Epikrates schreibt über die Definition eines Kürbisses:

[25]A.: „Was gibt's bei Platon?
Pseusippos, Menedemos?
Was machen sie denn?
Welche Probleme, welche Themen untersuchen sie?
Wenn du etwas davon weißt
So sprich darüber, bei Erde und Himmel!

B.: Ich bin recht gut im Bilde.
Die Schar der Schüler sah ich am
Panathenaienfest
Im Garten der Akademie,
Hörte ihre Rede, unsagbar, ohne Sinn,
Erklärungen über die Natur.
Die Rassen der Tiere teilten sie ein,
Die Arten der Bäume, der Gemüse Gattungen

Und dabei prüften sie auch den Kürbis,
Zu welcher Gattung er wohl gehört.

A.: Und das Ergebnis? Welcher Gattung
Zugehörig ist denn das Gewächs? Sprich doch, wenn du
es weißt!

B.: Nun, zunächst standen alle schweigend,
Beugten sich hinunter, überlegten
Ziemlich lange. Aber auf einmal,
Während die Burschen, noch tief gebeugt,
Ihre Gedanken ordneten,
Sagte einer: rundes Gemüse,
Der andere Gras, der dritte: ein Baum.
Als ein Arzt von der
Insel Sizilien dieses hörte
rief er laut: Ihr seid ja verrückt!

A.: Da wurden sie gar sehr zornig und schrien: Das ist
eine Frechheit!
Denn es schickt sich nicht, im Hörsaal sich auf diese Art
zu äußern!

B.: Den Schülern aber störte dies alles so gar nicht,
Platon stand daneben und sagte sanft
Und ohne Zorn: Versucht noch einmal
Von Anfang an zu definieren:
Welcher Gattung ist der Kürbis also?
Und sie begannen noch einmal die Definition."

Hochverehrter Aristokles! Als wahrer Weiser verzeihst
du – da bin ich ganz zuversichtlich.

Natürlich hattest du auch Kritiker. Diese behaupteten
nämlich, dein ganzes Leben hättest du an deinen Dialo-

gen herumgebessert. Warum auch nicht? Du wusstest um die Unvollkommenheit alles Menschlichen … Aber deine Schüler brachten dir tiefe Verehrung entgegen.

Als der bedeutende Römer Cicero im Jahre 79 n. Chr. mit seinen Begleitern deine Akademie besuchte, erfasste ihn eine weihevolle Stimmung, denn hier wurde geforscht, diskutiert und gelehrt. Hier lebtest du mit deinen Schülern und man speiste gemeinsam … und auch Frauen waren Mitglieder.

Über dem Eingang war von dir der Wahlspruch, „Kein Zutritt für Unkundige in Geometrie", angebracht worden.

Diogenes Laertes nennt 16 Schüler beim Namen und führt noch andere an. Dein bedeutendster Schüler aber war Aristoteles. Über 18 Jahre war er Mitglied der Akademie, aber eines Tages soll er sich mit dir überworfen haben und gründete ein eigenes Institut. Dort soll es die bedeutendste Bibliothek seiner Zeit gegeben haben.

Hochverehrter Aristokles! Der große Maler der italienischen Renaissance, Raffael, malte ein Bild, „Die Schule von Athen". Es befindet sich in den Stanzen des Vatikan. In der Mitte bist du zu sehen, mit Glatze – ich bin sicher, du hattest keine Glatze – und zeigst mit dem Finger zum Himmel. Dein ebenso bedeutender Schüler Aristoteles, mit dichtem Haar, steht neben dir und zeigt auf die Erde. Es ist ein sehr berühmtes Bild und Raffael zeigt damit: Du strebtest nach der Vollkommenheit, nach den ewigen Ideen, nach den Sternen, dein großer Schüler Aristoteles war das Gegenteil. Er setzte sich mit der realen Welt auseinander, denn in wahrhaft genialer Weise fasste er das gesamte Wissen seiner Zeit zusammen und hatte später durch seine

„Ethik" und „Metaphysik" über das Christentum seinen größten Einfluss auf das Mittelalter. Er ist die Ergänzung zu dir und er wird gerne als der „Erste Professor" bezeichnet … Er wurde zum Gründer der europäischen Wissenschaften. Sein Geist umfasste alle Wissensgebiete und er war ein genialer Organisator.

Dieses Gedicht schrieb er über dich in seiner tiefen Bewunderung für seinen Lehrer:

„Zum Lobe Platons:

[26]*Als er kam ins berühmte Athen, der Stadt der Nachkommen des Kekrops, errichtete er einen Altar als Zeichen inniger Freundschaft*
Für den Mann, den zu preisen das Gesetz auch nicht den Frevlern gestattet
Der als einziger oder als erster der Sterblichen deutlich gezeigt,
Wie Menschen durch vernünftige Rede zum Guten und Glücklichen sich bilden.
Niemandem wird jemals so Hohes zuteil."

Hochverehrter Aristokles! Sollte ich etwas erwähnt haben, das vielleicht nicht ganz der Wahrheit entspricht oder einfach zu viel gesagt haben, wie z. B. meine Bemerkung mit der Maske des Sokrates, so bitte ich um Nachsicht. Aber es ist gerade deine Bescheidenheit und deine tiefe Verehrung für deinen Lehrer! Erst in deinem letzten großen Werk, den „Gesetzen", spricht Sokrates nicht mehr. Im Laufe der Jahre wurdest du mit den Menschen nachsichtig … Die Porträtbüsten − leider gibt es nur einige beschädigte römische Kopien − zeigen dich mit ernstem Blick, der nicht der Sanftheit entbehrt. Und dabei wolltest du nur das Beste …

Demosthenes

Großer Demosthenes! Neidlos muss es anerkannt werden: Du warst der bedeutendste aller griechischen Redner – vielleicht ist noch ein Isokrates neben vielen anderen zu erwähnen – eines darf natürlich nicht vergessen werden, die Voraussetzung dafür, dass die Rhetorik eine derartige Höhe erreichen konnte, war die Demokratie. Dazu kommt noch die nicht und nicht enden wollende Streitlust und Redelust der Athener, ihre Freude am Klang der Sprache und das Verlangen nach einer sich ständig verfeinernden Rhetorik. Das Prozessieren schien die liebste Beschäftigung gewesen zu sein. Zu deiner Zeit, hochverehrter Demosthenes, sollen von 30 000 Bürgern 6000 bei den athenischen Gerichten beschäftigt gewesen sein! – Das athenische Gerichtswesen wurde ja vom bedeutendsten Komödiendichter der Antike, Aristophanes, in seiner Komödie „Die Wespen" auf das Härteste kritisiert …

Aber es sei wie es sei; trotz allem – du warst der größte und bedeutendste Rhetor! Dir gebührt der Kranz auf deiner Stirne, das Zeichen der Unberührbarkeit während der Rede, denn dein Kampf für die Unabhängigkeit Griechenlands war beispiellos und tapfer. Plutarch erzählt zwar einige Einzelheiten über deine Kindheit, mit sechs Jahren wurdest du [1]Waise und deine Vormünder vergeudeten dein Erbe? Dies sei für dich der Grund gewesen, dich für den Beruf eines Redners zu entscheiden, um dein Schicksal selbst in die Hand nehmen zu können … Daneben hättest du Probleme mit deiner schwächlichen Natur gehabt und einen [2]Sprachfehler, der aber mit eiserner Willenskraft von dir überwunden worden sei. Laufend und bergsteigend, mit Kieselsteinen in den Wangen, hättest du dieses Übel bekämpft und dabei lange Dichterstellen rezitiert – so übtest du deine Stimmgewalt? Vor einem großen Standspiegel hättest du deine Posen eingeübt, deine leidenschaftlichen Handbewegungen und dramatischen Körperdrehungen, und deren mögliche Wirkung auf die Zuhörer in Erwägung gezogen …

Mit einer Hand musste bei derartigen Aktionen das Himation gehalten werden, damit ein Verrutschen keine Blöße freigab – die Erscheinung des Rhetors forderte eine gewisse Würde, die gewahrt bleiben musste … Tatsache aber ist, die Athener liebten deine Art zu reden. Sie wurde aber von der aristokratischen Seite nicht sehr geschätzt, da in ihr das „Würdevolle", wie zur Zeit des Perikles üblich, nicht in dem Maße vorhanden war.

Nur eine leidenschaftliche Seele wie deine konnte mit solcher Hingabe kämpfen für das hohe Ziel der Freiheit … Warum soll man Plutarch nicht glauben? Du bist ein leuchtendes Vorbild für all jene, die mit Willensstärke auch angeborene Mängel erfolgreich überwinden …

Athenaios erzählt noch von deiner [3]Bewunderung für weibliche Schönheit – für eine Liebesnacht hättest du einen Jahresverdienst ausgegeben … Nun ja, das ist aber deine Privatangelegenheit und geht niemanden etwas an. Du siehst, man spricht mit vorgehaltener Hand auch über diese Dinge. In diesem Punkt hat sich bis ins 21. Jahrhundert nichts geändert …

Nur sorgfältig vorbereitet bist du auf den Rednerstein, die „Bema", gestiegen. Heute sieht man nur mehr den vorspringenden Fels auf der Pnyx, der als Rednerbühne diente. Deine Reden sind Kunstwerke – nichts wurde dem Zufall überlassen. Jeder noch so unwesentlich scheinende Partikel und jede Pause war auf Wirkung bedacht. Deine berühmtesten Reden sind die sogenannten „Phillipikai", die Reden gegen Phillip …

Das antike Makedonien befand sich auf dem südlichen Balkan, erstreckte sich von der Nordwestküste der Ägäis bis zum Olymp und war von Dorern besiedelt, blieb aber von der griechischen Politik unberührt. Erst nach 480 v. Chr. bemühten sich die makedonischen Könige um freundschaftliche Annäherung an Griechenland.

Erst Phillip II. strebte nach massiver Expansion. Er war von der griechischen Kriegsführung und der griechischen Kultur fasziniert. Er schuf das schlagkräftigste Heer seiner Zeit, die „makedonische Phalanx", eine aus acht Reihen und schachbrettartig angeordnete Formation von Kriegern, die mit einer 7 m langen „Sarissa", einem Speer dieser Länge, der eine Erfindung Phillips sein soll, ausgerüstet waren. Diese Phalanx war die schrecklichste Kriegsmaschine jener Zeit. Seinen Sohn Alexander ließ er von Aristoteles, der später neben Platon der bedeutendste Denker wurde, erziehen. Aristoteles gab ihm alles notwendige Wissen seiner Zeit mit und Alexander war ein gelehriger Schüler. Dieser Alexander war kein stattlicher Jüngling. Er soll nicht groß gewesen sein und war eher schwächlich. Seine Eltern machten sich daher Sorgen um seine Entwicklung. Die [4]wunderschöne Hetäre Kallixeina wurde auserwählt, dem jungen Alexander den richtigen Weg zum Manne zu zeigen – dies erzählt Athenaios.

Dieser Phillip II. strebte die Hegemonie in Griechenland an und du, großer Demosthenes, tratest vehement gegen diese Expansion auf. Dein Aufruf zum Widerstand aber hatte nicht den gewünschten Erfolg … Hellas hatte nicht mehr die Kraft, zu einer Einigung zu finden, denn zu zerrüttet waren bereits die inneren Verhältnisse.

König Phillip II. wurde im Jahre 336 v. Chr. im Theater in Aigai ermordet. Sein Sohn Alexander III. trat seine Nachfolge an. Sein Weg zur Macht war nicht unblutig und seine Mutter Olympias soll dabei keine unwesentliche Rolle gespielt haben … Der junge Alexander war ein vom Machtrausch erfüllter Jüngling. Der göttliche Achilleus war für Alexander das große Vorbild – angeblich lag unter seinem Kopfposter stets die „Ilias" … Sein Vater hinterließ ihm das schlagkräftigste Heer seiner Zeit und zusätzlich sorgte er als vorausblickender Vater für die beste Erziehung seines Sohnes.

Der Plan Philipps war es ursprünglich gewesen, die kleinasiatischen Griechenstädte von den Persern zu befreien – sein Sohn Alexander befreite diese nicht nur von der persischen Fremdherrschaft, nein, er gründete das erste Weltreich der Geschichte. Er unterwarf das riesige Perserreich samt seinen Provinzen, von Ägypten bis Syrien, von Jonien bis Mesopotamien, bis an das Kaspische Meer und das Indusufer, wo sein Heer den Weitermarsch verweigerte. „Griechenland ist dort, wo Griechen ihre Füße gesetzt haben." Er gründete Städte im Orient, in Ägypten und Anatolien, die auf den Namen Alexander getauft wurden. Es war die Idee Alexanders, Griechenland sollte die neue Heimat und Kultur für eine Zivilisation sein, die alle Schranken überwindet …

Im Jahre 324 v. Chr. wurdest du, großer Demosthenes, in eine Bestechungsaffäre mit dem Schatzmeister

Alexanders[5], Harpalos, verwickelt – denn Geldgeschenken gegenüber bist du nicht abgeneigt gewesen, vor allem aber, wenn sie aus Susa kamen und so wurdest du zu einer Geldstrafe von 50 Talenten verurteilt. Du flohst, aber ein Jahr später starb Alexander plötzlich. Man holte dich nach Athen zurück. Die Athener mit den anderen Stadtstaaten erhoben sich sofort gegen die makedonische Hegemonie. Aber 322 v. Chr. scheiterten deine Bemühungen – die Demokratie musste abgeschafft werden. Um der Verurteilung zu entrinnen, flohst du nach Kalazomai. Dort, im Poseidon-Tempel, nahmst du Gift – [6]angeblich war dies in deinem Schreibkiel verborgen …

Das Jahr 322 v. Chr. war das endgültige Todesjahr der attischen Demokratie, wie sie in dieser Form nie mehr sein konnte. Hellas war nun eine makedonische Provinz.

Epilog

Es brach das Zeitalter des Hellenismus an und die absoluten Werte gingen verloren – es war davon geprägt. Der unerschütterliche Glaube an Ideale und das Zugehörigkeitsgefühl zu einer Gemeinschaft verschwanden immer mehr. Die Polis verlor ihre Bedeutung und damit auch das Bewusstsein, ein Teil des Ganzen zu sein, damit die Verantwortung, die jeder Einzelne im Staate trug und damit auch dieser so heiße und edle Drang nach Wissen als logischem Prozess, der das Ewige als letztes Ziel ersehnte.

Immer stärker zeigte sich ein egoistischer Anthropozentrismus, in dem sich der Mensch im Mittelpunkt sieht und in Verbindung mit diesem entwickelte sich ein ausgeprägter Personenkult einzelner Herrscher und Persönlichkeiten. Die vielen fremden Einflüsse bewirkten eine Entwertung der hohen Ideale, die immer mehr entschwanden.

Die Knabenliebe, dieses hohe erzieherische Ideal, war nur in jener Epoche lebbar, als Hellas noch frei von fremden Einflüssen war – später hatte diese keine Berechtigung mehr, denn sie wurde nicht mehr verstanden. Sie sank herab zu einem der schlimmsten Laster und wurde missbraucht und so missverstanden wuchert sie noch heute wie ein Krebsgeschwür im Verborgenen …

246

Das Verlangen des Mannes nach weiblicher Schönheit gepaart mit Bildung verschwand immer mehr – und die Hetären sanken herab zu Prostituierten.

Die griechischen Tempel sind heute nur mehr ihres Glanzes beraubte Ruinen, die Kunstwerke von atemberaubender Schönheit sind verloren und nur mehr die traurigen Kopien vermitteln eine vage Vorstellung von einstiger Herrlichkeit.

Aber die griechische Sprache, die auch als die Schönste gilt, und mit dieser die geistigen Leistungen der Griechen, wirkten weiter. Die Bedeutung des Lateinischen beruht zu einem guten Teil auf seiner Mittlerrolle zwischen Griechenland und dem übrigen Abendland. Die modernen Wissenschaften bauen in weit höherem Maße auf den Leistungen der Griechen auf, als allgemein angenommen wird!

Der endgültige Untergang der griechischen Freiheit und Demokratie bedeutete aber nicht den Niedergang der griechischen Welt – im Gegenteil, der „universelle Hellenismus" machte die griechische Kultur zum Teil des kulturellen Erbes aller Völker.

Verwendete Bücher

Autoren	Abkurzungen	
Aelian	Ael.	Historie Varie
Aischines	Aisch.	Gegen Timarchos
Alkiphron	Alkiphr.	Hetärenbriefe
Aristophanes	Aristoph.	Vögel, Lysistrate, Thesmophorienfest Wolken, Wespen, Frieden
Aristoteles	Arist.	Der Staat der Athener
Athenaios	Athen.	Das Gelehrtenmal
Diogenes Laertios	Diog. Laert	Leben und Meinungen berühmter Philosophen
Herodot	Her.	Neun Bücher der Geschichte
Hesiod	Hes.	Theogonie
Homer	Hom.	Ilias
Lukian von Samosata	Luk.	Über die Liebe, Hetärengespräche
Ovid	Ovid	Liebeskunst, Heroides
Pausanias	Paus.	Reisen in Griechenland
Platon	Plat.	Der Staat, Kriton, Symposion, Phaidon, Apologie, Phaidros, 7. Brief
Plinius d. Ältere	Plin.	Buch 36

Plutarch	Plut.	Perikles, Alkibiades, Themistokles, Demosthenes, Erotes
Deschanel	Desch.	Deschanel Emile, Paris 1855 Les Courtisanes Grecques, Sappho,
Thukydides	Thuk.	Der Peleponnesische Krieg
Xenophon	Xen.	Erinnerungen an Sokrates
Diehl Ernestus	Diehl	Anthologia Lyrica Graeca, Fasc. I, II Editio Tertia
Dufour Pierre	Duf.	L'Histoire de la Prostitution chez tous les peuples du monde, Tome Premier, Paris 1851

Sammlung Tusculum
Hesiod Theogonie,
Plinius d. Ält. Buch 36,
Plutarch Teil I. und II.

Loeb Classical Library:
Aristophanes III, LCL 179, translated by Jeffry Henderson, 2000
Aristophanes II, LCL 488, translated by Jeffry Henderson, 1998
Greek Lyric I, LCL 142, translated by David A. Campbell, 1982
Greek Elegiac Poetry, LCL 258, translated by Douglas E. Gerber, 1999
Aischines, LCL 106, translated by C. D. Adams, 1919
Alciphron LCL 383, translated by Allen Rogers Benner and Francis H.Fobes, 1949

Aristophanes, Band 1, 2, 3 Übers. Donner, Leipzig 1861
    L. Laurenzi, Ritratti Greci, Firenze 1941
Jakob Burckhardt, Griechische Kultur, gek. Ausgabe 1958
Die griech. Klassik, Idee oder Wirklichkeit, Verlag Zabern
    2002
Hans Delbrück, Geschichte der Kriegskunst, DasAltertum

Übersetzungen antiker Textstellen ohne Übersetzerangabe sind
von der Autorin; ebenso der Fragmente in französischer
Sprache der Dichterin Sappho, E. Deschanel, Sappho.

Bildernachweis

Archäologisches Institut der Universität Göttingen, Sammlung
der Gipsabgüsse, Photo Stephan Eckhardt: Bild 1, 2, 7, 10,
11, 12, 13
Bildlexikon Antiker Personen, Patmos Verlag, Photo German
Hafner; Bild 3
Basel Skulpturhalle: Bild 4, 6
H. R. Goette: Bild 5
Archivio Fotografico dei Musei Capitolini, Roma, Inv. M.C.
1160/S, Photo Maria Theresa Natale: Bild 8
Akademisches Kunstmuseum, Bonn: Bild 9
Baumeister, Denkmäler des.klass. Altertums 1888 Band III,
Seite 1335: Bild 14

Verwendete Textstellen und Quellenangaben

1 Hes. Theog. V. 170–182
2 Hes. Theog. V. 188–198
3 Hes. Theog. V. 116–122
4 Paus. IX 27.3,4
5 Über das Ende der schönen Helena ist die Legendenbildung unterschiedlich
6 Plut. Solon, VIII/2
7 Diog. Laert., I, Solon 46
8 Diog. Laert., I, Solon 45
9 Arist., Ath.pol. 12.1
10 Plut. Solon XIV/2, 6
11 Plut. Solon XXV/5
12 Plut. Solon III/5
13 Pseudo-Plato, Amat. 133c
14 Her. 8/105
15 Athen. XIII 569 f
16 Plut. Solon XX/4
17 Athen. XIII 569 f
18 Philo, de opif. mundi 104
19 Her. 1/29

Sappho

1 Plat. Phaidros 11,234 E

2 Ovid, Liebeskunst 3,331

3 Ovid, Heroides XV, Sappho Phaoni

4 Desch. Sappho S. 60 Z. 18-26, S. 61 Z. 1–15

5 Hom. Ilias IX/270–272

6 Suda sigma 107

7 Oxyrhynchus papyrus 1800 fr.1

8 Her. 2.134

9 Oxyrhynchus papyrus 7+2289.6, V. 1–10

10 Oxyrhynchus papyrus 1231 fr. 1, V. 9–12

11 Oxyrhynchus papyrus 2288

12 Hom. Ilias IX/186–189

13 Arist. Rhet. 1367a

14 Oxyrhynchus papyrus 1800 fr.1

15 Longinus de subl. 10 1-3 + P.S.I. (v. fr.213 B)

16 Porphyr.in Hor.Epist.1.19.28

16a Athen. XIII/596cd

17 Oxyrhynchus Papyrus 1800 fr.1

18 Dionysios v. Halikarnassos Dem.40

19 Maximos v. Tyros 18.9

19a Plut. Erotes 6

20 Desch. Sappho S. 73, Z. 1–3

21 Desch. Sappho S. 74, Z. 5

22 Chrysippos p. apoph. 23

23 Desch. Sappho S. 74, Z. 8–9

24 Desch. Sappho S. 74, Z. 14

25 Etymologicum Genuinem (p. 25 Calame)

26 Desch. Sappho S. 76, Z. 1–2

27 Hermogenes Id. 2. 4.

28 Desch. Sappho S. 76, Z. 10–13

29 Hephaestion Ench. 11.5

30 Desch. Sappho S. 76 Z. 21/S. 77 Z. 1–3

31 Herodian (ii 912 Lentz)

32 Hephaistion Ench. 10.5

33 Desch. Sappho S. 87, Z. 13–15

34 Hephaistion Poem. 7.1

35 Syrianus in Hermogenes Id. 1. 1

36 Lukian, Hetärengespräche V

37 Desch. Sappho S. 104 Kap. XL

Themistokles

1   Plut. Them. I.1

2   Her. 6/112, 115, 117

3   Her. 7/103

4   Her. 7/20

5   Her. 7/34,35

6   Her. 7/36

7   Her. 7/184–186

8   Plut. Per. XXIV/4

9   Her. 7/109

10 Her. 7/228

11 Her. 7/202, 205, 208

11a Her. 7/223

12 Her. 7/213

12a Her. 8/24

13 Her. 7/228

14 Her. 8/37

14a Her. 8/53

15 Her. 8/75; Plut. Them. XII/3–4

15a Plut. Them. XIII/1

16 Her. 8/89

17 Her. 8/96

18 Plut. Them. X/6

19 Her. 8/100

20 Athen. XII/533d; Duf. S. 317 Z. 28–29/S. 318 Z. 1–4

21 Plut. Them. XVIII/5

22 Plut. Them. II/3
23 Aisch. Tim. 18
24 Her. 8/143
25 Her. 9/68,80
26 Her. 9/72

Das Goldene Zeitalter

1   Plut. Per. XXIV/3
1a Hom. Ilias IX/663–668
2   Arist. Eth. Nik. 1168 b 7
3   Plut. Per. XXIV/9
4   Hom. Ilias XXIII/82–84
5   Aisch. Tim. 21
6   Aisch. Tim. 185
7   Aisch. Tim. 12, 16
8   Plut. Perikles VIII/8
9   Duf. S. 168 Z. 28/29, S. 169 Z. 1–2
10 Demost. Neaira 122
11 Aristoph. Lysistrate 109
11a Aristoph.Vögel V.300
12 Athen. XV/695 X
13 Athen. XV/695 XIX
13a Athen. XV/695 XXI
14 Alkiphron Het.brief Nr.14, 3–6
15 Aisch. Tim. 119
16 Duf. S. 267 Z. 23/24
17 Duf. S. 267 Z. 25/27
18 Duf. S. 192 Z. 11–17
19 Diog. Laert. III Platon 31
20 Diog. Laert. II Sokrates 18
21 Aisch. Tim. 139
22 Diehl 2, S. 73 Theognis 1225–1226
23 Ovid Liebeskunst II/683-4

24 Xen. Sokr. III/11.2
25 Xen. Sokr. III/11.9–14
26 Duf. S. 309 Z. 13–18
27 Athen. V/218
28 Plut. Per. XXIV/5

Perikles

1 Plut. Per. III/2
2 Plut. Per. III/4, 5
3 Plut. Per. IV/6
4 Plut. Per. VII/1,2
5 Plut. Per. IX/2
6 Plut. Per. XVI/5, 6
7 Duf. S. 290 Z. 26–29, S. 291 Z. 1–8
8 Plut. Per. V/1
9 Plut. Per. VIII/3
10 Thuk. II/40,1
11 Plat. Menex.; Plut. Per. XXIV/7
12 Thuk. II/45,2
13 Plut. Per. VII/5, 7
14 Plut. Per. XII/1, 2

Der Parthenon

15 Plut. Per. XIII/7
16 Plut. Per. XII/4–6
17 Plut. Per. XII/5
18 Plut. Per. XIII/14; Paus. I/24.5–7
19 Loeb Aristoph. Lysistrate S. 356 Fußnote 60;
20 Paus. V/11,10
21 Plut. Per. XXXI/3, 4
22 Plut. Per. XXXI/2, 3

23 Plut. Per. XXXI/5
24 Plut. Per. XIII/9, 10
25 Plut. Per. XXIV/5
26 Plin.d.Ält. XXXV/59
27 Arist. Staat d. Ath. 49,4

Alkibiades

  1 Plut. Alk. I/1, 4
  2 Athen. XIII/609e–610b; Duf. S. 240 Z. 27–29,
     S. 241 Z. 1–7
  3 Hom. Ilias II/V. 671/675
  4 Plat. Symp. XXX
  5 Plut. Alk. .I/6
  6 Plut. Alk. XXIII/3–5
6a Plut. Alk. VI/5
  7 Athen. V/218
  8 Plut. Alk. XVI/2
  9 Plut. Alk. VIII/3, IX/1, X/2
10 Plut. Alk. XI/1; Thuk. VI/16
11 Plut. Alk. XI/3
12 Plut. Alk. XVI/1
13 Plut. Alk. XVI/3; Aristoph. Frösche
14 Plut. Alk. XVI/5
15 Plut. Alk. XVI/7
16 Plut. Per. XXIII/1, 2
17 Plut. Per. XIII/15
18 Plut. Per. XXXII/1
19 Plut. Per. XXXII/5
20 Plut. Per. XV/2, 3
21 Thuk. II/35–46
22 Thuk. VI/15/2–4
23 Plut. Alk. XVIII/6
24 Plut. Alk. XIX/1

25 Plut. Alk. XXII/1, 2
26 Plut. Alk. XXIII/1
27 Plut. Alk. XXIII/3–6
28 Plut. Alk. XXIII/7–9
29 Plut. Alk. XXIV/6,7
30 Thuk. VI/15/3
31 Plut. Alk. XXXIX/4–8
32 Plut. Alk. XXXIX/9

Aristophanes

 1 Thuk. II/13/6
 2 Arist. Staat d. Ath. XXVIII/3
 3 Donner, Aristoph. Ritter S. 219, V. Bem. 230
 4 Burckh. S. 289 1.Abs.
 5 Duf. S. 309 Z. 13–18
 6 Xen. Sokr. III/11.9–14
 7 Aristoph. Wolken V. 223
 8 Aelian var. hist. 1,18
8a Duf. S. 268 Z. 4
 9 Plut. Per. XXXII/5
10 Loeb, Aristoph. Lysistrate Einf. S. 260/261
11 Aristoph. Lysistrate V. 82
12 Aristoph. Frieden V. 236/237
13 Euripides Medea V. 1321/22
14 Aristoph. Thesmoph. V. 98
15 Diog. Laert. 3,32
16 Donner, Aristoph. Ritter S. 215 Anm. V. 19
17 Donner, Aristoph. Frösche S. 363, Anm. V. 1079
18 Diehl I, S. 106 Plato Pkt. 14

Die Hetären

1 Plat. Pol. V/452d

2 Plut. Alk. XXXIX/1

3 Duf. S. 331 Z. 24–27

4 Athen. XIII/588e; Athen. XIII/591a; Plin. d. Ält. XXXV/91

5 Kallimachos, Hymnos auf das Bad d. Athene

6 Plinius d.Ält. XXXV/79

7 Duf. S. 332 Z. 17–28

8 Duf. S. 333 Z. 9–15

9 Duf. S. 335 Z. 14–28

10 Diehl I, Plato Pkt. 15

11 Plut. Erotes, Pkt. 8

12 Duf. S. 340 Z. 18–24

13 Duf. S. 340 Z. 24–26, S. 341 Z. 1

14 Duf. S. 343 Z. 6–23

15 Athen. XIII/590e; Duf. S. 344 Z. 5–7

16 Duf. S. 348 /. 17–25

17 Diehl Facs. I, S. 108 Plato Pkt. 24 u. 25

18 Paus. IX/27.4,5

19 Plin. d. Ält. XXXVI/20; Plin. d. Ält. XXXIV/69

20 Duf. S. 350 Z. 7–17

21 Paus. X/14.7; Athen. XIII/591b; Aelian, var. hist. IX/32

21a Plin. d. Ält. XXXV/133

21b Lukian Erotes 13

22 Plin.d.Ält. XXXIV/55

23 Paus. V/17.3

24 Athen. XIII/595cd; Paus. I/37.5

25 Duf. S. 357 Z. 25–27

26 Athen. X/435d

27 Plut. Alex. 38,1–7

Platon

1   Diog. Laert. III/4
1a Plat. 7. Brief 344c, d
2   Diog. Laert. III/1
3   Aelian var. hist. 10.21
4   Diog. Laert. III/4
5   Aelian var. hist. 3.27
6   Platon Menexenos
7   Aelian var. hist. 11.12
8   Athen. V/218; Xenophon II 2(7–10)
9   Diehl I, S. 102 Plato Pkt.3
10 Plat. Phaidon 66, 117c, d
11 Plat. Kriton 45d
12 Plat. 7. Brief 324e; 325c, d
13 Plat. 7. Brief 335b
14 Plat. Pol. V/3, 451e
15 Plat. Pol. V/5, 455d
16 Plat. Pol. V/3, 452a
17 Plat. Pol. V/3, 451e
18 Diehl I, S. 108 Plato Pkt. 24 u.25
19 Athen. XIII/589c; Diog. Laert. III Plat. 31
20 Athen. X/509c
21 Aelian var. hist. 3.19
22 Aisch. Tim. 21
23 Plat. Symp. 14–16
24 Plat. Pol. III/12,403b
25 Athen. II/59d–f
26 Diehl I, S. 115 Arist. Pkt.1

Demosthenes

1   Plut. Dem. 3, 4
2   Plut. Dem. 11,1; 11,3
3   Athen. XIII/593a
4   Athen. X/435d
5   Plut. Dem. 14,2
6   Plut. Dem. 29,4

Verzeichnis der Namen und Begriffe

Anakreon v.Teos: um 550 od. 580–495 v. Chr. in Athen,
  Lyriker
Aphrodite: „Die aus dem Meeresschaum Emporgetauchte",
  Göttin der Liebe
Apelles: Zeitgenosse Alexander d.Großen, gest. Ende des
  4.Jh. v. Chr., bedeutendster Maler der Antike
Apollon: Gott der Dichtkunst, des Gesanges und des Lichtes
Aphrodite: die „Schaumgeborne", Göttin d.Liebe u.schönheit
Archon: oberste Behörde, hoher Beamter
Areopag: Areshügel, der Akropolis gegenüber, Sitz des
  höchsten Gerichtshofes
Arete: Tüchtigkeit, die Vereinigung von Gut und Schön in der
  Lebensführung
Aristippos von Kyrene: etwa 435–355 v. Chr., Sokrates-Schüler,
  lehrte Lebensgemuß
Aristophanes: ca. 446–386 v. Chr. einer der bedeutendsten
  Komödiendichter überhaupt
Aristoteles: 384–322 v. Chr., neben Platon der bedeutendste
  Philosoph der griech.Antike
Aspasia: 475 v. Chr., Hetäre
Athenaios v. Naukratios: Ende 2.Jh./Anf.3. Jh. n. Chr.,
  griech.Redner und Grammatiker
Athene: Göttin des Krieges, d. Handwerkskünste u.Weisheit;
  Pallas, häufig verwendeter Beiname der Athene

Bakchos: Name des Dionysos, Gott des Weines und der
  Begeisterung
Briseis: Ursache des Streites zwischen Agamemnon und
  Achilleus

Catull, Gaius Valerius Catullus: 1. Jh. v. Chr., röm. Dichter
Chaos: Bezeichnung der Urgottheit
Charaxus: Bruder der Dichterin Sappho
Chariten: die drei Chariten, Göttinnen der Anmut

Dareios I: 521–486 v. Chr., persischer Großkönig

Deiraneira: Gemahlin des Herakles, tötet Herakles, indem sie ihm ein vergiftetes Unterkleid anlegt

Demokritos aus Abdera: Naturphilosoph 460–371 v. Chr.

Demos: Volk, Gemeinde in der griech.Antike

Demosthenes: 384–322 v. Chr., bedeutendster Redner der griech. Antike

Dio Chrysostom: ca. 40–120 n. Chr., griech.Redner, Schriftsteller, Philosoph u.Historiker

Diogenes v. Synope: etwa 412–323 v. Chr., Kyniker, wohnte in einem Faß und bewies so seine Bedürfnislosigkeit

Diogenes Laertios: Mitte 3. Jh. n. Chr., Philosophiehistoriker

Dionysos: Gott des Weines, der Freude, der Fruchtbarkeit und der Exstase

Diotima: Priesterin aus Mentineia

Distichon: griechischer „Zweiteiler", ein Verspaar aus einem Hexameter und einem Pentameter

Dorer: einer der Hauptstämme der Griechen, besonders auf der Peleponnes

Doricha: in Hellas gebräuchlicher Name für Rodopis

Drakon: um 621 v. Chr., Gesetzgeber in Athen

Ekklesia: Volksversammlung

Elegie: Gedicht mit sehnsuchtsvoller und schwermütiger Grundstimmung

Elis: Landschaft auf der Peleponnes

Elisabeth: 1831–1898 n. Chr., Kaiserin v. Österreich

Elysion: Insel der Seligen im äußersten Westen des Erdkreises

Ephialtes: gest. 461 v. Chr., Staatsmann in Athen

Ephippos: 4. Jh. v. Chr., Dichter d.mittleren Komödie

Epikrates v. Ambrakia: 4. Jh. v. Chr., Dichter d.mittleren Komödie

Eris: Personifikation des Streites

Ephialtes: gest. 461 v. Chr., athen. Staatsmann

Eros: der Gott d. Liebe, einer d. Urmächte

Euripides: 485/484–406 v. Chr., Tragödiendichter

Gaia: Erde als Urgottheit
Glykera: 2. Hälfte d. 4. Jh. v. Chr., Hetäre
Goethe, Johann Wolfgang v.: 1749-1832, bedeutendster
  deutscher Dichter
Grillparzer Franz: 1791–1872, österr. Dichter
Gymnasion: Übungsplatz für körperliche Ertüchtigung

Hades: Ort der Toten, die „Unterwelt"
Harmodios: ermordete 514 v. Chr. mit Aristogeiton den
  Tyrannen Hipparchos
Harpalos: um 330 v. Chr., Jugendfreund und Schatzmeister
  Alexander d. Großen
Hegemonie: Vorherrschaft
Helios: Sonnengott
Helena: Tochter des Zeus u. der Leda
Hera: Gemahlin u. Schwester d. Zeus
Heraklit: griech. Herakleitos v. Ephesos 540/535-483/475
  v. Chr., Vorsokratiker
Herodikos: v. Babylon, Philologe
Herodot, griech. Herodotos v. Halikarnassos: um 484–
  ca. 435/430 v. Chr., Vater d. Geschichtsschreibung
Himation: Obergewand
Hippias: gest. 490 v. Chr., 527–510 v. Chr. Tyrann v. Athen
Hipparchos: ermordet 514 v. Chr., Tyrann von Athen
Homer: gilt als Dichter der „Ilias" und „Odyssee", 8 Jh. v. Chr.
Hoplit: schwerbewaffneter Krieger
Hymettos: Berg bei Athen
Hymnos: Festgesang

Ida: Gebirge südostwärts von Troja
Isokrates: 436–338 v. Chr., bedeutender Redner in Athen
Itys: Sohn d. Tereus und der Procne; die Legende berichtet, daß
  Tereus Philomene, die Schwester der Procne, entehrte. Er

schnitt Philomene die Zunge heraus und kerkerte sie ein.
Sie aber webte ihre Geschichte in ein Tuch und schickte
dieses ihrer Schwester. Aus Rache schlachteten die beiden
Schwestern Itys, den Sohn des Tereus, kochten ihn und
setzten ihn dem Vater vor und entflohen, nachdem sie
diesen von der Tat unterrichteten.

Kallimachos v. Kyrene: um 320/303–245 v. Chr., hellen.
   Dichter in Alexandria
Kallistratos: ca. 2. Jh. v. Chr., alexandrinischer Grammatiker u.
   Philologe
Kallixeina: 2 Hälfte d. 4. Jh. v. Chr., Hetäre
Kekrops: Sohn der Gaia, der Legende nach der älteste König
   von Attika
Kertbeny, Karl-Maria: geb. als Karl-Maria Benkert 1824–1882
   n. Chr., Menschenrechtler u.Journalist
Kimon: um 510–449 v. Chr., athen. Politiker u.Feldherr
Kleisthenes: um 570–507 v. Chr., athen. Staatsreformer
Knigge, Adolf Freiherr von: 1752–1796, schrieb über gutes
   Benehmen
Knidos: Insel im Süden der kleinasiatischen Westküste
Korinth: in der Antike war Korinth eine reiche Handelsstadt
   und der wichtigste Ort des Aphrodite-Kultes
Kosmos: Weltordnung, Ordnung
Kouros: in der griech. Kunst der Archaik überlebensgroße
   Statue eines jungen Mannes
Kratinos: starb nach 423 v. Chr., Dichter der alten Komödie
Kronos: Sohn d. Uranos u. der Gaia
Kresilas: 5. Jh. v. Chr., athen. Bildhauer
Kypris: auf der Insel Zypern war Aphrodite bekannt als Kypris,
   da sie dort dem Meer entstieg
Kypselos: 657–627 v. Chr. Tyrann v.Korinth

Lais v. Korinth: 4. Jh. v. Chr., Hetäre
Lais v. Hykkara: gest. um 340 v. Chr. in Thessalien, Hetäre

Lamprokles: ältester Sohn d. Sokrates

Leda: myth. Spartanerkönigin, Geliebte des Zeus, Tochter des
  Thestios, Gattin des Tyndareos,

Leonidas: 1. König v.Sparta, Verteitiger der Thermopylen, gest.
  480 v. Chr.

Lysandros: spart. Feldherr, gest. 395 v. Chr.

Machon v. Korinth od. Sikyon: 1.Hälfte d. 3.Jh. v. Chr.,
  Komödiendichter

Mardonios: Führer des Landheeres des Xerxes, fiel in der
  Schlacht bei Plataiai 479 v. Chr.

Meder: Bewohner von Medien, Bezeichnung auch für Perser

Menander: etwa 342–290 v. Chr., Komödiendichter der
  jüngeren Komödie

Menelaos: Sohn des Atreus, Bruder des Agamemnon, Gatte der
  Helena, König von Sparta

Milet(os): Hafenstadt südlich der kleinasiatischen Westküste

Mozart, Wofgang Amadeus: 1756–1791 n. Chr. österr.
  Komponist

Musen: 9 Göttinnen des Gesanges u. Tanzes

Myron: 5. Jh. v. Chr., bedeutender Bildhauer

Neaira: 4.Jh. v. Chr., Hetäre

Nemea: in der griech.Antike fanden in Nemea auf der
  Peleponnes alle 2 Jahre die „Nemeischen Spiele" statt

Nereide: der Meeresgott Nereus hatte 50 Töchter,
  die „Nereiden"

Nero: röm. Kaiser 37–68 n. Chr.

Nikias d. Ältere: um 350 v. Chr., Maler in Athen

Odysseus: homerischer Held

Olisbos: Lederphallos

Olympias: um 376–316 v. Chr., Mutter Alexander d. Großen

Omphale: lydische Königin, der Legende nach mußte Herakles
ihr 3 Jahre als Buße für seinen Jähzorn als Sklave dienen
Orpheus: Sohn der Muse Kalliope und des Apollon
Ovid: Publius Ovidius Naso, 43 v. Chr.–ca.18 n. Chr.
römischer Dichter

Paian: feierlicher Gesang in der griech. Antike
Palaistra: Ringschule
Pallake: Nebenfrau, Freudenmädchen
Paris: Sohn des Priamos u. der Hekabe
Patroklos: Freund und Kampfgefährte des Achilleus
Pausanias: um 115–180 n. Chr., Schriftsteller und Geograph
Peitho: Göttin der Überredung
Peleus: Gatte d. Thetis, Vater d. Achilleus
Penelope: Gemahlin des Odysseus
Perikles: athenischer Staatsmann und Feldherr, etwa
495–429 v. Chr.
Peisistratos: um 600–527/528 v. Chr., athen. Politiker, der
durch einen Staatsstreich Tyrann von Athen wurde
Phalanx: geschlossene Schlachtenreihe
Phaleron: alter Hafen von Athen
Phallos: nachgebildetes männliches Glied, bei Bakchos-Festen
wurde ein solches, meistens aus Holz gefertigt, herum
getragen
Pheidias: um 490–430 v. Chr., bedeutendster Bildhauer
d. 5. Jh. v. Chr.
Phillip II: um 382–336 v.Chr., König von Makedonien, Vater
Alexander d. Großen
Philemon von Syrakus: 365/360–264/263, Dichter der neuen
Komödie
Phryne: 371–310 v. Chr., Hetäre
Phythionike: 2. Hälfte d. 4. Jh. v. Chr., Hetäre
Plataiai: Stadt in Böotien, südöstlich von Theben
Platon: 427–347 v. Chr. einer der bedeutendsten Philosophen
d. Geschichte

Plutarch: 45–125 n. Chr., griech. Schriftsteller, schrieb zahlreiche biographische u. philosophische Schriften

Polis: griech. Stadtstaat in der Antike

Polygnot: um 500–447 v. Chr., bedeutendster griech. Maler des 5. Jh. v. Chr.

Poseidon: Bruder des Zeus, Beherrscher des Meeres, Erderschütterer

Praxitiles: um 390–320 v. Chr., einer der bedeutendsten Bildhauer der griech. Antike

Pythagoras: religiös-philosophischer Denker, ca. 560–480 v. Chr.

Raffael, Raffaelo Santi: 1483–1520 n. Chr., Maler u.Maumeister der Hochrennessaince

Rodopis od.Doricha: 2. Hälfte 6.Jh. v. Chr., Hetäre

Salamis: Insel im Saronischen Golf

Sappho: geb. um 650–ca.600 v. Chr., bedeutendste Lyrikerin d.Antike

Sokrates: 469–399 v. Chr. Philosoph

Solon: ca. 640–560 v. Chr., Gesetzgeber Athens

Sophokles: 496–406/405 v. Chr., Tragödiendichter

Sparta: Hauptstadt der von Spartiaten beherrschten Landschaft im Südosten der Peleponnes

Stoia Poikile: „Bunte Halle" auf der Agora in Athen

Tanagra: kleine antike Stadt, 40 km. nordnordwestlich von Athen, heute eine Ruinenstätte

Tartaros: Teil der Unterwelt, auch Hölle und Schattenreich

Thais: Hetäre, spätes 3.Jahrh. v. Chr.

Thales von Milet: Naturphilosoph 624–546 v. Chr.

Thargelia: Hetäre aus Milet, frühes 5.Jh. v. Chr.

Teiresias: mythologischer blinder Prophet

Themistokles: 525–459 v. Chr., athenischer Feldherr

Theodote: ca. 2. Hälfte d. 5.Jh. v. Chr., Hetäre

Theognis: um 540 v. Chr., Dichter und Schriftsteller
Theophrastos v. Eresos: 372–288 v. Chr., vielseitiger
    Schriftsteller, Aristoteles-Schüler
Thessalien: Landschaft im Norden Griechenlands
Thetis: Tochter des Nereus, Gattin des Peleus
Thukydides: um 460–399 u. 396 v. Chr., bedeutendster
    Historiker der Antike
Timarchos: 2. Hälfte d. 4. Jh. v. Chr.
Troia: Hauptstadt der Troas im nordwestlichen Kleinasien
Tyrannis: Gewaltherrschaft

Uranos: Gott des Himmels, Gatte der Gaia und hervor
    gegangen aus der Gaia

Xanthippe: 2. Hälfte d. 5. Jh. v. Chr., 2. Gemahlin des Sokrates
Xenophon: um 426–355 v. Chr., athen. Schriftsteller und
    Geschichtsschreiber
Xerxes I: persischer Großkönig, 486–465 v. Chr.

Zeus: Sohn d. Kronos u. der Reiha, Hauptgott der griech.
    Religion
Zoroaster: griech. Namensform v. Zarathustra

Inhaltsverzeichnis

Ellen Braunger

Der Keim der Liebe für die Schönheitssehnsucht in der griechischen Antike, die in der klassischen Epoche ihre höchste Blüte erfuhr, war bei der Autorin bereits in der Kindheit vorhanden und wurde genährt in der künstlerischen und geselligen Atmosphäre ihres Elternhauses, nämlich eines akademischen Malers und Bühnenbildners. Aber erst viele Jahre später, während eines mehrjährigen Aufenthaltes in Paris und nach der Lektüre Platons fasste sie den Entschluss, das Altgriechische zu erlernen, wodurch erst ein authentischer Zugang zu dieser wohl bedeutensten Epoche möglich wird. Seither widmet sie sich mit Begeisterung und Hingabe dieser grandiosen Zeit.

Philo auf der Suche nach dem Sinn des Lebens

Werner Simon

Im Jahre 2050 bekommt der Altphilologe Philo kurz nach Beendigung seines Studiums von seiner hoch schwangeren Freundin eine Zeitreise geschenkt, die ihn innerhalb von fünfundzwanzig Tagen quer durch die Geschichte zu den anerkanntesten Philosophen des Abendlandes bringen soll. Sein Auftrag lautet, diesen die Frage nach dem Sinn des Lebens zu stellen, um dem erwarteten Nachwuchs ein bestmöglicher Vater sein zu können. Also tritt Philo, firm in der Kenntnis alter Sprachen und ausgerüstet mit entsprechender Verpflegung, Kleidung und Lektüre, die Reise in die Vergangenheit an, die ihn chronologisch von der Antike über das Mittelalter in die Neuzeit und schließlich zurück in die Postmoderne führen wird.

ISBN 978-3-85022-093-4 · Format 13,5 x 21,5 cm · 224 Seiten
€ (A) 16,90 · € (D) 16,40 · sFr 30,10

novum
VERLAG

Vernunft contra Glaube

*Offenbarungen der Vernunft, Weltverständnis
und Moralbegründung durch Nachdenken*

Winfried Krakau

In einem Zeitalter, in dem immer noch religiöse Ideologien
zu Auseinandersetzungen und Glaubenskriegen führen, ist
die Frage, warum es die Religionsgemeinschaften bis heute nicht geschafft haben, Harmonie herzustellen, von hoher Brisanz. Die Welt ist heute mehr denn je gespalten und
weit entfernt von Einigkeit und Frieden. Um dies zu verändern, wäre dringend der Gebrauch des eigenen Bewusst-
seins notwendig, denn nur durch die Vernunft können Gegensätze aufgelöst werden und so zu einem friedlicheren
Miteinander führen.

ISBN 978-3-85022-116-0 · Format 13,5 x 21,5 cm · 116 Seiten
€ (A) 15,90 · € (D) 15,50 · sFr 28,50

novum
VERLAG

Reise in das weite Land
Mayawelt und Seelenwelt
Magda Wimmer

Dies ist ein Buch, welches uns helfen kann, jene Grenzen zu überschreiten, die wir uns selbst gesetzt haben und das uns wieder mit jenen Anteilen in uns verbindet, welche wir vergessen und verloren haben.

Das ist auch die Aufgabe schamanischer Arbeit: hinübergehen über die Grenzen und Zäune unserer Welt in die Welten, die uns abhanden gekommen sind, um dann beide miteinander zu verbinden …

ISBN 978-3-85022-037-8 · Format 13,5 x 21,5 cm · 250 Seiten
€ (A) 16,90 · € (D) 16,40 · sFr 30,10

novum
VERLAG